> Spencer Island <

Jules Verne

Die Schule der Robinsons

NEUES LEBEN

Ein bißchen seltsam ist es schon, wenn die USA eine ihrer Inseln im Stillen Ozean versteigern, die von dem Meistbietenden, einem Kaufmann aus San Francisco, erworben wird. Viel weniger seltsam dagegen ist, wenn der Neffe dieses Kaufmanns den Wunsch äußert, eine Weltreise anzutreten, einen Wunsch, den in die Tat umzusetzen ihm der reiche Onkel ermöglicht. Und damit wird es recht eigentlich mehr als seltsam – und natürlich abenteuerlich: Es ist gar nicht einmal so sehr der Schiffbruch, den der junge Mann mit seinem Reisebegleiter, einem berühmten Tanz- und Anstandslehrer, erleidet. Es ist die einsame Insel, auf die sie verschlagen werden. Da steigt Rauch auf – aber keine Spur von Menschen ist zu finden. Da stößt man auf gefährliche Tiere, man schießt auf sie, trifft auch – und doch sind sie plötzlich wie vom Erdboden verschwunden. Da landen Wilde, offenbar Kannibalen, und das Opfer kann gerade noch von unsern beiden Helden befreit werden. Und schließlich werden sie von einer wahren Unzahl reißender Raubtiere angegriffen und belagert. Das Leben unserer Freunde ist in höchster Gefahr – und dann endlich naht die Rettung.

JULES VERNE

Die Schule der Robinsons

Mit Illustrationen von Wolfgang Würfel
Herausgegeben im Verlag Neues Leben Berlin

Titel des französischen Originals:
L'école des Robinsons

Nach einer alten Übersetzung bearbeitet
von Manfred Hoffmann

ISBN 3-355-00394-8

Lizenz Nr. 303 (305/99/87)
LSV 7723
Einband: Wolfgang Würfel
Typografie: Achim Kollwitz
Schrift: 11 p Baskerville
Gesamtherstellung: (52) Nationales Druckhaus · Betrieb der VOB National
Bestell-Nr. 644 253 3
00680

ERSTES KAPITEL

Worin der Leser, falls ihm das gefällt, eine Insel im Stillen Ozean kaufen kann

»Insel zu verkaufen! Gegen sofortige Zahlung! Spesen extra! Zuschlag erfolgt an den Meistbietenden!« rief ohne Unterbrechung und ohne Atem zu holen, Auktionator Dean Felporg in dem Auktionslokal, in dem diese seltsame Versteigerung stattfand.

»Insel zu verkaufen! Insel zu verkaufen!« schrie genauso ohne Unterbrechung, aber noch viel lauter der Ausrufer Ginggraß, der inmitten einer ungeheuer erregten Menge hin- und herschritt.

Und tatsächlich, in dem großen Saal des Auktionslokals, Sakramento Street 10, drängte sich die Menge. Nicht nur Amerikaner aus Kalifornien, Oregon und Utah waren hier, sondern auch mehrere jener Franzosen, die ein gutes Sechstel der hiesigen Bevölkerung ausmachten, Mexikaner, in ihre Serape gehüllt, Chinesen mit ihrer weitärmeligen Tunika, den spitzen Pantoffeln und dem kegelförmigen Hut, Kanaken aus Ozeanien, ja, es fehlten nicht einmal einige Schwarzfuß- und Plattkopfindianer, die vom Ufer des Trinidad-Flusses hergekommen waren.

Die Szene fand in der Hauptstadt Kaliforniens, in San Francisco statt, freilich nicht in den Jahren um 1850, da Goldfunde die Leute aus der Alten wie der Neuen Welt herbeigelockt hatten. Diese Zeit war vorüber, und San Francisco war nicht mehr das, was es danach gewesen war, ein Sammelpunkt für Karawanen, ein Landungsplatz für die Schiffe aus Übersee, eine Herberge, in der für eine Nacht die Abenteurer schliefen, die zu den Goldfeldern am Westabhang der Sierra Nevada eilten. Nein, seit zwanzig Jahren war an Stelle der alten unbekannten Yerba-Buena eine in ihrer Art einzig dastehende Stadt von 100 000 Einwohnern getreten, die, weil es an flachem Gelände fehlte, an der Rückseite zweier Hügel erbaut worden war, sich aber nun bis zu den letzten Höhenzügen des Hintergrunds auszudehnen begann, eine Stadt, die Lima, Santiago, Valparaiso und alle ihre andern Rivalinnen des Westens entthront hatte, und die die Amerikaner zur Königin des Stillen Ozeans, zur Königin der Westküste gemacht hatten.

Heute, am 15. Mai, war es noch kalt. In diesem Land, das die Polarströmungen zu spüren bekommt, erinnern die ersten Wochen dieses Monats mitunter an die letzten Märzwochen in Mitteleuropa. In dem Auktionssaal war davon natürlich nichts zu bemerken. Die Glocke hatte mit ihrem unaufhörlichen Läuten unendlich viele Menschen herbeigerufen, und es herrschte eine Luft wie zum Schneiden in dem Saal, eine dicke, heiße Luft, die den Schweiß auf die Stirn der Interessenten wie der Neugierigen trieb.

Selbstverständlich wollte nicht jeder hier in dem riesigen Raum eine Insel im Stillen Ozean erwerben. Ja, ich möchte sogar behaupten, es waren fast ausschließlich Neugierige. Wer wäre wohl so töricht, selbst wenn er reich genug wäre, eine Insel des Stillen Ozeans zu kaufen, die die Regierung die fast schon verrückt zu nennende Idee hatte zu verkaufen? Man war sich beinahe sicher, daß – wenn überhaupt – kein genügend hohes Gebot erfolgen würde. Blieb die Insel unversteigert, dann war das freilich nicht die Schuld des Auktionators wie des Ausrufers; und letzterer bot nun aber auch alles an Gebärden und sprachlichen Bildern auf, was einem guten Marktschreier nur zur Verfügung steht.

Man lachte, ein Gebot dagegen erfolgte nicht.

»Insel zu verkaufen! Eine Insel zu verkaufen!« rief Ginggraß immer wieder.

»Wer soll denn da anbeißen?« sagte ein Ire, der bestimmt nicht auch nur einen einzigen roten Heller in der Tasche hatte.

»Eine Insel, die Ihnen keine sechs Dollar je Acker kosten würde!« rief der Auktionator Dean Felporg.

»Und die nicht einmal ein achtel Prozent einbringen würde!« ergänzte ein Großfarmer, der sich auf Grund- und Boden-Probleme ausgezeichnet verstand.

»Eine Insel, die im Umfang volle hundertzwanzig Kilometer und an Fläche neunzigtausend Hektar mißt!«

»Hat sie wenigstens festen Grund?« fragte ein Mexikaner, bekannter Stammgast in den Kneipen der Stadt, dessen persönliche Standfestigkeit im Augenblick mehr als fragwürdig erschien.

»Eine Insel mit viel Wald«, pries der Ausrufer, »mit Prärien, Hügeln, Wasserläufen ...«

»Garantiert?« fragte ein Franzose, der ein wenig Lust zum Anbeißen zu haben schien.

»Ja, garantiert!« antwortete der Auktionator Felporg, der in seinem Beruf alt geworden war und sich über die Spötteleien des Publikums nicht mehr aufregte.

»Eine Insel ohne ein einziges bösartiges Tier, ohne Rotwild und ohne Reptilien.«

»Auch ohne Vögel?« rief ein Spaßvogel.

»Wohl auch ohne Insekten?« schrie ein anderer.

»Eine Insel dem Meistbietenden!« pries der unentwegte Dean Felporg an. »Los, Bürger! Ein bißchen Courage im Geldbeutel! Wer will eine Insel in gutem Zustand, die noch kaum einen Herrn gehabt hat, eine Insel des Stillen Ozeans, dieses Meers der Meere? Für ein Nichts geht sie weg! 1 Million 100 000 Dollar! Gibt es einen Käufer für 1 Million 100 000 Dollar? ... Wer spricht da? ... Sie, mein Herr? Sind Sie es da unten, der den Kopf schüttelt wie ein Mandarin aus Porzellan? ... Ich habe eine Insel! ... Hier ist eine Insel! ... Wer will eine Insel?«

»Weg damit!« rief jemand, als ob ein Bild oder eine Vase versteigert werden würde.

Und der ganze Saal brach in Gelächter aus, und noch immer wurde nicht einmal ein halber Dollar geboten. Wenn das Versteigerungsobjekt auch nicht von Hand zu Hand gehen konnte, so stand dem Publikum immerhin ein Plan der Insel zur Verfügung. Die Liebhaber sollten wenigstens in etwa sehen, wie dieses Stückchen Erde, das da versteigert wurde, beschaffen war. Eine Enttäuschung oder sonst ein Mißgeschick war im Grunde nicht zu befürchten. Situation, Lage, Bodenbeschaffenheit, Bodenrelief, Wassernetz, Klimatologie, Verkehrsmöglichkeiten, über alles das konnte man sich ohne Mühe von hier aus unterrichten. Man kaufte nicht die Katze im Sack, und ein Betrug mit diesem Verkaufsgegenstand war ausgeschlossen. Übrigens hatten die unzähligen Zeitungen nicht nur Kaliforniens, sondern der gesamten Vereinigten Staaten, die Tagesblätter, die halbwöchentlichen, wöchentlichen, halbmonatlichen und monatlichen Blätter, die Journale, Magazine und Zeitschriften schon seit mehreren Monaten unausgesetzt die Aufmerksamkeit auf diese Insel gelenkt, deren Verkauf durch einen Beschluß des Kongresses erlaubt worden war.

Diese Insel war Spencer Island, im Westsüdwesten der Bucht von San Francisco gelegen, ungefähr vierhundertsechzig Seemeilen von der kalifornischen Küste entfernt, unter 32 Grad 15 Minuten nördlicher Breite und 142 Grad 18 Minuten westlicher Länge.

Übrigens hätte man sich unmöglich eine einsamere Lage denken können. Obwohl Spencer Island gar nicht einmal so weit entfernt war und sich sozusagen noch in den amerikanischen Gewässern befand, lag es doch abseits von jeder Seeverkehrsstraße. Dort haben die regelmäßigen Strömungen, die nach Norden oder Süden laufen, ein Meeresgebiet mit ruhigem Wasser gebildet, für das man bisweilen den Namen »Tournant de Fleurieu« hört.

In der Mitte dieses enormen Stauwassers, das keinen genau bestimmbaren Kurs hat, liegt Spencer Island. Kaum ein Schiff kommt hier vorbei. Die großen Wasserstraßen des Stillen Ozeans, die die Neue Welt mit der Alten verbinden, ob sie nun nach Japan oder nach China führen, verlaufen alle weiter im Süden. Die Segelschiffe würden auf diesem Tournant de Fleurieu endlose Windstillen antreffen, und die Dampfer müßten einen Umweg machen, der für nichts und wieder nichts wäre. Deshalb lernen weder die einen noch die andern Spencer Island kennen, das sich dort erhebt wie der vereinzelte Gipfel eines unterseeischen Berges – der Stille Ozean hat viele solcher Inseln. Dabei gab es für einen Menschen, der den Lärm der Welt fliehen wollte, der die Ruhe in der Einsamkeit suchte, kaum etwas Besseres als dieses verlassene, weit vor der Küste liegende Eiland. Für einen freiwilligen Robinson wäre es ein geradezu idealer Aufenthalt gewesen. Natürlich mußte dafür tief in die Tasche gegriffen werden.

Warum wollten nun die Vereinigten Staaten diese Insel abstoßen? War es nichts als eine Laune? Nein. Eine große Nation kann sich – im Gegensatz zum Privatmann – Launen solcher Art nicht leisten. Die Dinge lagen so: Durch ihre Position war Spencer Island seit langem als unnützes Anhängsel erschienen. Es landwirtschaftlich auszubeuten wäre ohne rechten Sinn gewesen. Vom militärischen Gesichtspunkt aus war sie nutzlos, da sie nur einen verlassenen Teil des Stillen Ozeans beherrschte. Um hier eine Strafkolonie anzulegen, befand sich die Insel zu nahe an der Küste. Es war daher eine zu kostspielige Angelegenheit, sie zu irgendeinem Zweck auszubauen. Seit undenklicher Zeit lag sie deshalb brach, und der Kongreß, der aus »hervorragend praktischen« Männern bestand, hatte beschlossen, die Insel zu versteigern – unter einer Bedingung freilich: der Käufer mußte ein Bürger der USA sein.

Natürlich wollte man die Insel nicht umsonst weggeben: 1100000 Dollar war als Mindestpreis festgesetzt worden. Für eine Finanzierungsgesellschaft wäre das eine Bagatelle gewesen, wenn ihr die Insel wenigstens einige Vorteile gebracht hätte; aber wir betonen nochmals, daß sie keinerlei Vorteile bot. Für alle Sachverständigen war dieses Bruchstückchen der Vereinigten Staaten genauso interessant – oder besser uninteressant –, als handelte es sich um eine Insel am Nordpol. Für einen einzelnen dagegen war die verlangte Summe nicht unbeträchtlich. Er mußte schon reich sein, wollte er sich diese Spielerei leisten, die ihm keinen Pfennig einbringen würde. Er mußte sogar steinreich sein, denn der Zuschlag erfolgte nur gegen Sofortzahlung, und selbst in den Vereinigten Staaten sind die Bürger noch selten, die 1 100 000 Dollar als Taschengeld bei sich haben und zum Fenster hinauswerfen können, ohne Aussicht, davon etwas wiederzusehen.

Dennoch war der Kongreß entschlossen, nicht unter diesem Preis zu verkaufen. 1 100 000 Dollar! Keinen Cent weniger, oder Spencer Island bleibt Eigentum der USA.

Allgemein nahm man an, daß sich kein Käufer finden würde, der töricht genug wäre, den verlangten Preis zu zahlen. Es war außerdem ausdrücklich festgelegt, daß der Besitzer, wenn sich wirklich einer fände, nicht König von Spencer Island, sondern Präsident der Republik Spencer sein sollte. Er hätte auch nicht das Recht, Untertanen zu haben, sondern nur Mitbürger, die ihn auf bestimmte Zeit wählten; allerdings hatten sie das Recht, ihn auf unbegrenzte Zeit wiederzuwählen. Auf alle Fälle war es ihm verboten, ein Monarchengeschlecht zu begründen. Niemals hätte die Union in amerikanischen Gewässern die Gründung eines Königtums geduldet, so klein es auch gewesen wäre.

Diese Klausel war sicher dazu angetan, irgendeinen ehrgeizigen Millionär oder herabgekommenen Nabob, der mit den wilden Königen der Sandwich- oder anderer Inseln des Stillen Ozeans wetteifern wollte, vom Ankauf zurückzuhalten.

Kurzum, was es für Gründe waren: ein Käufer meldete sich nicht. Es wurde immer später, der Ausrufer war allmählich außer Atem geraten, der Auktionator wandte alle seine Künste auf, ohne daß von irgendeiner Seite jenes Kopfnicken erfolgte, das diese schätzenswerten Agenten mit so großem Scharfblick gewahren, ja, es wurde nicht einmal über den Preis diskutiert.

Übrigens muß gesagt werden, daß, so wie der Hammer unermüdlich auf den Tisch niederfiel, so auch die Menge unermüdlich wartete. Witzworte flogen hin und her, faule Kalauer machten die Runde. Die einen boten zwei Dollar für die Insel, die Kosten inbegriffen, andere wollten sogar noch etwas ausgezahlt haben, wenn sie die Insel erwürben.

Und weiter schrie der Ausrufer! »Insel zu verkaufen! Insel zu verkaufen!«

Ein Käufer fand sich nicht.

»Garantieren Sie, daß man dort Gold findet?« fragte der Materialwarenhändler Stumpy aus der Merchant Street.

»Nein«, antwortete der Auktionator, »aber ausschließen kann ich es nicht, und der Staat tritt alle seine Anrechte an diesen Goldfeldern an den Käufer ab.«

»Ist denn wenigstens ein Vulkan dort?« fragte Oakhurst, der Budiker aus der Rue Montgomery.

»Nein, kein Vulkan«, versetzte Dean Felporg. »Bei dem verlangten Preis wäre das ja geschenkt!«

Auf diese Antwort folgte lautes Gelächter.

»Insel zu verkaufen! Insel zu verkaufen!« grölte Ginggraß, der sich für nichts und wieder nichts die Lunge aus dem Leib schrie.

»Keinen Dollar, keinen halben Dollar, keinen Cent unter dem festgesetzten Preis«, rief zum letztenmal der Auktionator, »und der Zuschlag erfolgt! Zum ersten! – Zum zweiten! –«

Völliges Schweigen.

»Wenn sich niemand meldet, wird die Auktion aufgehoben! – zum ersten! – Zum zweiten!«

»1 200 000 Dollar!«

Wie ein Revolverschuß wirkten diese Worte. Die ganze Versammlung verstummte und drehte sich nach dem Tollkühnen um, der diese Summe geboten hatte.

Es war William W. Kolderup aus San Francisco.

ZWEITES KAPITEL

Worin William W. Kolderup aus San Francisco und J. R. Taskinar aus Stockton um die Wette bieten

Es war einmal ein Mann, der war furchtbar reich und zählte die Millionen Dollar wie andere die Tausende zählen. Dieser Mann hieß William W. Kolderup.

Man hielt ihn für reicher als den Herzog von Westminster, dessen Einkünfte 800 000 Pfund betragen und der am Tag 50 000 Franc, in der Minute 36 Franc ausgeben kann – reicher als den Senator Jones von Nevada, der 35 Millionen besitzt – reicher selbst als M. Mackay, der bei 2 750 000 Livres jährlichen Zinsen 7800 Franc in der Stunde ausgeben kann oder zwei Franc und einige Centimes in der Sekunde.

Ich spreche nicht von den kleinen Millionären, den Rothschilds, Vanderbilts, den Herzögen von Northumberland oder den Stewarts, auch nicht von den Direktoren der mächtigen kalifornischen Bank und anderen »wohlbezinsten« Personen der Alten und der Neuen Welt, denen allen William W. Kolderup Almosen zu geben in der Lage gewesen wäre. Ohne sich zu genieren, hätte er eine Million weggeben können, wie unsereins hundert Sou weggibt.

Bei der Ausbeutung der Goldfelder Kaliforniens hatte dieser ehrenwerte Spekulant den Grund zu seinem unschätzbaren Vermögen gelegt. Er war der Hauptsozius des schweizerischen Kapitäns Sutters, auf dessen Boden 1848 der erste Erzgang gefunden wurde. Seit dieser Zeit beteiligte er sich mit Glück und Intelligenz an allen großen Unternehmungen beider Welten. Wo spekuliert wurde, da spekulierte er mit voller Kühnheit. Seine unerschöpflichen Hilfsquellen unterhielten Hunderte von Hüttenwerken, seine Schiffe trugen ihre Erträge in alle Welt. Sein Reichtum mehrte sich nicht nur in arithmetischer, sondern in geometrischer Reihe. Man sagte von ihm, was man im allgemeinen von diesen Milliardären sagt, daß er die genaue Summe seines Vermögens gar nicht kannte. In Wahrheit kannte er sie bis auf den letzten Cent, aber das band er niemand auf die Nase.

Im Augenblick, da wir William W. Kolderup unsern Lesern vorstellen, mit all der Umständlichkeit, die ein so gewichtiger Mann verdient, besaß er zweitausend Kontore, die sich über die ganze Erde verteilten; in den verschiedenen Büros in Amerika, Europa und Australien saßen achtzigtausend Angestellte, dreihunderttausend Korrespondenten; er unterhielt eine Flotte von fünfhundert Schiffen, die unaufhörlich die Meere zu seinem Nutzen durchquerten, und er gab allein für Briefmarken eine Million im Jahr aus. Kurz, er war die Ehre und der Ruhm des reichen Frisco – diesen freundschaftlichen Spitznamen hatten die Amerikaner der Hauptstadt Kaliforniens gegeben.

Ein Gebot von William W. Kolderup war natürlich ernst gemeint. Als daher die Leute im Saal den Mann erkannt hatten, der den verlangten Preis für Spencer Island noch um hunderttausend Dollar überboten hatte, änderte sich die Situation schlagartig, die Witze hörten auf, anstatt der Kalauer hörte man Ausrufe der Bewunderung, und im Saal wurde Hurra geschrien.

Dann folgte tiefes Schweigen auf das Getöse. Die Augen wurden größer, die Ohren spitzten sich. Wären wir selbst dabeigewesen, wir hätten den Atem angehalten, damit uns nichts entginge von der aufregenden Szene, die sich abspielen mußte, falls ein weiterer Liebhaber mit William W. Kolderup in Wettstreit treten würde.

Aber war das anzunehmen? War das möglich? Nein! Man brauchte William W. Kolderup nur anzusehen, und man war überzeugt, daß er nie weichen würde, wenn es um Geschäfte ging.

Er war ein großer, starker Mann mit gewaltigem Schädel, breiten Schultern und wohlproportionierten Gliedern, die wie aus Eisen gegossen wirkten. Sein gutmütiger, aber entschlossener Blick senkte sich nicht gern. Sein krauses graumeliertes Haar zeigte noch nicht die geringste Lichtung. Die geraden Linien seiner Nase bildeten ein geometrisch gezeichnetes rechtwinkliges Dreieck. Er hatte keinen Schnurrbart. Ein Bart von amerikanischem Schnitt, getönt wie »Pfeffer und Salz«, reichte mit beiden oberen Spitzen an die Lippen heran und bis zu den Schläfen hinauf. Weiße Zähne zeigten sich symmetrisch gereiht hinter einem feinen, schmalen Mund. Es war der Kopf eines Kommodore, der auf der Brücke seines Schiffes steht und dem Sturm die Stirn bietet. Kein Orkan hätte ihn gebeugt, so fest saß er auf dem gewaltigen Nacken, der ihm als Grundpfeiler diente.

An einen Wettstreit mit William W. Kolderup war nicht zu denken.

»1 200 000 Dollar, 1 200 000!« rief der Auktionator mit der eigentümlichen Betonung dessen, der endlich seine Mühe belohnt findet.

»Es ist ein Käufer da für 1 200 000!« schrie ununterbrochen Ausrufer Ginggraß.

»Oh, der kann ohne Furcht höher bieten!« murmelte der Budiker Oakhurst. »William Kolderup läßt nicht nach!«

... wer war dieser Tollkühne der mit
William W. Kolderup aus San Francisco
anbinden wollte?
– Es war J. R. Taskinar aus Stockton.

»Er weiß recht gut, daß das keiner riskiert«, setzte der Materialwarenhändler aus der Merchant Street hinzu.

Wiederholt mußte der Ruf »Pst!« die beiden ehrsamen Handelsleute zur Ruhe auffordern. Man wollte hören. Alle Herzen schlugen schneller. Würde es eine Stimme wagen, laut zu werden, eine Stimme, die W. Kolderup antworten würde? Der jedenfalls rührte sich nicht; stolz stand er da, so ruhig, als wenn ihn die Sache absolut nichts anginge. Aber – und die Leute in seiner Nähe konnten das beobachten – seine Augen waren wie zwei mit Dollar geladene Pistolen, bereit, Feuer zu geben.

»Sagt keiner einen Ton?« fragte Dean Felporg.

Niemand ließ sich hören.

»Zum ersten! . . . Zum zweiten!«

»Zum ersten! . . . Zum zweiten!« wiederholte Ginggraß routinemäßig dieses kleine Zwiegespräch mit dem Auktionator.

»Ich werde zuschlagen!«

»Wir werden zuschlagen!«

»Für 1 200 000 Dollar Spencer Island, so wie es ist!«

»Für 1 200 000 Dollar!«

»Begreift man das? Versteht man das?«

»Tut das keinem leid?«

»Für 1 200 000 Dollar Spencer Island!«

Die Brust der Zuhörer hob und senkte sich krampfhaft. Würde in der letzten Sekunde doch noch ein höheres Gebot erfolgen?

Der Auktionator Felporg hielt in der Rechten den Elfenbeinhammer. Ein Schlag, ein einziger Schlag, und der Zuschlag wäre erfolgt. Das Publikum hätte selbst vor einem Akt von Lynchjustiz nicht aufgeregter sein können.

Der Hammer senkte sich langsam, berührte fast den Tisch, hob sich wieder und zitterte einen Augenblick – dann fiel er schnell. Aber bevor der trockene Schlag zu hören war, ertönten die Worte:

»1 300 000 Dollar!«

Zuerst ein allgemeines »Ah!« der Verblüffung, dann ein ebenso allgemeines »Ah!« der Befriedigung. Ein Überbieter hatte sich gefunden. Es kam also zum Wettstreit.

Und wer war dieser Tollkühne, der mit William W. Kolderup aus San Francisco anbinden wollte?

Es war J. R. Taskinar aus Stockton.

J. R. Taskinar zeichnete sich nicht nur durch Reichtum, sondern noch mehr durch Leibesumfang aus. Er wog vierhundertneunzig Pfund.

Wenn er bei der Zusammenkunft der »Dicken« in Chikago nur Zweiter geworden war, so lag das daran, daß man ihm nicht Zeit gelassen hatte, sein Mittagessen zu genießen, und dadurch hatte er etwa zehn Pfund verloren.

Dieser Koloß, für den besondere Sitze gemacht werden mußten, auf denen er seine enorme Persönlichkeit niederlassen konnte, wohnte in Stockton am San Joaquin. Stockton ist eine der bedeutendsten Städte Kaliforniens, eins der Handelszentren für die Minen im Süden, eine Nebenbuhlerin von Sacramento, wo die Erträge der Minen im Norden zusammenfließen. Dort verschiffen die Dampfer auch den größten Teil des kalifornischen Getreides.

Nicht nur die Ausbeutung der Minen und der Handel mit Feldfrüchten hatten J. R. Taskinar Gelegenheit gegeben, ein ungeheures Vermögen zu erwerben, sondern auch das Petroleum war wie ein zweiter Paktolos – jener wegen seines Goldsands berühmte Fluß in Lydien – durch seine Kasse geströmt. Überdies war er Spieler und glücklicher Spieler. Es gab niemand, dem es gelungen wäre, ihm beim Pokern aufs Kreuz zu legen. Aber so reich er auch war, schmückte man doch seinen Namen nur höchst selten mit dem Beiwort »ehrenwert«, obwohl das sonst so gebräuchlich in diesem Land ist. Im übrigen war er, wie man so sagt, ein gutes Streitroß, und man packte ihm vielleicht mehr auf die Schulter, als ihm paßte. Fest steht, daß er sich bei mancher Gelegenheit nicht genieren würde, den Derringer, den kalifornischen Revolver, zu gebrauchen.

Bekannt war vor allem Eingeweihten, daß J. R. Taskinar in besonderem Maß William W. Kolderup haßte. Er beneidete ihn um sein Vermögen, sein Ansehen, seine Ehrbarkeit. Er verachtete ihn, wie ein dicker Mensch den verachtet, den er mit Fug und Recht als mager bezeichnen darf. Es war nicht das erste Mal, daß der Handelsmann aus Stockton dem Handelsmann aus San Francisco aus purer Bosheit etwas am Zeug flicken wollte. William W. Kolderup kannte ihn durch und durch und ignorierte ihn bei jedem Zusammentreffen, was wohl angetan war, ihn außer sich zu bringen.

Ein letzter Erfolg, den J. R. Taskinar seinem Gegner nicht verzieh, war, daß er bei den Wahlen kurz zuvor glatt von ihm geschlagen worden war. Trotz aller Bemühungen, Drohungen und Lästerungen – nicht gerechnet die Tausende von Dollar, die vergeblich von seinen Wahlagenten unters Volk geworfen waren.

J. R. Taskinar hatte erfahren – wie, läßt sich nicht genau sagen –, daß William W. Kolderup die Absicht hatte, sich in den Besitz von Spencer

Island zu setzen. Diese Insel hatte zwar für ihn genausoviel – oder sowenig – Nutzen wie für seinen Rivalen, doch das spielte dabei keine Rolle. Es bot sich hier einfach eine weitere Gelegenheit, einen Wettstreit vom Zaun zu brechen und vielleicht zu siegen. Die durfte sich J. R. Taskinar nicht entgehen lassen.

Und deshalb war J. R. Taskinar in das Auktionslokal gekommen, deshalb hatte er sich auf den Kampf vorbereitet; deshalb hatte er, ehe er handelte, gewartet, bis sein Gegner den Preis, so hoch er auch war, geboten hatte.

Alle Welt drehte sich um.

»Der fette Taskinar!«

Dieser Name flog von Mund zu Mund. Ja, der fette Taskinar! Er war wohlbekannt. Über seine Korpulenz war oft genug in den Journalen der Union gesprochen worden. Aber im Augenblick war die physische Beschaffenheit J. R. Taskinars nicht der Gegenstand des Interesses für die Zuschauer der Auktion. Weit aufregender war der Umstand, daß er öffentlich in Wettstreit trat mit William W. Kolderup. Ein heroischer Kampf mit Dollars drohte sich zu entspinnen. Beide Männer – einander todfeind – waren enorm reich. Es war also nur eine Frage der Geltungssucht. Nach der ersten Aufregung, die sich schnell legte, trat in der Versammlung tiefes Schweigen ein. Man hätte eine Spinne ihr Netz weben hören. Die Stimme Dean Felporgs unterbrach das Schweigen:

»Für 1 300 000 Dollar Spencer Island!« rief er und stand auf, um die Reihenfolge der Gebote besser verfolgen zu können.

William W. Kolderup hatte sich zu J. R. Taskinar umgedreht. Die Nebenstehenden traten zur Seite, um den beiden Widersachern Platz zu machen. Der Mann aus Stockton und der Mann aus San Francisco konnten sich ins Gesicht sehen und sich nach Herzenslust anblitzen. Um bei der Wahrheit zu bleiben: Sie taten's denn auch weidlich. Nie hätte sich der Blick des einen vorm Blick des andern gesenkt.

»1 400 000 Dollar!« rief William W. Kolderup.

»1 500 000!« entgegnete J. R. Taskinar.

»1 600 000!«

»1 700 000!«

Erinnert das nicht an die beiden Industriellen von Glasgow, von denen einer den Schornstein seines Hüttenwerks immer höher baute als der andere, bis schließlich beide Schornsteine einstürzten? Hier waren es freilich nur Rollen von Gold, die – natürlich bildlich gesprochen – aufeinander getürmt wurden.

Nach dem Gebot J. R. Taskinars überlegte William W. Kolderup ein Weilchen, ehe er weiterging. Dagegen platzte Taskinar immer wie eine Bombe heraus und schien sich nicht eine Sekunde bedenken zu wollen.

»1 700 000 Dollar!« rief der Auktionator. »Vorwärts, meine Herren! Das ist noch gar nichts! Es ist immer noch wie verschenkt!«

Man hätte glauben können, daß der würdige Felporg gewohnheitsmäßig hinzusetzen würde: »Allein der Rahmen des Gemäldes ist mehr wert!«

»1 700 000 Dollar!« brüllte der Ausrufer Ginggraß.

»1 800 000!« rief William W. Kolderup.

»1 900 000!« entgegnete J. R. Taskinar.

»2 000 000!« schrie William W. Kolderup sofort, diesmal ohne jedes Besinnen.

Sein Gesicht war ein wenig bleich geworden, als er diese Worte sprach, aber seine ganze Haltung bekundete, daß er den Kampf nicht aufgeben würde.

J. R. Taskinar war Feuer und Flamme. Sein enormes Gesicht glich jenen Eisenbahnsignalen, die, auf rot gestellt, dem Zug Halt gebieten. Doch sein Widersacher beachtete kein Signal und ging mit Volldampf weiter. J. R. Taskinar fühlte das.

Das Blut stieg ihm ins Gesicht, das zu zucken begann. Mit seinen dikken, mit äußerst kostbaren Brillantringen überladenen Fingern spielte er an der riesigen Goldkette herum, an der er die Uhr trug. Er betrachtete seinen Gegner und schloß für eine Sekunde die Augen. Als er sie wieder öffnete, funkelte noch mehr Haß in ihnen.

»2 500 000!« rief er endlich, indem er durch dieses verschwenderische Gebot den Kampf beendet glaubte.

»2 700 000!« entgegnete William W. Kolderup ruhig.

»2 900 000!«

»3 000 000!«

Ja! William W. Kolderup aus San Francisco hatte drei Millionen geboten! Lauter Beifall brach aus, der erstarb, als der Auktionator das Gebot wiederholte und sich sein emporgehobener Hammer wie durch eine unwillkürliche Bewegung zu senken drohte. Man hätte meinen mögen, daß sich Dean Felporg, so abgestumpft er auch gegen die Überraschungen bei einer öffentlichen Versteigerung war, nicht mehr länger zu bezwingen imstande war.

Aller Augen waren auf J. R. Taskinar gerichtet. Die umfangreiche Person fühlte das, aber noch mehr drückte ihn die Wucht der drei Millionen, unter der er zusammenzubrechen schien. Er wollte sprechen, doch er konnte nicht mehr. Er wollte den Kopf schütteln – auch das konnte er nicht.

Endlich ließ sich seine Stimme hören, schwach zwar, doch laut genug, um sein Gebot gültig zu machen.

»3 500 000!«

»4 000 000!« war William W. Kolderups Antwort.

Das war der letzte Hammerschlag. J. R. Taskinar erlag. Der Hammer fiel auf den Marmortisch. Spencer Island war zugeschlagen für vier Millionen an William W. Kolderup aus San Francisco.

»Ich werde mich rächen!« murmelte J. R. Taskinar.

Nach einem Blick voller Haß auf den, der ihn besiegt hatte, kehrte er ins Hotel Occidental zurück.

Inzwischen hallte das Hipphipphurra-Geschrei dreimal William W. Kolderup in die Ohren. Es begleitete ihn bis zur Montgomery Street, und so groß war der Begeisterungsrausch dieser Amerikaner, daß sie ganz vergaßen, ihren Yankee-doodle zu singen.

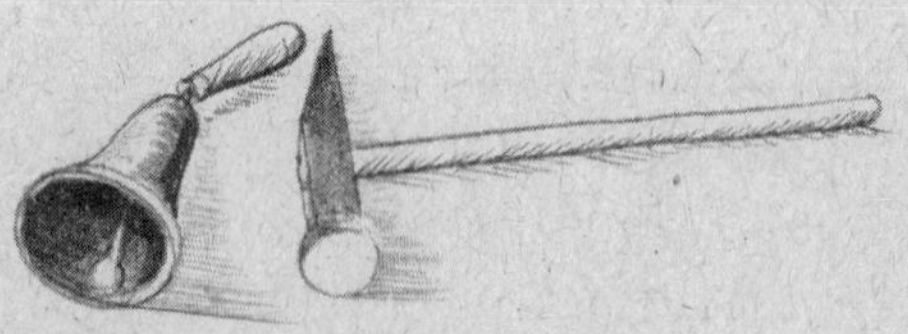

DRITTES KAPITEL

Worin wir einer Unterhaltung von Phina Hollaney und Godfrey Morgan beiwohnen, die mit Klavierbegleitung geführt wird

William W. Kolderup war in sein Palais in der Montgomery Street zurückgekehrt.

Diese Straße war die Regent Street, der Broadway, der Boulevar-des-Italiens von San Francisco. Auf dieser großen Verkehrsstraße spielt sich das ganze Leben und Treiben ab: Zahllose Straßenbahnen, Wagen mit Pferden oder Mauleseln, geschäftige Menschen, die sich auf dem Steinpflaster vor den stark besuchten Kaufhäusern drängen, noch mehr Kunden an den Türen der Restaurants, wo Getränke ausgeschenkt werden, die selbst in Kalifornien als erstklassig gelten durften.

Das Palais des Nabobs von Frisco zu beschreiben ist unnütz. Da er Überfluß an Millionen besaß, gab es bei ihm auch Überfluß an Luxus; er hatte es mehr auf Komfort abgesehen als Geschmack entwickelt, Kolderup hatte praktischen Sinn, seine künstlerischen Neigungen dagegen waren nur schwach entwickelt. Es ist eben nicht alles gleichzeitig zu haben. Es genügt für den Leser, zu erfahren, daß es einen prächtigen Empfangssalon gab, und in diesem Salon ließen sich in dem Augenblick, da der reiche Kolderup eintrat, durch die schwüle Atmosphäre hindurch die Klänge eines Pianos hören.

Gut! sagte er sich. Sie und er sind da. Ein Wort mit meinem Kassierer, dann können wir gleich plaudern.

Er schritt in sein Kabinett, um die kleine Angelegenheit mit Spencer Island zu erledigen und sie dann aus dem Kopf zu haben. Um sie zu erledigen, waren einfach einige Schecks zu schreiben, damit die Kaufsumme bezahlt werden konnte. Vier Zeilen an seinen Kassierer genügten, dann würde sich William W. Kolderup mit einer anderen Angelegenheit beschäftigen, die ihm weit mehr am Herzen lag.

Ja! Sie und er waren im Salon. Sie an einem Flügel; er halb ausgestreckt auf einem Sofa, träumerisch den Klängen des brillant vorgetragenen Stückes lauschend, das die Finger dieser reizenden Person spielten.

»Hörst du mich?« fragte sie.

»Gewiß!«

»Verstehst du mich auch?«

»Ob ich dich verstehe, Phina! Nie hast du die Variationen des Auld Robin Gray so gut gespielt!«

»Ich spiele ja nicht Auld Robin Gray, Godfrey, sondern Happy Moment.«

»Ach, ich hatte geglaubt«, antwortete Godfrey in nicht zu überhörender Gleichgültigkeit, »es wäre Auld Robin Gray.«

Das junge Mädchen hob beide Hände, hielt einen Augenblick die Finger gespreizt überm Klavier, als ob sie in die Tasten greifen wollte, um einen Akkord zu spielen. Dann drehte sie ihren Sessel halb herum und betrachtete eine Weile den allzu ruhigen Godfrey, der ihrem Blick auszuweichen suchte.

Phina Hollaney war das Patenkind William W. Kolderups. Er hatte die Waise erzogen und ihr daher das Recht gegeben, sich als seine Tochter zu betrachten, und die Pflicht, ihn wie einen Vater zu lieben. Sie ließ es daran nicht fehlen. Sie war jung und von angenehmem Wesen, aber auch sehr hübsch, eine Blondine von sechzehn Jahren mit blauschwarzen Augen. Wir versäumen es nicht, sie mit einer Lilie zu vergleichen, ein oft angewandter Vergleich in der besseren Gesellschaft Amerikas, wenn es gilt, deren junge Schönheiten zu kennzeichnen. Sie war also eine Lilie, die jedoch auf einen widerstandsfähigen festen Rosenstock gepfropft war. Sicherlich hatte diese junge Miß viel Herz, sie hatte jedoch auch viel praktischen Verstand und ein eigenes Wesen und ließ sich nicht weiter, als ihr recht war, in die Illusionen oder Träumereien ihres Geschlechts und Alters locken.

»Godfrey?« sagte sie.

»Phina?« antwortete der junge Mann.

»Wo bist du jetzt?«

»Bei dir, im Salon.«

»Nein, nicht bei mir, Godfrey! Nicht in diesem Salon, sondern fern, weit weg, jenseits des Meeres, nicht wahr?«

Und mechanisch suchte Phinas Hand das Klavier und verlor sich in einer Reihe von verminderten Septimakkorden, deren Traurigkeit der Neffe William W. Kolderups wohl kaum bemerkte.

Denn traurig war dieser junge Mann. Als Sohn einer Schwester dieses Inselkäufers und gleichfalls Waise, war Godfrey Morgan seit vielen Jahren wie Phina im Hause seines Oheims erzogen worden, der bei seiner Geschäftigkeit nie Zeit gehabt hatte, ans Heiraten zu denken.

Godfrey war jetzt zweiundzwanzig Jahre alt. Seine Erziehung war abgeschlossen, und er gab sich ganz der Muße hin. Mit einem akademischen Grad versehen, war er deshalb um nichts gescheiter geworden.

Das Leben eröffnete ihm nur leicht zugängliche Wege, und er konnte rechts oder links gehen, wie es ihm paßte. Irgendwohin würde es ihn schließlich schon führen, wo es ihm nicht an Glück fehlte.

Im übrigen war Godfrey hochvornehm und elegant, er hatte nie seine Krawatte durch einen Ring geschlungen und nie seine Finger, seine Manschetten oder das Bruststück seines Hemdes mit all jenem Geschmeide der Neureichen verziert, das bei seinen eben erst zu Geld gekommenen Mitbürgern so beliebt war.

Niemand wird sich wundern, wenn jetzt verraten wird, daß Godfrey Morgan und Phina Hollaney ein Paar werden sollten. Konnte es denn anders sein? Es machte sich ja so gut. Natürlich war es William W. Kolderup, der diese Heirat wollte. Er sicherte so sein Vermögen den beiden, die er auf der Welt am liebsten hatte; ganz davon zu schweigen, daß Phina Godfrey gefiel und daß Godfrey Phina nicht mißfiel. Gleich nach der Geburt war dem jungen Mann und ebenso dem Mädchen ein Konto eröffnet worden, sie brauchten dann nur auf ein neues Konto für das Ehepaar überschrieben zu werden. Der würdige Kaufmann hoffte, daß sich das schließlich machen und alles endgültig arrangieren lasse, Schwierigkeiten befürchtete er nicht.

Und doch gab es Schwierigkeiten, wie sich zeigen wird: Einmal, weil sich Godfrey noch nicht reif für eine Heirat fühlte, und zum andern, weil man vergessen hatte, ihm diese Pläne mitzuteilen.

Als Godfrey seine Studien beendet hatte, meinte er einen vorzeitigen Überdruß an aller Welt und am ganzen Leben zu verspüren, wo nichts ihm fehlen würde, wo ihm kein Wunsch unerfüllt blieb, wo er überhaupt nichts zu tun hatte. Ein Gedanke freilich beherrschte ihn. Er sagte sich, er hätte alles kennengelernt, nur das Reisen noch nicht. Von der Alten und der Neuen Welt kannte er in der Tat nur San Francisco, wo er geboren worden war und das er nie verlassen hatte, es sei denn im Traum. Und was war schon ein junger Mann, der nicht ein paarmal um die Erde gereist war – besonders, wenn es sich um einen Amerikaner handelte? Gehörte es nicht zur guten Erziehung eines jungen Mannes, daß er ein paar tausend Meilen auf der Erde zurückgelegt haben muß, damit er mitreden kann?

So war es also gekommen, daß sich Godfrey seit einem Jahr in die Reisewerke vertieft hatte, von denen ständig neue in den Buchhandlungen erschienen, und diese Lektüre begeisterte ihn. Er hatte das Himmlische Reich erforscht mit Marco Polo, Amerika mit Kolumbus, den Stillen Ozean mit Cook, den Südpol mit Dumont d'Urville. Er hatte die

Idee, dorthin zu gehen, wo diese berühmten Reisenden ohne ihn gewesen waren. In der Tat, nach seiner Meinung war eine Forschungsreise von mehreren Jahren nicht zu teuer bezahlt mit einigen Überfällen malayischer Seeräuber, Zusammenstößen auf hoher See und Schiffbrüchigen an verlassenen Küsten, selbst wenn sie zu dem Leben eines Selkirk oder Robinson Grusoe führten.

Ein Robinson! Ein Robinson werden! Welch junge Phantasie hat das nicht ein wenig geträumt bei der Lektüre der Abenteuer, die die erdachten Helden Daniel Defoes zu überstehen hatten.

Ja, so stand es mit dem Neffen William W. Kolderups in dem Augenblick, da ihn sein Oheim ins Ehejoch spannen wollte. Mit Phina reisen, die dann Mistreß Morgan wäre, das war unmöglich. Das mußte allein gemacht werden oder gar nicht. Und wäre Godfrey nicht erst dann, wenn er seine Lieblingsidee ausgeführt hätte, in der richtigen Verfassung, den Ehekontrakt zu unterzeichnen? Kann eine Frau mit einem Mann glücklich werden, der vorher weder in Japan noch in China, geschweige denn in Europa gewesen ist? Sicher nicht!

Deshalb war Godfrey in der Gesellschaft Phinas zerstreut, gleichgültig, als sie zu ihm sprach, mißgestimmt, als sie ihm die Melodien vorspielte, die ihn sonst entzückt hatten. Phina als ernstes bedachtsames Mädchen hatte das wohl gemerkt. Wollte man sagen, daß sie darüber nicht wenig Verdruß empfand und Kummer, so würde man sie unverdientermaßen verleumden. Da sie aber die Dinge von ihrer positiven Seite zu betrachten gewohnt war, hatte sie sich gesagt: Wenn er absolut reisen muß, dann ist es besser, er reist vor der Hochzeit als nachher.

Und deshalb hatte sie die einfachen, aber sehr treffenden Worte zu Godfrey gesprochen: »Nein! – Du bist in diesem Augenblick nicht bei mir, sondern jenseits des Meeres.«

Godfrey war aufgestanden. Er ging einige Schritte im Salon hin und her, ohne Phina anzusehen, und unwillkürlich hatte sich sein Zeigefinger auf eine Taste des Pianos gelegt. Ein hohes D erklang, ein kläglicher Ton, der ganz seiner Stimmung entsprach.

Phina hatte verstanden, und ohne Weitschweifigkeiten drückte sie sozusagen ihren Verlobten direkt an die Wand und wollte ihm selbst zur Öffnung einer Bresche verhelfen, aus der er entfliehen konnte, wohin ihn seine Phantasie trieb – da öffnete sich die Tür des Salons.

William W. Kolderup erschien, ein wenig beschäftigt, wie immer. Als Kaufmann hatte er eben ein Geschäft beendet, nun sollte ein anderes erledigt werden.

..hob beide
Hände,
hielt einen Augen
blick die
Finger gespreizt
überm
Klavier,
als ob sie in die
Tasten greifen wollte

»Es handelt sich nur noch darum«, sagte er, »den Tag festzusetzen.«

»Den Tag?« entgegnete Godfrey, leicht erschauernd. »Welchen Tag denn, wenn ich bitten darf, Oheim?«

»Den Tag eurer Hochzeit!« antwortete William W. Kolderup. »*Ich* will doch nicht etwa heiraten!«

»Wäre das nicht ein wenig übereilt?« fragte Phina.

»Was?« rief der Oheim. »Was soll das heißen? Das ist doch abgemacht, oder?«

»Lieber Pate Will«, antwortete das junge Mädchen, »es handelt sich nicht darum, den Tag einer Hochzeit festzusetzen, sondern den Tag einer Abreise.«

»Einer Abreise?«

»Ja, der Abreise Godfreys«, sagte Miß Phina. »Bevor er sich verheiratet, wünscht er die Welt ein wenig zu bereisen.«

»Du willst reisen. Du?« rief William W. Kolderup, indem er auf den jungen Mann losging und ihn beim Arm ergriff, als fürchtete er, dieser Schlingel von einem Neffen wollte ihm auf der Stelle durchbrennen.

»Ja, Onkel Will«, antwortete Godfrey tapfer.

»Und wie lange?«

»Achtzehn Monate oder auch zwei Jahre, wenn Sie und Phina bis dahin auf mich warten.«

»Auf dich warten! Seh einer diesen Bräutigam, der auf und davon will!« rief William W. Kolderup.

»Godfrey soll seinen Willen haben«, antwortete das junge Mädchen. »Lieber Pate Will, ich habe mir das alles überlegt. Ich bin jung, aber in Wahrheit ist Godfrey noch jünger als ich. Auf der Reise wird er älter werden, und ich glaube, wir dürfen uns seiner Liebhaberei nicht widersetzen. Er will reisen, also soll er reisen. Das Bedürfnis nach Ruhe wird sich wieder einstellen, und wenn er zurückkommt, findet er mich noch hier.«

»Was«, rief William W. Kolderup, »du willigst ein, diesen Windbeutel fortzulassen?«

»Ja, auf die zwei Jahre, die er verlangt.«

»Und du wirst auf ihn warten?«

»Onkel Will, wenn ich nicht imstande wäre, auf ihn zu warten, dann würde ich ihn ja nicht liebhaben!«

Mit diesen Worten trat Phina wieder an den Flügel, und unwillkürlich spielten ihre Finger ein sehr modernes Stückchen, »Abschied eines Bräutigams«, das hier sehr gut paßte. Godfrey war – verwirrt und sprach kein

Wort. Sein Oheim hatte ihn beim Kopf genommen, ihn zum Licht gedreht und betrachtete ihn nun. Auf diese Weise fragte er ihn, ohne daß er zu sprechen, und Godfrey antwortete, ohne daß er ein Wort zu sagen brauchte.

Die klagenden Töne des »Abschieds eines Bräutigams« ertönten noch immer. Endlich blieb William W. Kolderup, der im Salon auf und ab gegangen war, vor Godfrey stehen, der dastand wie ein Schuldiger vor seinem Richter.

»Es ist voller Ernst?« fragte er dann.

»Voller Ernst«, antwortete Phina, während Godfrey nur nickte.

»Allright!« entgegnete William W. Kolderup und warf einen eigentümlichen Blick auf seinen Neffen. Dann murmelte er durch die Zähne hindurch: »Du willst das Reiseleben kosten, ehe du Phina heiratest! Gut, das Vergnügen sollst du haben!«

Er tat noch ein paar Schritte und blieb dann mit gekreuzten Armen vor Godfrey stehen.

»Wohin willst du?« fragte er ihn.

»Überallhin.«

»Und wann willst du abreisen?«

»Sobald es Ihnen recht ist, Onkel Will.«

»Gut, so bald wie möglich.«

Bei diesen letzten Worten hatte Phina plötzlich aufgehört zu spielen. Der kleine Finger ihrer linken Hand hatte eben ein Gis berührt, und der vierte Finger hatte noch den Grundton dieses Tons angeschlagen. Sie war bei einem halben Ton stehen geblieben, wie Raoul in den »Hugenotten« an der Stelle, wo er am Schluß seines Duetts mit Valentine entflieht.

Vielleicht war Phinas Herz übervoll, aber sie war entschlossen, kein Wort zu sagen.

Da trat William W. Kolderup, ohne Godfrey anzusehen, ans Piano. »Phina«, sagte er ernst, »man darf nicht auf einem halben Ton stehen bleiben.«

Und mit seinen dicken Fingern schlug er auf eine der Tasten und ließ ein volles A erklingen.

VIERTES KAPITEL

Worin T. Artelett, sprich Tartelett, dem Leser in aller Form vorgestellt wird

Wenn T. Artelett Franzose gewesen wäre, hätten ihm seine Landsleute ohne Zaudern den Spitznamen Tartelett gegeben. Und da dieser Name zu ihm paßt, zögern auch wir nicht, ihn so zu nennen. Wenn übringens Tartelett kein Franzose war, so war er's doch wert, einer zu sein.

In seinem »Tagebuch meiner Reise von Paris nach Jerusalem« spricht Chateaubriand von einem kleinen Menschen, der gepudert und frisiert, wie es damals Mode war, in apfelgrünem Rock, wollener Weste und Jabot und Manschetten von Musselin, auf einer Taschenvioline herumkratzt und den Irokesen das Tanzen beibringt.

Die Kalifornier sind allerdings keine Irokesen, aber Tartelett war doch Tanz- und Anstandslehrer in der Hauptstadt Kaliforniens. Seine Stunden bezahlte man ihm freilich nicht mehr wie seinem Vorgänger mit Biberpelzen und Bärenschinken, sondern man bezahlte sie ihm mit Dollars. Er sagte von seinen Schülern auch nicht mehr: »Diese wilden Herren und wilden Damen«, denn seine Schüler waren sehr zivilisiert, und nicht wenig zu ihrer Zivilisation hatte er selbst beigetragen.

Tartelett, ein Junggeselle, war zur Zeit, da wir ihn den Lesern vorstellen, fünfundvierzig Jahre alt. Aber vor etwa zehn Jahren war es einmal so weit gewesen, daß er sich beinahe mit einer Dame passenden Alters verheiratet hätte.

Zu dieser Zeit und auf Grund dieses Vorhabens wurde er um einige Angaben befragt, die sein Alter, sein Äußeres und seine Stellung betrafen. Diese Angaben vermelden wir hier treulich, sie entheben uns der Aufgabe, ein Porträt zu entwerfen, das ihn moralisch und physisch wertet.

Er wurde geboren am 17. Juli 1835 Viertel vier Uhr morgens. Seine Größe beträgt 5 Fuß 2 Zoll. Sein Umfang, über den Hüften gemessen, ist genau 2 Fuß 3 Zoll. Sein Gewicht, das im letzten Jahr um sechs Pfund zugenommen hat, ist 151 Pfund 2 Unzen. Sein Kopf ist länglich. Sein Haar, über der Stirn spärlich, ist kastanienbraun und graumeliert. Stirn hoch, Gesicht oval, Teint rosig. Augen – auffallend klar – graubraun. Wimpern und Brauen kastanienbraun. Die Lider liegen etwas tief in den Höhlen unter den gewölbten Brauen. Die mittelgroße Nase ist am Ende des linken Flügels gespalten. Schläfen und Wangen flach und bartlos. Ohren groß und flach. Mund mittelgroß und völlig frei von schlechten

Zähnen. Die Lippen sind spitz und schmal und von dichtem Bart bedeckt, das runde Kinn ist gleichfalls von Bart beschattet. Am Nacken ziert seinen fleischigen Hals ein Schönheitsfleck. Wenn er badet, kann man sehen, daß er eine weiße und sehr spärlich behaarte Haut hat.

Sein Leben verläuft ruhig und geregelt. Ohne von robuster Gesundheit zu sein, ist er dank seiner großen Nüchternheit noch nie krank gewesen. Seine Lunge ist sehr empfindlich, deshalb hat er sich auch das Rauchen versagt. Er genießt keinen Branntwein, keinen Kaffee, keinen Likör und keinen unvermischten Wein. Mit einem Wort, was ihm irgendwie schaden könnte, vermeidet er mit peinlicher Ängstlichkeit. Leichtes Bier und Limonade sind die einzigen Getränke, die er ohne Gewissensbisse genießt. Dank dieser Vorsicht hat er, seit er auf der Welt ist, noch nie einen Arzt zu Rate ziehen müssen.

Seine Haltung ist gerade, sein Gang lebhaft, sein Wesen frei und offen. Sein Zartgefühl kennt keine Grenzen, und bloß aus Furcht, eine Frau unglücklich zu machen, hat er es vermieden, in den Stand der heiligen Ehe zu treten.

So lautete der von Tartelett verfertigte Bericht, aber so verlockend er auch für eine Dame in entsprechenden Jahren sein mochte, die geplante Verbindung kam nicht zustande. Der Professor blieb also Junggeselle und fuhr fort, Unterricht im Tanzen und im guten Ton zu erteilen.

Um diese Zeit wurde er in das Palais Kolderup eingeführt. Als ihn mit der Zeit seine Schüler alle – fertig ausgebildet – verließen, wurde er allmählich ein Mitglied des Personals im Haus Kolderups.

Trotz seiner Albernheiten war er ein braver Mensch. Alle hatten ihn gern. Er liebte Godfrey, und er liebte Phina, die übrigens seine Zuneigung erwiderten. Auch hatte er nur einen Ehrgeiz auf der Welt: ihnen alle Feinheiten seiner Kunst beizubringen und sie, was das gute Benehmen anlangte, zu zwei vollendeten Geschöpfen zu machen.

Ihn, den Professor Tartelett, hatte William W. Kolderup zum Begleiter seines Neffen auf der geplanten Reise ausgewählt. Ja! Er befand sich nicht im Unrecht, wenn er glaubte, daß Tartelett ein wenig dazu beigetragen hatte, daß sein Neffe vom Wandertrieb erfaßt war, von dem Tartelett meinte, er vervollkommne die Weltkenntnis. William W. Kolderup beschloß daher, beide reisen zu lassen. Am 16. Mai teilte er dem Professor mit, daß er ihn in seinem Kabinett zu sprechen wünsche.

Eine Bitte des Nabobs war ein Befehl für Tartelett. Der Professor verließ seine Stube, bewehrt mit der kleinen Taschenvioline, um auf alle Fälle gerüstet zu sein. Er stieg die große Treppe des Hauses hinauf, die

Füße zierlich setzend, wie sich's für einen Tanzmeister geziemt, klopfte an, trat ein mit halbgeneigtem Körper, gebogenen Knien und lächelndem Mund und wartete in der »dritten Position«, nachdem er die Füße um halbe Fußlänge einen vor dem andern kreuzte und so hinstellte, daß die Knöchel aneinander und die Zehen nach der Seite standen.

Jeder andere als der Professor Tartelett hätte sich aus dieser Balancierstellung ohne Rettung hingesetzt, er aber verstand seine aufrechte Haltung zu wahren.

»Monsieur Tartelett«, sagte William W. Kolderup, »ich habe Sie zu mir gebeten, um Ihnen eine Neuigkeit mitzuteilen, die Sie ohne Zweifel überraschen wird.«

»Zu Ihren Wünschen«, antwortete der Professor.

»Die Hochzeit meines Neffen ist um zwei Jahre oder doch achtzehn Monate verschoben worden«, sagte der Oheim, »und auf seine Bitte hin tritt Godfrey eine Reise durch die verschiedenen Staaten der Neuen und der Alten Welt an.«

»Gnädiger Herr«, antwortete Tartelett, »mein Schüler Godfrey wird dem Land, dessen Sohn er ist, Ehre machen.«

»Und auch dem Professor für guten Ton, der ihm die vornehmen Manieren beigebracht hat«, antwortete der Handelsherr, ohne daß der naive Tartelett die Ironie heraushörte.

Er glaubte einen Tanzschritt aus der dritten Position heraus machen zu sollen, wechselte die Stellung der Füße, indem er sie zur Seite gleiten ließ, neigte dann leicht und elegant das Knie und bemühte sich für William W. Kolderup um ein Kompliment.

»Ich habe nun gedacht, daß es Ihnen Schmerz bereiten würde, sich von Ihrem Zögling zu trennen.«

»Der Schmerz wäre ziemlich groß«, versetzte Tartelett, »doch wenn es sein muß . . .«

»Es muß nicht sein«, antwortete William W. Kolderup und runzelte die dichten Brauen.

»Ah!« sagte Tartelett.

Ein wenig beunruhigt, tat er einen Stelzschritt rückwärts, indem er von der dritten in die vierte Position überging; dann setzte er die Füße um eine Fußbreite auseinander, ohne sich dessen wirklich bewußt zu sein.

»Ja«, fügte der Handelsherr kurz hinzu, selbst den Schatten einer Antwort hierauf von sich weisend, »ich habe gedacht, daß es wirklich grausam wäre, einen Professor und einen Zögling, die einander so gut verstehen, zu trennen!«

»Gewiß . . ., und Reisen . . .«, antwortete Tartelett, der nicht begreifen zu wollen schien.

»Ja gewiß«, sagte William W. Kolderup, »eine Reise würde nicht nur meines Neffen Talente, sondern auch die des Professors, dem er diese so korrekten Manieren verdankt, würdig zur Geltung bringen.«

Niemals war diesem großen Kind der Gedanke gekommen, daß er eines Tages San Francisco, Kalifornien und Amerika verlassen sollte, um übers Meer zu fahren. Diese Ideen hatten nie das Gehirn eines mehr in der Tanzkunst als im Reisen bewanderten Mannes bewegt. Seine Kenntnis der Welt erfaßte ja nicht mehr als einen Umkreis von zehn Meilen der Umgebung von San Francisco. Jetzt wurde ihm das Ansinnen gestellt – nein, wurde ihm zu verstehen gegeben, daß er wohl oder übel aus seiner Heimat weg, daß er selbst all die Beschwerden und Unbilden auf sich nehmen solle, die eine derartige Reise, wie er sie seinem Zögling angeraten hatte, mit sich bringen mußte. Das genügte freilich, ein Gehirn zu beunruhigen, das so wenig widerstandsfähig war wie das seine, und der unglückliche Tartelett fühlte zum erstenmal in seinem Leben ein unwillkürliches Zittern in den Muskeln seiner Beine, die durch fünfunddreißig Jahre lange Exerzitien geschmeidig geworden waren.

»Vielleicht«, sagte er, indem er versuchte, auf seine Lippen das stereotype Lächeln des Tänzers zu bringen, das für einen Augenblick gewichen war, »bin ich nicht geschaffen für . . .«

»Dann schaffen Sie sich um dazu!« antwortete William W. Kolderup als Mann, mit dem nicht zu diskutieren war.

Es war unmöglich, nein zu sagen. Tartelett dachte gar nicht daran. Was war er in diesem Haus? Ein Dingsda, ein Ballen, ein Paket, das in alle Ecken der Welt verschickt werden konnte. Aber das hier geplante Verschicken beunruhigte ihn doch sehr.

»Und wann soll die Abreise stattfinden?« fragte er, indem er versuchte, wieder eine schulgerechte Position einzunehmen.

»In einem Monat.«

»Und über welches stürmische Meer wird das Schiff nach dem Beschluß des Herrn William W. Kolderup meinen Zögling und mich führen?«

»Zunächst über den Stillen Ozean.«

»Und auf welchem Punkt des Erdballs werde ich zum erstenmal wieder festes Land betreten?«

»Auf Neuseeland«, antwortete William W. Kolderup. »Ich habe bemerkt, daß die Neuseeländer die Ellbogen recht ungeschickt halten. Sie werden ihnen Unterricht geben.«

Auf diese Weise wurde Professor Tartelett zum Reisegefährten Godfrey Morgans ausersehen.

Ein Zeichen des Handelsherrn sagte ihm, daß die Audienz beendet war. Er zog sich also ziemlich bewegt zurück, sein Abgang und die besondere Grazie, die er sonst bei diesem schwierigen Akt anwandte, ließen diesmal viel zu wünschen übrig.

In der Tat, zum erstenmal in seinem Leben vergaß Professor Tartelett aus Zerstreutheit die elementaren Lehren seiner Kunst und ging mit einwärts gedrehten Füßen.

FÜNFTES KAPITEL

Worin man sich zur Abreise rüstet und zu guter Letzt auch wirklich abreist

Die Sache war abgemacht. Vor der langen Reise zu zweit durchs Leben, die man Ehe nennt, wollte Godfrey eine Reise um die Welt machen – was mitunter gefahrvoller ist. Aber er dachte abgehärtet und gefestigt zurückzukehren und, während er als junger Mann weggegangen war, als ganzer wiederzukehren. Er hätte etwas gesehen, kennengelernt, Vergleiche ziehen können. Seine Neugier würde befriedigt sein. Es gäbe dann nichts Neues mehr für ihn als nur das ruhige und seßhafte Leben am glücklichen heimischen Eheherd, von dem ihn keine Versuchung wieder wegführen würde. Hatte er recht oder unrecht? Wollte er sich jetzt eine gute, feste Lehre holen, aus der er Nutzen ziehen konnte? Wir überlassen es der Zukunft, die Antwort zu geben.

Kurz, Godfrey war überglücklich.

Phina, die sich ihre Sorgen nicht anmerken ließ, schickte sich in diese Lehrzeit.

Professor Tartelett, der doch berufsmäßig so fest auf den Beinen stand und durch alle Tanzschritte gelenkig geworden war, hatte seine sonstige feste Haltung verloren und suchte vergebens, sie wiederzugewinnen. Selbst auf dem Boden seiner Stube taumelte er, als wäre er schon auf den Planken einer durch Wogengang und Schlingern des Schiffes schwankenden Kajüte.

William W. Kolderup war, seit sein Entschluß gefaßt war, wenig mitteilsam, vor allem seinem Neffen gegenüber. Die zusammengepreßten Lippen, die halb unter den Lidern verborgenen Augen bekundeten, daß sich eine Idee in diesem Kopf festgesetzt hatte, der sich sonst nur mit gewinnbringenden Handelsspekulationen beschäftigte.

»Ah! Du willst reisen«, murmelte er bisweilen, »reisen, statt dich zu verheiraten, statt zu Hause zu bleiben, statt der glücklichste Mensch zu sein! Gut, du sollst reisen.«

Die Vorbereitungen wurden sofort begonnen. Vor allem mußte die Frage der Route aufgeworfen, besprochen und schließlich festgelegt werden. Sollte Godfrey nach Süden, Osten oder Westen reisen? Das war zuerst zu bestimmen. Wenn er den Südweg einschlagen wollte, hätte er sich an die Gesellschaften »Panama–Kalifornien–Britisch-Kolumbien« und »Paketgesellschaft Southampton–Rio de Janeiro« zur Fahrt nach Europa wenden können. Wenn er ostwärts reisen wollte, hätte er die große Pacific-Eisenbahn benutzt, wäre in einigen Tagen in New York gewesen, und dann mit den Linien »Cunard«, »Inman«, »White Star«, »Hamburg–Amerika« oder der »Transatlantique Française« an der Küste der Alten Welt gewesen. Wenn er die Westroute einschlagen wollte, hätte er mit der »Steam-Transoceanic–Golden-Age« leicht Melbourne und dann mit den Schiffen der »Peninsular-Oriental-Steam-Kompagnie« den Suezkanal erreichen können.

An Fahrtmöglichkeiten fehlte es nicht, und dank ihrem präzisen Ineinandergreifen ist eine Reise um die Welt weiter nichts als eine Spazierfahrt.

Aber nicht in dieser Weise sollte der Erbe des Nabobs von Frisco reisen.

Nein! William W. Kolderup besaß für seine Handelszwecke eine ganze Flotte Dampf- und Segelschiffe. Er hatte daher beschlossen, daß eins dieser Schiffe dem jungen Godfrey Morgan zur Verfügung gestellt werde, als handle es sich um einen Prinzen von reinstem Geblüt, der zu seinem Vergnügen auf Kosten des Vaters reist.

Seinen Weisungen gemäß wurde die »Dream«, ein solider Dampfer von 600 Tonnen und 200 Pferdekräften, sofort ausgerüstet. Sie sollte von Kapitän Turcotte, einer alten Wasserratte, die schon alle Meere unter allen Breitengraden durchquert hatte, befehligt werden. Dieser Kapitän war ein tüchtiger und kühner Seemann, in Tornados, Taifunen und Zyklonen ergraut; er war fünfzig Jahre alt und fuhr seit vierzig Jahren zur See. Beizulegen und dem Orkan direkt die Stirn zu bieten war für ihn ein Kinderspiel, er kannte nur ein Leiden, die »Landkrankheit«, die ihn befiel, wenn er im Hafen lag. Durch dieses Dasein auf der Brücke eines Schiffes, unausgesetzt hin und her geschaukelt, hatte er die Gewohnheit angenommen, sich ständig nach links und rechts und vor und zurück zu wiegen; das Rollen und Schlingern war ihm zur zweiten Natur geworden.

Ein Leutnant, ein Mechaniker, vier Heizer, zwölf Matrosen, im ganzen achtzehn Mann, sollten die Mannschaft der »Dream« bilden, der es an hervorragenden nautischen Qualitäten nicht fehlte, wenngleich sie nicht mehr als acht Knoten Fahrt machte. Wohl war sie nicht schnell genug, bei schwerem Wetter die Wellen zu durchschneiden, aber die Wellen gingen auch nicht über sie hinweg – ein Vorteil, der den Nachteil niedriger Fahrgeschwindigkeit ausgleicht, zumal wenn man es nicht allzu eilig hat. Übrigens war die »Dream« als Schoner getakelt und konnte bei günstigem Wind mit ihren fünfhundert Quadratellen Zeug allemal dem Dampf zu Hilfe kommen.

Man darf auch nicht glauben, daß die Fahrt der »Dream« nur eine Vergnügungsreise sein sollte. William W. Kolderup war viel zu praktisch, als daß er nicht versucht hätte, eine Fahrt von 15 000 oder 16 000 Meilen durch alle Meere der Erde gehörig auszunutzen. Sein Schiff sollte freilich ohne Ladung abfahren, aber es konnte leicht den richtigen Tiefgang halten, indem es Wasser als Ballast aufnahm. Unterwegs würde sich dann Gelegenheit finden, die Laderäume zu füllen, denn der Kapitän hatte Anweisung, die verschiedenen überseeischen Kontore des reichen Kaufherrn zu besuchen. Kapitän Turcotte würde schon die Kosten für die Reise zu decken wissen. Die fixe Idee Godfrey Morgans sollte die Kasse seines Oheims keinen Dollar kosten. So macht man's eben in den besseren Handelshäusern.

All das wurde in langen geheimen Besprechungen zwischen William W. Kolderup und Kapitän Turcotte festgesetzt. Aber offensichtlich ging diese ganze Angelegenheit doch nicht so glatt vonstatten wie gedacht, denn der Kapitän hielt sich sehr oft im Büro des Handelsherrn auf. Wenn er wieder herauskam, hätten scharfsichtigere Beobachter als die Bewohner des Palais Kolderup bemerkt, daß er seltsam aussah, daß seine Haare wie vom Sturm zerzaust waren, so, als wäre er mit fieberheißer Hand hindurchgefahren, kurz, daß er heftiger als sonst rollte und schlingerte. Man hätte auch laute Stimmen hören können, die bewiesen, daß die Sitzungen zuweilen stürmisch waren. Freilich, Kapitän Turcotte mit seiner freimütigen Art wußte William W. Kolderup durchaus die Stirn zu bieten, und der wiederum schätzte ihn zu sehr, als daß er ihm widersprochen hätte.

Endlich schien alles in Ordnung. Wer hatte wohl nachgegeben, William W. Kolderup oder Kapitän Turcotte? Das läßt sich nicht sagen, da der Gegenstand ihrer Besprechungen nicht bekannt wurde. Doch ich möchte mich immerhin eher für den Kapitän entscheiden.

Sei dem, wie ihm wolle, nach achttägigen Verhandlungen schienen der Handelsherr und der Seemann einer Meinung. Aber Turcotte murmelte noch immer vor sich hin: »Sollen mich doch gleich fünfhunderttausend Teufel durch Sturm und Nebel jagen, wenn ich, Kapitän Turcotte, je geahnt hätte, daß ich einmal einen derartigen Auftrag erhalten würde.«

Inzwischen ging die Ausrüstung der »Dream« flott vonstatten, und ihr Kapitän tat alles, damit er in der ersten Hälfte des Monats Juni in See gehen konnte. Das Schiff war gründlich untersucht worden, und sein sorgfältig mit Mennige bestrichenes Unterteil hob sich mit dem leuchtenden Rot scharf gegen das tiefe Schwarz der Bordwände ab.

Den Hafen von San Francisco suchen viele Schiffe aller Arten und Nationalitäten auf, und schon seit Jahren hätten die am Strand angelegten Kais nicht mehr zum Löschen und Laden der Waren gereicht, wenn es den Ingenieuren nicht gelungen wäre, die Kais zu erweitern. Dicke Rottannenstämme waren ins Wasser gesenkt worden und trugen breite Plattformen, die weit in die Bai hineinragten, aber die Bai war groß genug. Auf diese Weise hatte man gewaltige Ladeplätze geschaffen, die stets mit Kisten und Ballen bedeckt waren, und hier konnten die Dampfer aus allen Meeren der Welt, Dampfboote von den kalifornischen Strömen, Klipper aus aller Herren Länder und amerikanische Küstenfahrer anlegen, ohne daß ein Schiff das andere behinderte.

An einem dieser Kais, am Ende der Wharf Mission Street, hatte die »Dream« festgemacht, nachdem sie die Werft verlassen hatte. Es wurde nichts vergessen, was den für Godfreys Reise bestimmten Dampfer seetüchtig zu machen geeignet war. Vorräte, Reserveausrüstung, alles wurde aufs peinlichste geprüft. Die Takelage war in bestem Stand, der Kessel von allen Rückständen befreit, die Schrauben erneuert. Man brachte sogar, um den Verkehr mit dem Land zu erleichtern, eine flinke unsinkbare Dampfschaluppe an Bord, die im Lauf der Fahrt gute Dienste leisten sollte.

Kurz und gut, am 10. Juni war alles fertig. Man brauchte nur noch in See zu stechen. Die von Kapitän Turcotte zur Bedienung der Segel und der Maschinen angeheuerten Leute bildeten eine auserwählte Mannschaft, wie man kaum eine bessere hätte finden können. Eine Herde lebender Tiere, Agutis, Schafe, Ziegen, Hähne und Hennen waren im Zwischendeck verstaut; außerdem waren Vorräte an Lebensmitteln in Konservenbüchsen von den besten Marken in großer Menge vorhanden.

Was die Route betrifft, die die »Dream« einschlagen sollte, so war diese ohne Zweifel der Gegenstand der langen Verhandlungen William W. Kolderups und des Kapitäns Turcotte. Man wußte darüber nichts, als daß der erste Hafen, den man anlaufen würde, Auckland sein sollte, die Hauptstadt von Neuseeland – es sei denn, die Fahrt hätte wegen widriger Winde länger gedauert und man hätte, um den Kohlenvorrat zu ergänzen, an einer der Inseln des Stillen Ozeans oder in einem der Häfen Chinas anlegen müssen.

All diese Einzelheiten kümmerten Godfrey übrigens nicht mehr von dem Augenblick ab, da es feststand, daß er reisen sollte, und Tartelett, dessen verstörtes Gemüt sich tagtäglich mit den Gefahren der Seefahrt beschäftigte, kümmerte das genausowenig.

Adieu, Phina!
Adieu, Godfrey!

Einer Formalität freilich mußte noch Genüge geschehen: Es fehlten nämlich Fotografien. Schließlich konnte ein Bräutigam nicht eine so lange Reise um die Welt antreten, ohne das Bild derer, die er liebt, mitzunehmen, und natürlich mußte er das seine dalassen.

Godfrey lieferte sich deshalb im Touristenkostüm den Händen von Stephenson & Co., Fotografen in der Montgomery Street, aus, und Phina tat desgleichen im Straßenkleid, damit ihre reizenden, aber nun etwas verhärmten Züge auf der Platte geschickter Fotografen fixiert wurden.

Auf diese Weise ließ sich reisen, ohne daß man absolut voneinander getrennt war. Phinas Bild hatte seinen Platz in Godfreys Kajüte und Godfreys Bild im Zimmer des jungen Mädchens.

Obgleich Tartelett nicht verlobt war und auch nicht daran dachte, so etwas zu tun, hielt man es doch für angebracht, auch sein Abbild dem lichtempfindlichen Papier anzuvertrauen. Aber so talentvoll die Fotografen auch waren, in diesem Fall vermochten sie keine befriedigende Aufnahme zu liefern. Die Platte war kaum mehr als ein verworrener Nebel, in dem der berühmte Professor für Tanz und guten Ton nicht zu erkennen war. Das lag daran, daß der Aufzunehmende durchaus nicht stillzuhalten imstande war – so sehr ihm das auch, wie in allen dieser Tätigkeit geweihten Ateliers üblich, dringends anempfohlen wurde. Man versuchte andere, schnellere Mittel und machte Momentaufnahmen. Unmöglich, Tartelett rollte und schlingerte schon im voraus genauso wie der Kapitän der »Dream«.

Man gab es schließlich auf, die Züge dieses merkwürdigen Mannes aufzubewahren, auch wenn es ein nicht wiedergutzumachendes Unglück für die Nachwelt war für den Fall, daß – doch geben wir uns diesem Gedanken gar nicht erst hin – Tartelett, der freilich nur in die Alte Welt reisen wollte, in jene Welt abdampfen sollte, aus der kein Wanderer wiederkehrt.

Am 9. Juni war alles bereit, die »Dream« brauchte nur die Anker zu lichten. Ihre Papiere – Frachtbrief, Befrachtungsvertrag, Versicherungspolice – alles war in Ordnung, und vor zwei Tagen schon hatte der Makler des Hauses William W. Kolderup die letzten Unterschriften geschickt.

An diesem Tag wurde ein großes Abschiedsfrühstück in der Montgomery Street gegeben. Man trank auf eine glückliche Reise Godfreys und auf seine glückliche Rückkehr.

Godfrey war sehr gerührt und suchte es auch nicht zu verstecken.

Phina zeigte sich fester als er. Was Tartelett betrifft, so ertränkte er seine Befürchtungen in einigen Gläsern Champagner, deren Wirkung bis zur Abreise anhielt. Er vergaß zuletzt sogar seine Taschenvioline, die ihm im letzten Augenblick gebracht wurde, als man die Haltetaue der »Dream« löste.

An Bord sagte man sich noch einmal Lebewohl, drückte sich auf dem Oberdeck noch einmal die Hand, dann setzte die Maschine die Schraube in Bewegung, und das Schiff stieß ab.

»Adieu, Phina!«

»Adieu, Godfrey!«

»Der Himmel geleite euch!« rief der Oheim.

»Vor allem führe er uns glücklich wieder zurück!« murmelte Tartelett.

Der Dampfer entfernte sich; solange er zu sehen war und noch ein bißchen darüber hinaus, wurde mit den Taschentüchern gewedelt.

Bald war die Bai von San Francisco, die größte der Welt, durchfahren, und die »Dream« querte die enge Fahrstraße Golden Gate und durchschnitt nun die Wogen des Stillen Ozeans.

Es war, als ob dieses goldene Tor sich hinter ihr geschlossen hätte.

SECHSTES KAPITEL

Worin der Leser die Bekanntschaft einer weiteren Person machen wird

Die Reise hatte begonnen. Bisher war alles gutgegangen, wie man gern zugeben wird. Und auch Professor Tartelett wiederholte ständig mit unbestreitbarer Logik:

»Der Anfang ist ja meistens gut, aber wo und wie das endet, darauf kommt es an!«

Die Kajüte Godfreys befand sich hinten im Schiff, sie lag gleich neben dem Speisesalon. Daß unser junger Reisender dort auf das komfortabelste eingerichtet war, versteht sich von selbst. Er hatte dem Bild Phinas den besten Platz an der Wand seiner Kammer eingeräumt. Ein Bett zum Schlafen, ein Waschtisch für die Toilette, einige Schränke für Kleider und Wäsche, ein Tisch zum Arbeiten, ein Polsterstuhl zum Sitzen – natürlich alles vom Feinsten für diesen Passagier von zweiundzwanzig Jahren! Unter diesen Umständen würde er zweiundzwanzigmal die Erde umreisen. Befand er sich nicht im Alter jener praktischen Philosophie, die auf guter Gesundheit und gutem Humor basiert? Ach ja, ihr jungen Leute, reist, wenn ihr's könnt – und wenn ihr's nicht könnt, reist trotzdem!

Tartelett seinerseits hatte die gute Laune verloren.

Seine Kabine, die in der Nähe der seines Zöglings lag, schien ihm recht eng, sein Bett recht hart, die sechs Ellen im Quadrat messende Oberfläche, die er bewohnte, schien ihm zu gering, als daß er seine Tanzschritte hätte ausführen können. Aber würde nicht vielleicht doch der Reisende in ihm den Professor für Tanz überwinden? Nein! Die Tanzerei lag ihm so sehr im Blut, und wenn für Tartelett die Stunde kommt, da er sich zum letzten Schlummer niederlegt, auch dann noch werden seine Füße so stehen, daß sie, die Fersen aneinander, eine Gerade bilden, wie es in der ersten Position vorgeschrieben ist.

Die Mahlzeiten wurden gemeinsam eingenommen, die Sitzordnung war folgendermaßen: Godfrey und Tartelett saßen einander gegenüber, und der Kapitän und der Leutnant saßen je an einem Ende des Schlingertisches. Diese entsetzliche Bezeichnung »Schlingertisch« will uns verraten, daß der Platz des Professors oft leer sein wird.

Bei der Abfahrt wehte eine schöne Nordostbrise. Kapitän Turcotte hatte Segel setzen können, um seine Fahrtgeschwindigkeit zu erhöhen, und die »Dream«, die dadurch ruhiger im Wasser lag, rollte nicht allzustark von einer Seite auf die andere. Da die Wellen im übrigen noch von hinten kamen, stampfte das Schiff auch nicht allzusehr. Es war also keine Fahrt, die den Passagieren das Blut aus den Wangen treibt, die Augen hohl und die Stirn kreideweiß macht. Es war erträglich. Das Schiff fuhr auf ruhiger See gerade nach Südwesten fast ohne zu schaukeln. Die Küste von Amerika war den Blicken rasch entschwunden.

Zwei Tage lang ereignete sich während der Fahrt nichts, was der Erwähnung würdig gewesen wäre. Die »Dream« machte gute Fahrt. Der Anfang dieser Reise war also günstig – obwohl Kapitän Turcotte des öfteren eine Unruhe zeigte, die er vergeblich zu verbergen versuchte. Jeden Tag, wenn die Sonne den Meridian passierte, stellte er genau die Position des Schiffes fest. Aber man konnte auch beobachten, daß er danach den Leutnant mit in seine Kajüte nahm, und dort sprachen sie miteinander, als ob sie beide über ein bevorstehendes ernstes Geschehnis zu beraten hätten. Godfrey, der von der Schiffahrt nicht das geringste verstand, bemerkte das zwar nicht, aber der Obersteuermann und einige Matrosen wunderten sich darüber.

Diese guten Leute wunderten sich um so mehr, als in der ersten Woche zwei- oder dreimal in der Nacht, ohne daß es einen Anlaß dafür zu geben schien, der Kurs der »Dream« geändert und erst am Tag auf dem alten Kurs weitergefahren wurde. So etwas macht ein Segelschiff, wenn ihm der Wind ungünstig weht, ein Dampfer dagegen hat solche Kursänderungen jedoch nicht nötig, der zieht einfach die Segel ein und kann seinen Generalkurs ständig beibehalten.

Am 12. Juni ereignete sich am Morgen etwas völlig Unerwartetes an Bord.

Kapitän Turcotte, der Leutnant und Godfrey wollten sich eben zum Frühstück setzen, als vom Deck Lärm herüberschallte. Gleich darauf stieß der Obersteuermann die Tür auf und erschien in der Kajüte.

»Kapitän!« sagte er.

»Was gibt's?« fragte Turcotte gespannt, denn ein Seemann ist stets auf alles gefaßt.

»Ein Chinese – ist da!« sagte der Obersteuermann.

»Ein Chinese?«

»Ja! Ein Chinese, wir haben ihn eben unten im Laderaum entdeckt.«

»Im Laderaum!« rief Kapitän Turcotte. »Bei allen Teufeln von Sacramento, werft ihn ins Wasser!«

»All right«, antwortete der Obersteuermann.

Die Kalifornier haben für die Söhne des Himmlischen Reiches nicht viel übrig, und so fand der ausgezeichnete Mann bei diesem Befehl nichts Besonderes und trug keinerlei Bedenken, ihn sofort auszuführen.

Inzwischen war Kapitän Turcotte aufgestanden; dann gingen er, der Leutnant und Godfrey auf Deck und schritten zum Vorschiff.

Dort wurde in der Tat ein Chinese festgehalten und wand sich unter den Fäusten einiger Matrosen, die ihn mit Püffen traktierten. Es war ein Mann von fünfunddreißig bis vierzig Jahren mit einem intelligenten Gesicht. Er war wohlgebaut und bartlos, allerdings ein wenig mitgenommen von dem sechzigstündigen Aufenthalt in dem schlecht gelüfteten Laderaum. Nur durch Zufall hatte man ihn in seinem finsteren Schlupfwinkel gefunden.

Kapitän Turcotte gab seinen Leuten sofort einen Wink, den unglücklichen Eindringling loszulassen.

»Wer bist du?« fragte er ihn.

»Ein Sohn der Sonne.«

»Dein Name?«

»Seng-Wu«, antwortete der Chinese. Dieser Name bedeutet in der himmlischen Sprache so viel wie: »Der nicht lebt«.

»Und was tust du hier an Bord?«

»Ich fahre«, antwortete Seng-Wu gelassen, »und mache Ihnen nicht die geringsten Unannehmlichkeiten.«

»Was! Nicht im geringsten! Und du hast dich im Laderaum versteckt?«

»Wie Sie sagen, Herr Kapitän.«

»Um dich kostenlos von Amerika nach China bringen zu lassen?«

»Wenn Sie so gut wären.«

»Und wenn ich nicht so gut bin, wenn ich dich nun bitte, dich schwimmend nach China zu begeben?«

»Dann würde ich es probieren«, antwortete der Chinese lächelnd, »freilich würde ich unterwegs sicher untergehen.«

»Nun wohl, verdammter Kerl«, rief der Kapitän, »ich will dir's beibringen, die Kosten der Überfahrt zu sparen.«

Kapitän Turcotte wollte, mehr erbost als nötig, seine Drohung ausführen lassen, da erhob Godfrey Einspruch.

»Kapitän«, sagte er, »ein Chinese mehr an Bord der ›Dream‹ heißt, ein Chinese weniger in Kalifornien, und da gibt es doch so viele!«

»Zu viele!« antwortete Kapitän Turcotte.

»So ist es«, fuhr Godfrey fort. »Und daß dieser arme Teufel es für besser gehalten hat, San Francisco zu verlassen, das verdient schon einiges

Mitleid. Wenn wir in der Nähe von Schanghai vorbeifahren, wird sich schon eine Gelegenheit finden, ihn loszuwerden.«

Der Kapitän redete wie die meisten Kalifornier von den Chinesen: schlecht; Godfrey wäre schon eher als die Ausnahme zu bezeichnen. Zur Zeit unserer Geschichte gab es etwa 50 000 Himmlische Söhne allein in Kalifornien. Diese Leute sind sehr fleißig, geduldig und genügsam, denn sie leben von einer Handvoll Reis, ein paar Schlucken Tee und ein paar Zügen Opium. Und sie arbeiteten für einen wesentlich geringeren Lohn als die Einheimischen. Deshalb hatte man sich gezwungen gesehen, sie, entgegen der amerikanischen Verfassung, besonderen Gesetzen zu unterwerfen – Gesetzen, die ihre Einwanderung regelten und ihnen nicht das Recht, sich naturalisieren zu lassen, verliehen, da man fürchtete, daß sie im Kongreß vielleicht sogar die Mehrheit erlangen würden. Sie werden im allgemeinen so schlecht behandelt wie Indianer und Neger und sind in eine Art Ghetto eingepfercht worden, wo sie gewissenhaft nach den Sitten und Gebräuchen des Himmlischen Reiches leben. Hier trifft man sie zu Tausenden in den weitärmligen Jacken, den kegelförmigen Hüten und den spitzen Schnabelschuhen. Hier leben sie in der Mehrzahl als Krämer, Gärtner oder Wäscher – soweit sie nicht als Köche dienen und nicht den Schauspielertruppen angehören, die auf dem französischen Theater von San Francisco chinesische Stücke spielen.

Seng-Wu – es liegt kein Grund vor, das zu verheimlichen – gehörte einer solchen Truppe an, in der er die Stelle des ersten Komikers innehatte – falls dieser Ausdruck des europäischen Theaters auf einen chinesischen Artisten angewandt werden kann. In der Tat sind diese dermaßen ernst, auch wenn sie scherzen, daß der kalifornische Romancier Bret Harte gesagt hat, er hätte niemals einen chinesischen Schauspieler lachen sehen, und er hätte nie zu unterscheiden vermocht, ob eins dieser Stücke, die er gesehen hat, ein Trauerspiel oder eine Posse gewesen ist.

Kurz, Seng-Wu war Komiker. Nach beendeter Saison, mehr reich an Erfolg als an klingender Barschaft, hatte er seine Heimat früher denn erst als Leichnam wiedersehen wollen. (Es ist ja bekannt, daß sich die Chinesen in ihrem Vaterland begraben lassen, und es gibt Schiffe, die nur dazu dienen, tote Chinesen zurück in ihre Heimat zu befördern.) Aus diesem Grund hatte er sich auf gut Glück in den Laderaum der »Dream« geschlichen.

So hatte er sich also mit einem hinreichenden Vorrat versehen und hoffte inkognito die wenige Wochen dauernde Reise zu überstehen und an einer Stelle der chinesischen Küste zu entwischen, unbemerkt, wie er gekommen war.

Dies ist alles in allem nicht unwahrscheinlich, jedenfalls war der Einfall gar nicht so schlecht.

Godfrey hatte recht, daß er sich für den blinden Passagier verwandte, und Kapitän Turcotte, der sich schlimmer stellte, als er tatsächlich war, gab sofort die Absicht auf, Seng-Wu in die Fluten des Stillen Ozeans zu werfen.

Seng-Wu spazierte zwar nicht wieder in seinen Schlupfwinkel im Laderaum, sollte aber auch an Bord niemand zur Last fallen. Phlegmatisch, methodisch und wenig mitteilsam, ging er sorgfältig den Matrosen aus dem Weg, die ihn, wenn sie konnten, mit einem Rippenstoß bedachten. Er ernährte sich von seinem Proviant. Alles in allem gerechnet, war er mager genug, so daß für die »Dream« keine zusätzliche Last entstand. Wenn Seng-Wu auch kostenfrei fuhr, so kostete doch seine Überfahrt der Kasse William W. Kolderups keinen Heller.

Seine Anwesenheit an Bord bewog indessen Kapitän Turcotte zu einer Überlegung, deren tieferen Sinn freilich bestenfalls der Leutnant verstand.

»Dieser verdammte Chinese kann uns unter Umständen sehr lästig werden! Na, dann um so schlimmer für ihn!«

»Warum hat er sich auch gerade auf die ›Dream‹ eingeschmuggelt!« antwortete der Leutnant.

»Vor allem will er wohl nach Schanghai!« schloß Kapitän Turcotte. »Zum Teufel mit ihm und allen Söhnen des Himmlischen Reichs!«

SIEBENTES KAPITEL

Worin der Leser erfährt, daß William W. Kolderup nicht unrecht getan hat, sein Schiff gut zu versichern

Während der folgenden Tage (13., 14. und 15. Juni) fiel das Barometer langsam, aber beständig, woraus man schloß, daß sich das Wetter verschlechtern würde. Die Brise uns Südwesten frischte merklich auf, die »Dream« bekam den Wind von vorn und mußte nun gegen ziemlich starken Wellengang ankämpfen. Die Segel wurden deshalb weggenommen, und es wurde mit Dampfkraft gefahren, freilich langsam, um zu starkes Stampfen zu vermeiden.

Godfrey ertrug die Leiden, die die Schiffsbewegungen mit sich brachten, gut, und ohne einen Augenblick die gute Laune zu verlieren. Man sah es, dieser wackere Junge liebte das Meer.

Aber Tartelett liebte das Meer nicht, und das Meer vergalt ihm das tüchtig. Man mußte nur sehen, wie bei diesem Professor der schicken Haltung jede Haltung verlorenging, wie der Professor für Tanz gegen alle Regeln der Kunst herumtanzte.

Bei den Stößen, die den Dampfer bis ins Innerste erschütterten, es in seiner Kabine auszuhalten war ihm nicht möglich.

»Luft! Luft!« stöhnte er.

Er hielt sich nur noch an Deck auf. Ein Schlingern, und er flog von einem Bord zum andern; ein Stampfen, er flog nach vorn und wurde im nächsten Augenblick wieder zurückgeschleudert. Er stützte sich auf die Reling, er klammerte sich ans Tauwerk, er nahm alle Stellungen ein, die die moderne Tanzkunst streng verpönt. Ach, warum konnte er sich nicht wie ein Ballon in die Lüfte erheben, um den Schwankungen dieses beweglichen Bodens zu entgehen! Tartelett wollte sich keinesfalls jemals wieder auf solch ein Deck begeben, das ihm ständig den Boden unter den Füßen nehmen zu wollen schien.

Was hatte sich William W. Kolderup nur dabei gedacht, ihn hierher zu verdammen!

»Wird dieses miserable Wetter anhalten?« fragte er Kapitän Turcotte immer wieder.

»Hm! Das Barometer sieht nicht sehr vertrauenerweckend aus!« brummte der Kapitän jedesmal darauf und runzelte die Stirn.

»Werden wir bald am Ziel sein?«

»Bald, Meister Tartelett, bald! Hm! ein bißchen freilich dauert's noch!«

»Und das nennt sich nun Stiller Ozean!« rief der Unglückliche und wurde abermals vor und zurück, herüber und hinüber geschleudert.

Übrigens litt Meister Tartelett nicht nur an der Seekrankheit, tiefes Entsetzen erfaßte ihn, wenn er die großen schäumenden Wogen sah, in denen das Schiff zu versinken drohte, wenn er die Ventile hörte, aus denen bösartig zischend der Dampf entwich, wenn er fühlte, wie der Dampfer wie ein Korkpfropfen auf den Wellenbergen tanzte.

»Nein! Es ist unmöglich, daß das Schiff nicht kentert«, sagte er immer wieder und schaute seinen Zögling mit einem leeren Blick an.

»Nur Ruhe, Tartelett«, antwortete Godfrey. »Ein Schiff ist zum Schwimmen gebaut, zum Teufel! Es ist dazu wie geschaffen!«

»Nein, da hört alle Vernunft auf.«

Bei diesen Worten schnallte sich der Professor die Schwimmweste um. Er trug sie Tag und Nacht. Er hätte sie um keinen Preis hergegeben. Jedesmal, wenn die See ihm einen Augenblick Ruhe ließ, versuchte er die Schwimmweste noch weiter aufzublasen. Und immer noch kam es ihm so vor, als sei sie nicht prall genug.

Der Leser wird dem armen Tartelett seine Angst nicht übelnehmen. Wer nicht an die See gewöhnt ist, der muß es, wenn sie der Sturm entfesselt, ja mit der Angst kriegen, und man weiß, dieser unfreiwillige Passagier hatte sich bis dahin nicht einmal auf das friedliche Gewässer der Bai von San Francisco gewagt.

Im übrigen wurde das Wetter immer schlechter, und es drohte ein Orkan, den die Küstentelegrafen der »Dream« sicher gemeldet hätten, wäre sie in Sicht des Strandes gewesen.

Tagsüber wurde das Schiff entsetzlich hin- und hergeschüttelt, obwohl es nur wenig Fahrt machte, damit die Maschine keinen Schaden litt. Trotzdem befand sich bei dem starken Auf und Ab der Wasseroberfläche die Schraube bald im Wasser drin, bald drehte sie sich in der Luft, und dann so schnell, als wolle sie davonfliegen. Dann war es, als ob unterm Achterdeck der »Dream« dumpfe Detonationen erfolgten, und die Kolben bewegten sich mit einer Geschwindigkeit, die der Maschinist kaum meistern konnte.

Godfrey machte eine Beobachtung, deren Grund ihm nicht einleuchtete. Er fand nämlich, daß in der Nacht die Erschütterungen des Dampfers lange nicht so rauh waren wie am Tag.

Sollte man daraus den Schluß ziehen, daß der Wind dann abflaute und nach Sonnenuntergang Windstille herrschte?

Das zeigte sich so ausgeprägt, das Godfrey in der Nacht vom 21. zum

22. Juni beschloß, sich darüber Aufklärung zu verschaffen. Der Tag war besonders schlimm gewesen, und es schien nicht, als ob die Nacht der während so langer Stunden vom Orkan gepeitschten See Ruhe verschaffen würde.

Godfrey erhob sich deshalb gegen Mitternacht; er zog sich warm an und stieg an Deck.

Die Wache stand am Bug. Auf der Kommandobrücke befand sich Kapitän Turcotte.

An Heftigkeit hatte der Orkan sicher nicht nachgelassen. Dennoch waren die Stöße der Wellen, die der Vordersteven der »Dream« zerteilte, bedeutend gelinder geworden.

Aber als Godfrey zum Schornstein blickte, der ganz in schwarzen Qualm gehüllt war, sah er, daß der Rauch, statt von vorn nach hinten zu treiben, im Gegenteil von hinten nach vorn wehte, in derselben Richtung also, wie das Schiff fuhr.

Der Wind hat sich gedreht! sagte er sich.

Glücklich über diesen Umstand, stieg er auf die Kommandobrücke und näherte sich dem Kapitän.

„Kapitän!« rief er.

Der war in seinen Wachstuchmantel gehüllt und hatte ihn nicht kommen hören. Er konnte sich einer Gebärde des Unwillens nicht enthalten, als er ihn neben sich sah.

»Sie, Herr Godfrey ... Sie auf der Kommandobrücke?«

»Ja, Kapitän, und ich möchte gern wissen ...«

»Was denn?« fragte Kapitän Turcotte gespannt.

»Ob sich der Wind gedreht hat?«

»Nein, Herr Godfrey, nein – und leider muß ich befürchten, daß er noch stärker wird.«

»Aber jetzt kommt er von hinten.«

»Von hinten – in der Tat – von achtern!« entgegnete der Kapitän, den diese Bemerkung noch mehr zu verdrießen schien. »Das ist mir sehr unlieb!«

»Wie meinen Sie das?«

»Ich meine, daß ich, um das Schiff nicht zu gefährden, habe wenden müssen und nun vorm Wind laufe.«

»Das wird unsere Fahrt sehr verzögern«, sagte Godfrey.

»Ja, so ist es in der Tat!« antwortete Kapitän Turcotte. »Doch sobald es Tag wird und die See ein wenig fällt, werde ich den alten Kurs nach Westen wieder aufnehmen. Ich bitte Sie also, Herr Godfrey, wieder in

Ihre Kajüte zu gehen. Dort werden Sie weniger geschüttelt. Versuchen Sie zu schlafen, während wir mit der See fahren.«

Godfrey machte eine bejahende Gebärde; er warf einen letzten besorgten Blick auf die tiefhängenden Wolken, die in unheimlicher Schnelligkeit dahinschwebten, dann verließ er die Kommandobrücke und suchte seine Kajüte auf, wo er unverzüglich wieder einschlief.

Am folgenden Morgen, dem 22. Juni, hatte die »Dream«, wie Kapitän Turcotte gesagt hatte, ihren alten Kurs wieder aufgenommen, obgleich der Wind nicht merklich nachgelassen hatte.

Diese Fahrt, tags westlich, nachts östlich, währte noch achtundvierzig Stunden, nur das Barometer zeigte endlich Neigung zu steigen. Es war vorauszusehen, daß das schlechte Wetter mit den Winden, die jetzt mehr von Norden zu wehen begannen, ein Ende nehmen würde. Und so kam es auch.

Als am 25. Juni gegen 8 Uhr Godfrey auf Deck stieg, hatte eine Nordostbrise die Wolken weggefegt. Die Sonnenstrahlen fielen durchs Tauwerk und malten Lichter auf alle Ecken und Kanten an Bord.

Die See leuchtete in weitem Umkreis in blendendes Licht getaucht. Der Wind blies nur in schwachen Böen, die den Kamm der Wogen mit leichtem Schaum kräuselten, und die unteren Segel wurden gehißt.

Eigentlich waren es schon keine Wellen mehr, nur noch eine langgezogene Dünung wiegte den Dampfer sanft.

Doch das war alles eins für Professor Tartelett, der weiter krank war, ob die See nun sehr sanft oder sehr hart war. Er lag halb auf dem Deck, sperrte den Mund auf und schnappte wie ein Fisch auf trockenem Sand.

Der Leutnant stand auf dem Oberdeck und sah durchs Fernrohr nach Nordosten.

Godfrey trat zu ihm.

»Nun, Herr Leutnant«, sagte er fröhlich, »heute ist es besser als gestern.«

»Ja, Herr Godfrey«, antwortete der Leutnant, »wir sind wieder in ruhigem Wasser.«

»Und hat die ›Dream‹ wieder ihren richtigen Kurs?«

»Noch nicht!«

»Noch nicht? Warum nicht?«

»Weil sie offensichtlich während dieses letzten Sturms zu weit nach Nordosten geworfen worden ist, und ihre genaue Position müssen wir erst noch bestimmen. Aber die Sonne scheint schön, und der Horizont ist völlig klar. Mittags werden wir die Höhe aufnehmen und eine gute

Positionsbestimmung vornehmen können. Dann wird der Kapitän uns den Kurs angeben.«

»Wo ist der Kapitän?«

»Er hat das Schiff verlassen.«

»Das Schiff verlassen?«

»Ja, unsere Wache hat bei der weißen Färbung des Wassers einige Riffe im Osten wahrzunehmen geglaubt, die auf der Karte nicht verzeichnet sind. Deshalb ist die Dampfschaluppe ausgesetzt worden, und zusammen mit dem Obermaat und drei Matrosen hat sich Kapitän Turcotte auf die Suche begeben.«

»Wann denn?«

»Vor eineinhalb Stunden.«

»Ah!« sagte Godfrey, »das gefällt mir aber gar nicht, daß ich davon nicht benachrichtigt worden bin. Ich wäre mit dem größten Vergnügen mitgefahren.«

»Sie schliefen, Herr Godfrey«, antwortete der Leutnant, »und der Kapitän hat Sie nicht wecken wollen.«

»Das tut mir leid; doch sagen Sie, in welche Richtung ist die Schaluppe gefahren?«

»Dorthin«, antwortete der Leutnant, »wo der Kran an Steuerbord hinzeigt – nach Nordosten.«

»Und mit dem Fernrohr kann man sie nicht mehr sehen?«

»Nein, sie ist schon zu weit weg.«

»Wird sie bald wiederkommen?«

»Natürlich«, antwortete der Leutnant. »Denn der Kapitän besteht darauf, sein Besteck selbst zu schießen, und deshalb muß er vor Mittag zurück an Bord sein.«

Auf diese Antwort hin setzte sich Godfrey vorn ans Bugspriet, nachdem er sich sein Fernglas hatte bringen lassen. Er wollte die Rückkehr der Schaluppe beobachten. Die Erkundungsfahrt, die Kapitän Turcotte vorgenommen hatte, konnte ihn nicht wundern. Es war nur selbstverständlich, daß sich die »Dream« nicht in eine See wagte, in der unbekannte Riffe signalisiert worden waren.

Zwei Stunden vergingen. Erst halb elf zeichnete sich ein leichter, feiner Strich eines Rauchwölkchens am Horizont ab.

Das war offensichtlich die Dampfschaluppe, die nach beendeter Fahrt an Bord zurückkehrte.

Godfrey bereitete es Vergnügen, sie mit seinem Fernglas zu beobachten. Sie wurde immer deutlicher, immer größer. Es war ein schnelles

Boot, und da es mit Volldampf fuhr, war es bald mit bloßem Auge zu erkennen. Gegen elf Uhr sah man den weißen Schaum, den der Steven aufwarf, und hinten den langen Schaumstreifen, der sich ausdehnte wie der Schweif eines Kometen.

Viertel zwölf legte Kapitän Turcotte bei der »Dream« an und sprang an Deck.

»Nun, Kapitän, was gibt es Neues?« fragte Godfrey, ihm die Hand schüttelnd.

»Ah, guten Tag, Herr Godfrey. – Nichts Besonderes.«

»Und die Riffe?«

»Optische Täuschung«, antwortete Kapitän Turcotte. »Wir haben nichts Verdächtiges gefunden. Unsere Leute haben Gespenster gesehen. Mich hat's gleich gewundert.«

»Also vorwärts!« rief Godfrey.

»Ja, wir werden unseren Kurs weiterfahren, aber erst muß ich mein Besteck aufnehmen.«

»Geben Sie Befehl, die Schaluppe an Bord zu hieven?« fragte der Leutnant.

»Nein«, antwortete der Kapitän, »sie kann uns nachfolgen. Nehmen Sie sie ins Schlepp.«

Der Befehl des Kapitäns wurde befolgt, und die Dampfschaluppe, die unter Dampf blieb, fuhr hinter der »Dream« her.

Drei Viertel Stunden später bestimmte Kapitän Turcotte, den Sextanten in der Hand, die Höhe, und nachdem er mit seinem Besteck fertig war, gab er den zu fahrenden Kurs an.

Nachdem er dann einen letzten Blick zum Horizont geworfen hatte, rief er seinen Leutnant und bat ihn in die Kajüte, wo beide lange miteinander sprachen.

Der Tag war sehr schön. Die »Dream« machte gute Fahrt, auch ohne Segel, denn der Wind wehte ungünstig zu dem eingehaltenen Kurs.

Godfrey war vergnügt. Was war schöner und anregender als eine solche Fahrt auf der herrlichen See und bei Sonnenschein? Doch Meister Tartelett litt immer noch, selbst bei dem jetzt so schönen Wetter. Das Meer verursachte ihm zwar keine unmittelbare Besorgnis mehr, doch die allgemeine Angst legte sich nicht. Er versuchte zu essen, aber ohne Geschmack und ohne Appetit. Godfrey wollte ihm den Rettungsgürtel abnehmen, der ihm die Brust zusammenschnürte; er weigerte sich entschieden. Konnte denn dieses Gefüge von Holz und Eisen, das sich Schiff nannte, nicht jeden Moment aus dem Leim gehen?

und warf ihn über Bord

Der Abend kam. Dichter Nebel herrschte, der jedoch nicht bis zum Wasser hinabreichte. Die Nacht würde finsterer werden, als das schöne Wetter am Tag hätte erwarten lassen.

In diesem Seegebiet, dessen Lage Kapitän Turcotte auf den Karten genau bestimmt hatte, war keine Klippe zu fürchten; doch Karambolagen waren nicht auszuschließen, bei Nebel mußte man ständig darauf gefaßt sein.

Nach Sonnenuntergang wurden deshalb die Lampen sorgfältig überprüft. Das Weißfeuer wurde auf die Spitze des Fockmastes gehißt, und die Positionslichter, rechts grün, links rot, leuchteten in den Wanten. Würde die »Dream« gerammt werden, wäre sie wenigstens nicht schuld daran gewesen – allerdings ein unzureichender Trost. Versinken – auch wenn man alle Vorschriften beachtet hat – heißt eben doch versinken. Wenn einer an Bord so denken mochte, dann war das sicher Professor Tartelett.

Inzwischen war der gute Mann unter beständigem Rollen und Schlingern in seine Kajüte zurückgekehrt, und auch Godfrey hatte seine Kajüte wieder aufgesucht; der eine mit der Gewißheit, der andere wenigstens mit der Hoffnung, eine gute Nacht zu haben, denn die »Dream« schwankte kaum auf der langen Dünung.

Nachdem Kapitän Turcotte die Wache an den Leutnant übergeben hatte, ging er ebenfalls in seine Kajüte, um ein paar Stunden zu schlafen. Alles war in Ordnung. Der Dampfer konnte in völliger Sicherheit fahren, da es nicht den Anschein hatte, daß der Nebel dichter werden würde.

Nach zwanzig Minuten schlief Godfrey, und daß Tartelett in tiefem Schlummer lag, angekleidet, wie es seine Gewohnheit auf dem Schiff war, konnte man an dem langgezogenen Seufzen hören.

Plötzlich – es mußte ein Uhr morgens sein – erwachte Godfrey durch ein fürchterliches Getöse.

Er sprang vom Lager, zog die Hose an, warf sich einen Seemannskittel um und fuhr in die Wasserstiefel.

Fast in demselben Moment ertönte auf Deck das Geschrei:

»Wir sinken! Wir sinken!«

In einem Augenblick war Godfrey aus seiner Kajüte heraus und auf Deck gesprungen. Dort stieß er an eine unförmige Masse, die er nicht erkannte. Das mußte Professor Tartelett sein.

Die gesamte Mannschaft war auf Deck und lief hin und her; der Kapitän und der Leutnant erteilten laut Befehle.

»Ein Zusammenstoß?« fragte Godfrey.

»Ich weiß nicht – ich weiß nicht – bei diesem verwünschten Nebel«, antwortete der Leutnant, »aber wir sinken!«

»Wir sinken?« fragte Godfrey.

In der Tat merkte man deutlich, daß die »Dream«, die vermutlich auf eine Klippe gestoßen war, unterging. Das Wasser reichte schon bis zum Deck. Ohne Zweifel lagen die Feuer der Maschine tief unten im Heizraum schon unter Wasser.

»In die See! In die See, Herr Godfrey!« rief der Kapitän. »Es ist kein Augenblick zu verlieren. Das Schiff sinkt sichtlich. Es zieht Sie sonst in seinen Strudel!«

»Und Tartelett?«

»Den nehme ich auf mich! Wir sind höchstens eine halbe Kabellänge vom Land entfernt.«

»Und Sie?«

»Meine Pflicht verlangt, daß ich der letzte an Bord bin, und ich bleibe!« sagte der Kapitän. »Sie aber müssen schleunigst weg.«

Godfrey zauderte noch, doch das Wasser stand schon bis zum Schanzkleid.

Kapitän Turcotte wußte, daß Godfrey schwimmen konnte wie ein Fisch, packte ihn deshalb bei den Schultern und warf ihn über Bord.

Es war höchste Zeit. Denn wäre die Finsternis nicht gewesen, man hätte dort, wo eben noch die »Dream« gewesen war, einen Schlund sich öffnen sehen.

Godfrey war schon ein Stück weit weg in stillem Wasser und konnte sich schnell von dem Strudel entfernen, der alles nach sich zog.

All das war in einer Minute geschehen.

Wenige Augenblicke später erloschen die Bordlichter, eins nach dem anderen.

Es war kein Zweifel mehr. Die »Dream« war untergegangen.

Godfrey hatte eine Felsklippe erreicht, die vor der Brandung schützte. Vergebens rief er von dort aus in das Dunkel hinein. Er wußte nicht, ob er sich auf einem vereinzelten Felsen oder am äußersten Ende einer Reihe von Klippen befand. So, als vielleicht der einzige, der diese Katastrophe überlebt hatte, erwartete er den Tag.

ACHTES KAPITEL

Worin Godfrey trübsinnige Betrachtungen über seine Reiselust anstellt

Drei Stunden würde es noch dauern, bis die Sonne über den Horizont stieg. Es waren Stunden, die Godfrey wie Jahrhunderte erschienen.

Diese Prüfung gleich am Anfang seiner Reise – das war hart. Doch Godfrey war eben nicht nur spazieren gefahren. Als er in See ging, hatte er sich wohl gesagt, daß er ein ganzes Dasein voll Glück und Ruhe hinter sich ließ, wie er es inmitten der zu erwartenden Abenteuer seiner Reise nicht wiederfinden würde. Aber nun gleich so! Es galt also, dem Unglück die Stirn zu bieten.

Vorläufig war er geschützt. Auf diesem Felsen konnte ihn das Meer nicht erreichen, denn nur ein paar Spritzer der Brandung trafen ihn hier. Sollte er fürchten, daß er weggerissen werden würde, wenn die Flut käme? Nein, denn wenn er sich's überlegte, mußte er sich sagen, daß sich dieser Schiffbruch beim höchsten Stand der Flut ereignet hatte.

War dies ein einzelner Felsen? Überragte er eine Reihe von Klippen, die sich hier hinzogen? Was war das für eine Küste, die Kapitän Turcotte im Finstern zu erkennen geglaubt hatte? Zu welchem Festland gehörte sie? Es war nur zu sicher, daß die »Dream« während des Sturms in den vorangegangenen Tagen aus ihrem Kurs geworfen worden war. Die Lage des Schiffes hatte daher nicht genau festgestellt werden können. Daran war nicht zu zweifeln, denn der Kapitän hatte noch zwei Stunden davor versichert, daß auf seinen Karten von Klippen in diesem Gebiet nichts verzeichnet stände. Godfrey dachte, er hätte besser getan, selbst auszufahren, um zu erforschen, ob die Riffe da wären, die die Wache im Osten wahrzunehmen gemeint hatte.

Hätte doch Kapitän Turcotte die See noch weiter mit der Dampfschaluppe abgesucht, dann wäre die Katastrophe sicherlich vermieden worden. Aber was halfen diese nachträglichen Betrachtungen?

Da Godfrey nun vor der vollendeten Tatsache stand, war es für ihn wichtig – eine Frage über Leben und Tod – zu erfahren, ob er sich auf dem Vorsprung irgendeines festen Landes befand. In welchem Gebiet des Stillen Ozeans, darüber konnte er später noch früh genug nachdenken. Bei Tagesanbruch mußte er vor allem versuchen, diesen Felsen zu verlassen, der nicht mehr als zwanzig Fuß lang und breit war. Man verläßt einen Ort freilich nur, wenn man einen andern gefunden hat. Und wenn ein anderer nicht da war? Wenn der Kapitän sich bei diesem Nebel geirrt hatte? Wenn sich rings um diese Klippe ein grenzenloses Meer ausdehnte? Wenn es, so weit das Auge reichte, nur Himmel und Meer gab?

Das war es, worauf sich die Gedanken des jungen Schiffbrüchigen konzentrierten. Seine ganze Sehkraft bot er auf, in dieser pechschwarzen Nacht zu ergründen, ob es in der Nähe weitere Klippen oder sogar festes Land gab.

Godfrey sah nichts. Kein Landgeruch drang ihm in die Nase, kein Lichtschein zeigte sich den Augen, kein Geräusch kam ihm zu Ohren, kein Vogel durchflog die Finsternis. Es schien, als sei um ihn nichts als öde Wasserwüste.

Godfrey verhehlte sich nicht, es war tausend gegen eins zu wetten, daß er verloren war. Es handelte sich nicht mehr darum, in aller Seelenruhe eine Reise um die Welt zu machen, sondern dem Tod ins Antlitz zu sehen.

Godfrey konnte für sich jetzt nichts weiter tun, als den Tag abwarten, sich drein fügen, wenn Rettung unmöglich war, dagegen aber auch alles versuchen, wenn irgendeine Aussicht auf Rettung bestand.

Diese Betrachtungen machten ihn ein wenig ruhiger, und er setzte sich nun abwartend auf den Felsen. Seine nasse Kleidung hatte er teilweise abgelegt für den Fall, daß er wieder schwimmen mußte.

War es denn möglich, daß niemand außer ihm diesen Schiffbruch überlebt hatte? Was, keiner der Mannschaft sollte das Land erreicht haben? Waren sie alle in den Wirbel hineingezogen worden, der entsteht, wenn ein Schiff versinkt? Der letzte, mit dem Godfrey gesprochen hatte, war Kapitän Turcotte gewesen, der entschlossen war, sein Schiff nicht zu verlassen, so lange noch einer seiner Matrosen an Bord wäre. Der Kapitän selbst hatte ihn ins Meer geworfen, als das Schiff im Begriff war unterzugehen.

Aber die andern – der unglückliche Tartelett, der arme Chinese, die sicher von der Katastrophe überrascht worden waren, während der eine auf dem Deck lag, der andere im Schiffsinnern steckte – was war aus ihnen geworden? Von allen, die auf der »Dream« gewesen waren, sollte also er allein gerettet worden sein? Die Schaluppe hatte doch am Schlepptau des Damfers gehangen! Sollten nicht einige der Leute sich in die Schaluppe gerettet haben, früh genug, damit sie nicht mit in den Strudel gerissen wurden? Oder mußte man befürchten, daß die Schaluppe mit dem Schiff hinabgezogen worden war und jetzt auf Grund lag, wer weiß wie tief?

Nun sagte sich Godfrey, wenn er in dieser stockfinsteren Nacht auch nichts sah, so könnte er sich doch wenigstens durch Rufen bemerkbar machen. Nichts hinderte ihn daran, er konnte getrost in das tiefe Schweigen hineinbrüllen. Vielleicht antwortete ihm einer seiner Gefährten.

Er stieß mehrere Male einen langgezogenen Schrei aus, der in weitem Umkreis gehört werden mußte.

Keine Antwort.

Er wiederholte seinen Ruf und wandte sich dabei in alle vier Himmelsrichtungen.

Absolutes Schweigen.

»Allein!« murmelte er.

Es hatte ihm nicht nur niemand geantwortet, sondern es hatte nicht einmal ein Echo gegeben. Wäre er in der Nähe eines Felsenhangs gewesen, nicht weit von einer Gruppe von Felsen, wie sie sehr häufig am Strand zu finden sind, dann hätten seine Rufe zurückgeworfen werden müssen. Entweder gab es hier eine flache Küste, die kein Echo hervorbringen konnte, oder, und das war wahrscheinlicher, es befand sich überhaupt kein Land in der Nähe. Die Klippen, auf denen der Schiffbrüchige Zuflucht gefunden hatte, lagen einsam im Meer.

Drei Stunden vergingen so unter Hangen und Bangen. Halb erstarrt, schritt Godfrey auf dem Gipfel des winzigen Felsens auf und ab und versuchte, gegen die Kälte anzukämpfen. Endlich röteten sich die Wolken, bald würde es Tag werden.

Godfrey hatte sich nach Osten gewandt – der einzigen Seite, wo er Land vermutete – und blickte dorthin, bis ihm die Augen brannten. Aber in der Dämmerung war nichts zu unterscheiden. Ein leichter Nebel stieg vom Meer auf, so daß er bald gar nichts mehr sah.

Illusionen durfte sich Godfrey also nicht hingeben. Wenn er in der Tat auf eine vereinzelte Klippe des Stillen Ozeans geworfen worden war, stand ihm in Kürze der Tod bevor, der Tod durch Hunger oder durch Durst, oder, als letztes Hilfsmittel, der schnellere Tod auf dem Grunde des Meeres.

Dennoch gab er es nicht auf. Er versuchte, mit den Augen den Nebel zu durchdringen.

Endlich zerteilte sich der Morgennebel langsam. Godfrey unterschied nach und nach die Felsen, aus denen die Klippe bestand. Sie hoben sich gegen die See ab wie eine Schar Meeresungeheuer. Es war eine lange, unregelmäßige Masse schwärzlicher Steine, bizarr gezackt in allen möglichen Formen und in jeder Größe. Sie zog sich von Westen nach Osten.

Der riesige Block, auf dem sich Godfrey befand, lag am Westrand der Bank, ein gutes Stück von dem Punkt entfernt, wo die »Dream« gesunken war. An diesem Punkt mußte das Meer sehr tief sein, denn von dem Dampfer war nichts mehr zu sehen, nicht einmal die Mastspitzen. Vielleicht war er auf einem unterseeischen Felsenabhang hinabgeglitten und so noch weiter von der Klippe abgekommen.

Ein Blick hatte Godfrey genügt, das festzustellen. Von dieser Seite aus durfte er nicht auf Rettung hoffen. Seine ganze Aufmerksamkeit wandte sich deshalb der andern Seite der Klippen zu, die der aufsteigende Nebel allmählich enthüllte. Es muß hinzugefügt werden, daß das Meer bei der augenblicklich herrschenden Ebbe die Felsen weit hervortreten ließ. Hier waren sie durch größere Wasserstrecken, dort nur durch kleine Tümpel voneinander getrennt. Wenn sie mit festem Land zusammenhingen, konnte es nicht schwer sein, es zu erreichen.

Im übrigen war nichts von festem Land zu sehen. Nichts, nicht das geringste deutete darauf hin.

Der Nebel zerteilte sich mehr und mehr, und Godfrey vermochte ein größeres Gebiet zu überblicken; eine halbe Meile weit etwa war zu übersehen. Godfrey bemerkte einige Sandflächen zwischen den Felsen, an denen Tang hing. War das nun ein Anzeichen für festes Land oder trog ihn die Hoffnung, sich bald gerettet zu finden?

Nun zeichnete sich ein Zug flacher Dünen ab, die mit großen Granitblöcken übersät waren und den Horizont im Osten abschlossen.

Die Sonne hatte jetzt den Morgennebel aufgesogen, sie strahlte in vollem Glanz.

»Land! Land!« rief Godfrey.

Er streckte die Hände nach dem festen Land aus und kniete voller Dankbarkeit auf der Klippe nieder.

Es war tatsächlich Land. Die Klippen bildeten eine vorgeschobene Spitze, ähnlich dem Kap einer Bai, die sich mit einem Durchmesser von höchstens zwei Meilen ausdehnte. Der Hintergrund dieser Bucht war flacher Strand, den eine Reihe kleiner Dünen umschloß, die von Gras bewachsen waren.

Von dort aus, wo sich Godfrey befand, war das Land gut zu übersehen. Zwei Berge begrenzten es im Norden und im Süden, es mochte etwa fünf bis sechs Meilen lang sein. Natürlich war es möglich, daß das, was Godfrey sah, zu einer größeren Insel gehörte. Zumindest war er fürs erste gerettet. In dieser Hinsicht brauchte Godfrey nicht mehr zu zweifeln. Er war nicht auf ein vereinzeltes Riff geworfen worden. Dieser Boden, sagte er sich, würde also seine Rettung sein, würde ihm seine nächsten Bedürfnisse befriedigen müssen.

»Ans Land, ans Land!« rief er laut.

Aber bevor er die Klippe verließ, drehte er sich noch einmal um. Sein Blick überflog das Meer bis zum Horizont. Tauchte nicht doch irgend ein Stück Strandgut auf, einige Trümmer der »Dream«, vielleicht sogar ein Überlebender?

Nichts, auch von der Schaluppe nicht; sie war also ebenfalls mit auf den Grund gezogen worden. Und auch kein weiterer Schiffbrüchiger, der auf diesen Klippen Zuflucht gefunden, der dann, wie er, den Tag erwartet hatte, um die Küste zu erreichen. Niemand, weder auf den Felsen noch am Strand. Die Klippen lagen verlassen wie das Meer.

Aber wenn es keine Überlebenden gab, hatte das Meer nicht wenigstens einige Leichen angeschwemmt? Vielleicht fand sich ganz vorn zwischen den Klippen der leblose Körper eines seiner Gefährten?

Nein! Auch das nicht, nicht einmal das!

Godfrey war allein. Er mußte den Kampf gegen die Gefahren, die ihm jetzt drohen mochten, allein aufnehmen.

Nun, wir können nicht umhin, ihn zu loben, denn er verlor den Mut nicht angesichts dieser Tatsache. Aber da er vor allem Gewißheit haben wollte über die Art des Landes, von dem er nur noch ein kurzes Stück entfernt war, verließ er die Spitze der Klippe und schritt auf den Strand zu. Wenn der Zwischenraum, der die Felsen trennte, zu groß war, ihn mit einem Sprung zu überwinden, dann warf er sich ins Wasser, und ob er Grund hatte oder ob er schwimmen mußte, er erreichte mit Leichtigkeit den nächsten Felsen. Der Weg über die schlüpfrigen Steine, die mit klebrigem Seegras überzogen waren, war lang und nicht leicht zu bewältigen. Eine Viertelmeile fast mußte so zurückgelegt werden.

Godfrey war gewandt und behend, und so erreichte er schließlich dieses Land, wo ihn, wenn auch nicht gleich der Tod, so doch ein elendes Leben erwartete, das vielleicht schlimmer war als der Tod. Hunger, Durst, Kälte, Gefahren aller Art, ohne Waffe, sich zu verteidigen, ohne Gewehr, Wild zu erlegen, ohne Kleider zum Wechseln – das war seine Situation!

Ach, dieser Leichtsinnige! Er hatte wissen wollen, ob er imstande war, sich unter schwierigen Verhältnissen durchzuschlagen. Gut, hier konnte er's beweisen. Er hatte Robinson um sein Los beneidet. Jetzt würde er erfahren, ob das ein beneidenswertes Los war. Und nun erinnerte er sich des glücklichen Daseins, des leichten Lebens in San Francisco in der

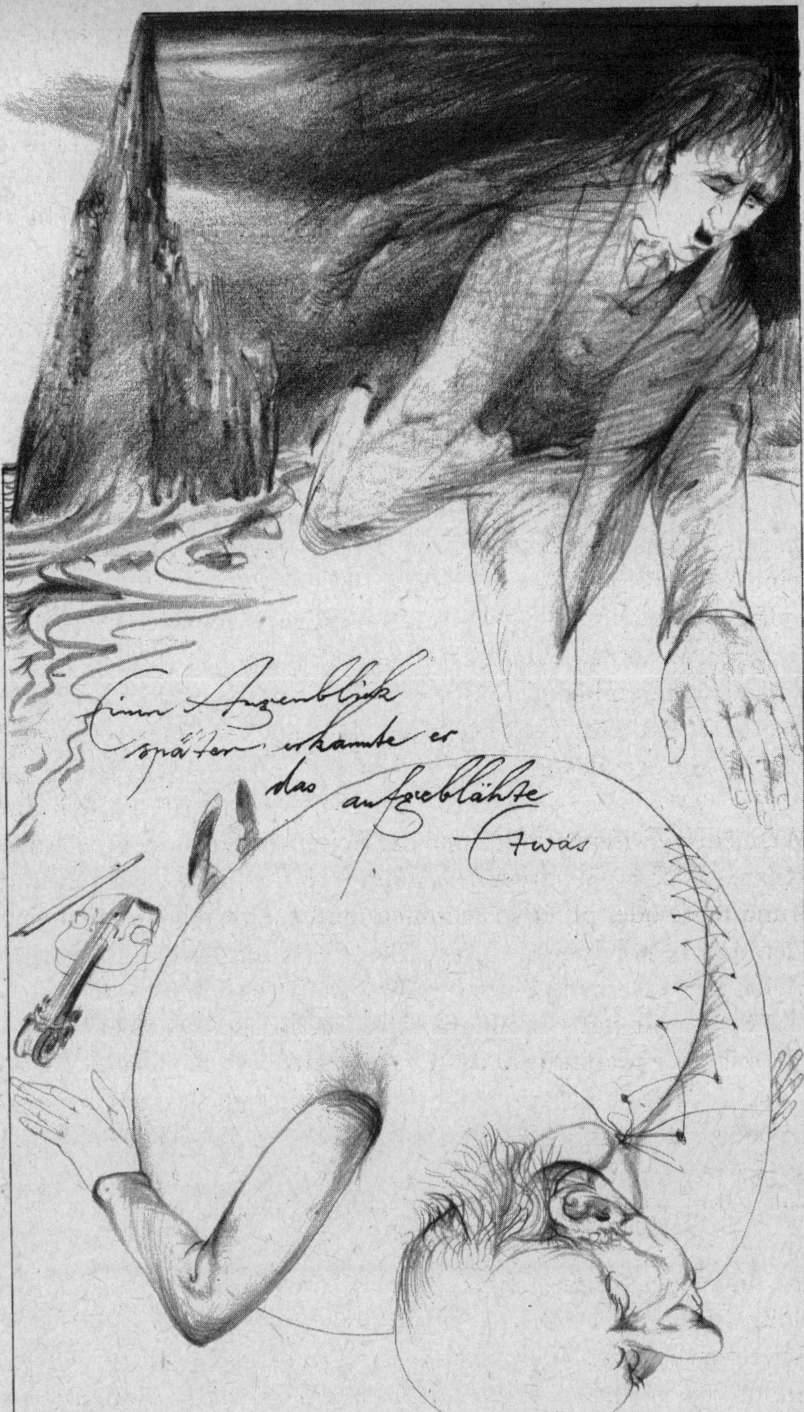
Einen Augenblick
später erkannte er
das aufgeblähte
Etwas

reichen liebevollen Familie – des schönen, behaglichen Lebens, das er aufgegeben hatte, um sich in Abenteuer zu stürzen. Er dachte an seinen Oheim Will, an seine Braut Phina, an seine Freunde – er würde sie wohl nie wiedersehen! Bei diesen Erinnerungen krampfte sich ihm das Herz zusammen, und trotz seiner Festigkeit traten ihm Tränen in die Augen.

Wenn er wenigstens nicht allein gewesen wäre, wenn noch jemand diesen Schiffbruch überlebt und wie er diese Küste erreicht hätte! Es hätte gar nicht einmal der Kapitän oder der Leutnant zu sein brauchen, jeder einfache Matrose wäre ihm recht gewesen, selbst Professor Tartelett! So wenig ihm auch dieser arme Kerl eine Hilfe gewesen wäre: die Zukunft wäre ihm viel weniger schrecklich erschienen! Auf der Klippe hatte er keine Spuren gefunden, vielleicht fand er welche auf dem Sandstrand? Möglicherweise war schon vor ihm jemand hier gewesen, der einen Gefährten suchte wie er jetzt?

Mit einem langen Blick überflog Godfrey die Nord- und die Südseite. Er gewahrte kein lebendes Wesen. Offensichtlich war zumindest dieser Teil des Landes unbewohnt. Von Hütten war nichts zu sehen, genausowenig wie von Rauch.

Vorwärts! Vorwärts! sagte sich Godfrey.

So stieg er den Strand hinab nach Norden, ehe er die sandigen Dünen erklomm, die ihm einen Überblick in weitem Umkreis über das Land gestatteten. Es herrschte völlige Stille. Der Sand zeigte keine Spuren. Einige Seevögel, Möwen oder Lummen, flatterten am Rande der Klippen dahin, es waren die einzigen lebenden Wesen in dieser Einsamkeit. Eine Viertelstunde etwa schlenderte Godfrey am Strand entlang. Endlich wollte er den Kamm einer der Dünen besteigen, die mit Binsen und Gestrüpp bewachsen waren, da blieb er plötzlich stehen.

Ein unförmiger Gegenstand, gewaltig aufgebläht wie der Kadaver eines Seeungeheuers, ohne Zweifel vom letzten Sturm dorthin geworfen, lag fünfzig Schritt von ihm entfernt im Sand. Godfrey war keine zehn Schritt mehr davon entfernt, da blieb er stehen, wie festgewachsen und rief: »Tartelett!«

Es war der Professor für Tanz und guten Ton.

Godfrey eilte zu seinem Gefährten hin. Ob noch ein Fünkchen Leben in ihm war?

Einen Augenblick später erkannte er das aufgeblähte Etwas: Es war die Schwimmweste, die dem unglücklichen Professor das Aussehen eines Seeungeheuers verliehen hatte. Aber wenn sich Tartelett auch nicht bewegte, so lebte er doch vielleicht noch! Sicher hatte ihn die Schwimmweste über Wasser gehalten, während er von der Brandung ans Ufer geworfen worden war!

Godfrey machte sich an die Arbeit. Er kniete neben Tartelett nieder, löste ihm die Halsbilde, rieb ihn mit kräftiger Hand und verspürte endlich ein leichtes Atmen zwischen den halbgeöffneten Lippen. Er legte ihm die Hand aufs Herz. Das Herz schlug. Godfrey sprach ihn an. Tartelett schüttelte den Kopf. Dann ließ er ein Röcheln vernehmen, dem ein paar zusammenhanglose Worte folgten. Godfrey rüttelte ihn heftig. Nun öffnete Tartelett die Augen, strich sich mit der linken Hand über die Stirn, hob die rechte und überzeugte sich, daß ihm seine Taschengeige und sein Bogen, den er fest umklammert hielt, nicht abhanden gekommen waren.

»Tartelett, mein lieber Tartelett!« rief Godfrey und stützte ihm den Kopf.

Dieser Kopf mit den wenigen jetzt zerzausten Haaren nickte bejahend.

»Ich bin's, Godfrey.«

»Godfrey?« antwortete der Professor.

Dann drehte er sich um, richtete sich auf die Knie, sah sich um, lächelte und erhob sich. Er fühlte, daß er endlich festen Boden unter den Füßen hatte. Er begriff, daß er nicht mehr an Bord eines Schiffes war, daß er nicht mehr auf einem rollenden und schlingernden Deck stand. Das Meer trug ihn nicht mehr. Er befand sich auf festem Land!

Nun gewann Professor Tartelett auch all seine Eleganz zurück, die er seit seiner Abreise eingebüßt hatte. Seine Füße stellten sich unwillkürlich auswärts, in regelrechte Position, seine Linke ergriff die Taschenvioline, die Rechte den Bogen, und während die Saiten, kraftvoll berührt, einen Ton von melancholischer Tiefe von sich gaben, entschlüpften seinen lächelnden Lippen die Worte: »En place, mademoiselle! – Auf Ihren Platz, mein Fräulein!«

Der gute Mann dachte an Phina.

NEUNTES KAPITEL

Worin gezeigt wird, daß ein Robinson nicht auf Rosen gebettet ist

Lehrer und Zögling fielen sich in die Arme.

»Mein lieber Godfrey!« sagte Tartelett erschöpft, aber froh.

»Mein guter Tartelett!« antwortete Godfrey.

»Endlich sind wir im sicheren Hafen!« rief der Professor mit dem Ton eines Mannes, der von der Schiffahrt und ihren Gefahren die Nase voll hat.

Das nannte er »im sicheren Hafen sein«! Godfrey wollte nicht mit ihm darüber streiten.

»Legen Sie Ihre Schwimmweste ab«, sagte er. »Das Ding erdrückt Sie ja und hindert Sie an allen Bewegungen.«

»Glauben Sie, daß ich das jetzt ohne jede Gefahr tun kann?« fragte Tartelett.

»Ohne jede Gefahr«, entgegnete Godfrey, »Und dann binden Sie Ihre Taschengeige fest und lassen Sie uns auf Entdeckungen gehen.«

»Also los!« antwortete der Professor. »Aber wenn es Ihnen recht ist, Godfrey, machen wir im ersten besten Gasthaus Halt. Ich komme um vor Hunger, und ein Dutzend belegte Brötchen, dazu ein Glas Portwein, das wird mir wieder auf die Beine helfen.«

»Ja, ins erste Gasthaus«, antwortete Godfrey kopfschüttelnd, »und meinetwegen auch ins letzte, wenn das erste uns nicht gefällt.«

»Dann«, fuhr Tartelett fort, »werden wir einen Passanten fragen, wo das Telegrafenamt ist, damit wir sofort eine Depesche an Ihren Oheim Kolderup schicken können. Ich denke mir, dieser ausgezeichnete Mann wird sich nicht weigern, uns das Geld zu senden, das wir brauchen, um in das Palais in der Montgomery Street zurückzukehren, denn ich habe keinen Heller bei mir.«

»Abgemacht, ins erste Telegrafenamt«, antwortete Godfrey, »und wenn es das in diesem Land nicht gibt, aufs erste Postamt. Also vorwärts, Tartelett!«

Der Professor schlüpfte aus seiner Schwimmweste, warf sie sich um wie ein Jagdhorn, und beide schritten nun zu dem Rande der Dünen, die den Strand säumten.

Als nächstes wollte Godfrey, dem die Begegnung mit Tartelett wieder einige Hoffnung gemacht hatte, erkunden, ob sie beide allein den Schiffbruch der »Dream« überlebt hätten.

Eine Viertelstunde später erstiegen unsere beiden Forscher eine sechzig bis achtzig Fuß hohe Düne und langten oben am Kamm an. Von dort aus übersahen sie den Strand auf eine weite Strecke und suchten den östlichen Horizont ab, den die Höhenzüge der Küste bisher verborgen hatten. In einer Entfernung von zwei bis drei Meilen begrenzte eine zweite Hügellinie die Sicht, es ließ sich also von hier aus nicht feststellen, wie das Land dahinter beschaffen war. Im Süden schnitt die See tief ins Land hinein, und auf dieser Seite wenigstens schien sich der Ozean in grenzenloser Ferne zu verlieren. Die Vermutung war also nicht abwegig, daß dieses Land eine Halbinsel im Stillen Ozean war; in diesem Fall mußte die Landenge, durch die sie mit irgendeinem Festland verbunden war, im Norden oder Nordosten gesucht werden.

Immerhin war das Land keine Trockenwüste, sondern mit saftigem Grün bewachsen: Weite Prärien, durch die sich einige glitzernde Bäche schlängelten, hohe und dichte Wälder, deren Bäume bis hinten an die Hügel reichten, zeigten sich den Blicken.

Aber von Häusern, die ein Städtchen oder ein Dorf bildeten, keine Spur! Nicht einmal ein einzelnes Gebäude, ein Gut oder eine Farm! Kein Rauch, der in den Himmel stieg und eine zwischen den Bäumen versteckte Wohnung verriet, nichts! Kein Kirchturm ragte aus dem Blätterdach hervor, keine Mühle lag auf einer einsamen Anhöhe. Nicht einmal die kleinste Hütte, das einfachste Zelt. Nichts, gar nichts! Wenn diesen unbekannten Boden menschliche Wesen bewohnten, mußten diese unter der Erde hausen wie die Troglodyten. Natürlich gab es auch keine Straße und keinen Fußweg, nicht den schmalsten Pfad! Es schien, als ob des Menschen Fuß diesen Boden noch nie betreten hätte.

»Ich sehe die Stadt gar nicht«, bemerkte Tartelett, der sich auf die Zehen stellte.

»Das kommt wahrscheinlich daher«, antwortete Godfrey, »daß es in diesem Teil der Provinz keine gibt.«

»Aber doch ein Dorf?«

»Auch nicht.«

»Wo sind wir denn?«

»Keine Ahnung.«

»Was? Sie wissen das nicht! Dann müssen wir das schleunigst erfahren, Godfrey!«

»Nun ja!«

»Was soll da aus uns werden?« rief Tartelett und reckte verzweifelt die Arme gen Himmel.

»Robinsons vielleicht!«

Bei dieser Entgegnung machte der Professor einen Sprung, wie ihn kein Clown vor ihm besser gemacht hatte.

Robinson! Sie beide Robinsons! Nachkommen jenes Selkirk, der lange Zeit auf der Insel Juan Fernandez gelebt hatte! Nachahmer jener Phantasiehelden eines Daniel Defoe, deren Abenteuer sie so oft gelesen hatten. Verschlagene, von ihren Verwandten und ihren Freunden weit entfernt, von ihresgleichen um Tausende von Meilen getrennt, vielleicht darauf angewiesen, ihr Leben gegen wilde Tiere zu verteidigen, vielleicht auch gegen Kannibalen, die an dieser Küste landen konnten, Unglückliche, ohne jede Hilfsmittel, dem Hunger und dem Durst ausgeliefert, ohne Waffen, ohne Werkzeuge, fast ohne Kleidung, nur auf sich selbst angewiesen!

Nein! Das war unmöglich!

»Reden Sie mir nicht von solchen Sachen, Godfrey!« rief Tartelett entsetzt. »Nein, machen Sie nicht solche Witze! Diese Vorstellung bringt mich um! Sie machen sich lustig über mich, wie?«

»Jawohl, mein guter Tartelett«, erwiderte Godfrey; »beruhigen Sie sich, bitte! Vor allem aber – Eile! Eile! Und zwar für das Allerwichtigste!«

Eine Höhle, eine Grotte, irgendein Loch mußte schleunigst gefunden werden, in der sie die Nacht zu verbringen vermochten. War das sichergestellt, konnte man ja Ausschau nach eßbaren Muscheln halten, um dem hungrigen Mann wenigstens etwas anzubieten. Godfrey und Tartelett verließen nun den Dünenkamm wieder, und Godfrey entwickelte beim Suchen den größten Eifer, Tartelett dagegen hatte die Schrecknisse des Schiffbruchs noch immer nicht überwunden. Godfrey blickte sich nach allen Seiten um, er musterte das Gelände vor und hinter sich; Tartelett war kaum imstande, zehn Schritt weit zu sehen.

Wenn schließlich auf diesem Stück Erde keine Menschen leben, so wird es doch wenigstens Tiere geben – oder nicht mal die?, das war die Frage, die sich Godfrey stellte.

Daß er dabei nur an zahme Tiere dachte, an Haar- oder Federwild und nicht an Raubzeug, von dem es in der Tropenzone wimmelt und mit dem diese beiden Männer nichts anzufangen vermochten, versteht sich wohl von selbst. Gewißheit über diese Frage jedoch ließ sich nur durch weiteres Suchen finden. Ein paar Vogelschwärme belebten immerhin den Strand: Rohrdommeln, Baumgänse, Brachschnepfen, Schmielenten, die flatterten, zirpten, die Luft mit ihren Flügelschlägen und ihrem Gekreisch erfüllten – schließlich auch eine Art und Weise, gegen die Besitznahme dieses Gebiets zu protestieren, gegen die sich nichts sagen läßt.

Von den Vögeln auf die Nester und von den Nestern auf die Eier zu schließen war für Godfrey eine logische Folgerung. Da sich dieses Geflügel in zahlreichen Schwärmen sammelte, mußte es in den Felsen Tausende von Zufluchtslöchern haben. In der Ferne zeigten sich verschiedene Reiher- und Schnepfenzüge, ein sicheres Anzeichen für die Nähe eines Sumpfs.

An Federvieh fehlte es also nicht; die Schwierigkeit war bloß, woher eine Büchse nehmen, die Vögel zu schießen! Solange sich dieser Mangel nicht abstellen ließ, war es eben gescheiter, sich lediglich an die Eier zu halten, das heißt, sich mit der Ernährung des Vogels in seiner Urform, seiner recht nahrhaften Entstehungsphase, zu begnügen.

Aber freilich – auch damit war der Tisch noch immer nicht gedeckt! Wo bekam man Feuer her? Die Frage war wichtig, ihre Beantwortung allerdings mußte auf spätere Zeit verschoben werden.

Godfrey und Tartelett kehrten geradenwegs zu dem Riff zurück, über dem ganze Scharen von Seevögeln kreisten.

Dort erwartete sie eine angenehme Überraschung. Was erblickten sie nämlich unter den einheimischen Vögeln, die auf dem Strand umherstelzten, die zwischen dem Seetang und den Büscheln der Wasserpflanzen nach Futter pickten? Waren das nicht ein Dutzend Hühner und ein paar Hähne amerikanischer Herkunft? Nein, eine Täuschung war ausgeschlossen, denn als sie näher herankamen, wurden sie mit einem Kikeriki begrüßt, das hell wie ein Trompetenstoß in die Luft hinausschmetterte. Und dann weiter: Was waren das für Vierfüßer, die zwischen den Felsen hinhuschten und die ersten Dünenketten zu erreichen suchten, wo es nicht an grünem Gebüsch fehlte? Godfrey brauchte nicht lange zu zweifeln. Ein Dutzend Agutis oder Goldhasen, ein halbes Dutzend Hammel, dieselbe Anzahl Ziegen fraßen in aller Ruhe die Gräser unmittelbar am Wiesenrand.

»Ach, Tartelett!« rief er da. »Sehen Sie mal!«

Der Professor schaute hin, jedoch ohne etwas zu sehen, so sehr nahm ihn der Eindruck dieser unvermuteten Situation gefangen.

Ein Gedanke schoß ihm in den Sinn – ein Gedanke, der Hand und Fuß hatte: All dieses Getier, Hühner, Goldhasen, Ziegen, Hammel, das hatte zum lebenden Inventar der »Dream« gehört. Geflügel und Vierfüßer hatten den Schiffbruch überlebt und wohlbehalten das Land erreicht.

»Was also«, bemerkte Godfrey, »keinem unserer unglücklichen Kameraden möglich gewesen ist, das haben diese Tiere, von ihrem Instinkt geleitet, vollbracht. Von allen Geschöpfen, die an Bord der ›Dream‹ gewesen sind, sind sie allein gerettet worden.«

»Uns müssen wir freilich mitrechnen«, erwiderte Tartelett harmlos.

Nun ja, was ihn betrifft, so war er wirklich nicht anders gerettet worden als ein unvernünftiges Tier, das nur unbewußt handelte. Doch kam es darauf an? Für die beiden Schiffbrüchigen war es ein sehr glücklicher Umstand, daß diese Tiere den Strand erreicht hatten. Man brauchte sie nur zusammenzutreiben, einzupferchen, und wenn der Aufenthalt auf diesem Stück Erde länger dauern sollte, dann war es bei der diesen Tieren eigenen Fruchtbarkeit nicht ausgeschlossen, in Kürze eine ganze Herde und einen ganzen Hühnerhof zu haben.

Vorläufig aber gedachte sich Godfrey an die Nahrungsmittel zu halten, die ihm der Strand lieferte, und zwar in Gestalt von Eiern wie von Muscheln. Zusammen mit dem Professor unterzog er sich also der Mühe, unter dem Seetangteppich in den Steinritzen zu suchen, und nicht ohne Erfolg. Es dauerte nicht lange, da hatten sie eine gute Portion Miesmuscheln und Strandschnecken gesammelt, die sich schlimmstenfalls roh essen ließen. Ein paar Dutzend Baumgänseeier fanden sie in den Felsen, die die Bai im Nord abschlossen; sie hätten gereicht, auch eine erheblich größere Zahl von Tischgästen zu sättigen. Da sie beide tüchtigen Hunger hatten, zierten sie sich nicht lange, sondern ließen es sich schmecken.

»Was ist mit Feuer?« fragte Tartelett.

»Ja, freilich ..., Feuer ...«, antwortete Godfrey.

Das war die wichtigste aller Fragen, und so machte man sich daran, die Taschen zu untersuchen.

Die des Professors waren völlig oder so gut wie völlig leer. Außer einigen Ersatzsaiten für seine Taschengeige und einem Stückchen Kolophonium für den Fiedelbogen befand sich nichts darin. Mit so etwas Feuer machen? Nein, danke!

Mit Godfreys Taschen war es nicht viel besser bestellt. Indessen fand er zu seiner außerordentlichen Freude wenigstens ein gutes Taschenmesser, das durch sein ledernes Futteral vor Beschädigung durch Meerwasser geschützt worden war. Dieses Messer mit Klinge, Korkenzieher, Hippe und Säge war für die prekäre Lage der beiden ein geradezu kostbares Werkzeug. Aber bis auf dieses Werkzeug standen ihnen einzig und allein die Hände zur Verfügung. Hinzu kam, daß der Professor seine

Offenbar
trieb all diese
Hähne und
Hühner und
Hammel,
Ziegen und
Feldhasen
der Instinkt

Hände bislang zu nichts anderem als zum Fiedeln oder Gabeneinsammeln benutzt hatte. Godfrey machte sich also darauf gefaßt, sich auf die eigenen Hände verlassen zu müssen.

Immerhin meinte er, Tarteletts Hände könnten wenigstens zum Feuermachen taugen. Auf anderem Weg als durch schnelles Reiben zweier Holzstücke, wie es bekannterweise die Wilden tun, ließ sich Feuer nicht zünden. Wenn es dann gelungen wäre, ein paar Eier auf heißer Asche hart zu kochen, hätte das eine ganz angenehme Beigabe für das zweite Frühstück dargestellt.

Während sich also Godfrey damit befaßte, die Nester zu plündern, und zwar ohne jede Rücksicht auf ihre Insassen, die alles mögliche versuchten, ihren noch in der Schale befindlichen Nachwuchs zu schützen, las der Professor allerhand Holzstücke auf, mit denen der Boden am Fuß der Dünen gleichsam übersät war. Dieses Brennmaterial wurde am Fuß eines gegen den Seewind geschützten Felsens zusammengetragen. Tartelett suchte sich nun zwei recht trockene Stücke aus, um sie durch kräftiges und anhaltendes Reiben so zu erhitzen, daß sie schließlich anbrannten.

Warum sollte, was den schlichten polynesischen Wilden so mühelos gelingt, dem Professor, der seiner eigenen Meinung nach sehr viel gescheiter war als sie, nicht auch gelingen? Dieser Gedanke beherrschte ihn also, und so saß er und rieb und rieb, das ihm die Arme lahm wurden. Mit einer wahren Berserkerwut legte er sich dabei ins Zeug, der arme Kerl! War das nun Zufall, hatte das Holz nicht die richtigen Eigenschaften, war es nicht genügend trocken, oder lag es etwa am Professor selbst, der die Sache nicht verstand und nicht so rieb, wie man reiben mußte, um Feuer zu bekommen, kurz und gut, was warm wurde, das war einzig und allein seine Stirn, und aus der war nun wirklich nicht der zündende Funke zu erwarten.

Als Godfrey mit einer guten Portion Vogeleier zurückkehrte, fand er Tartelett schweißnaß wie eine gebadete Katze, schweißnaß, wie ihn alle seine choreographischen Exerzitien ohne Zweifel noch nie gemacht hatten.

»Geht es nicht?« fragte er.

»Nein, Godfrey, das wird nichts«, antwortete der Professor, »ich glaube, was man den Wilden da an Kunstfertigkeiten nachsagt, ist die reine Phantasie.«

»Nicht doch!« versetzte Godfrey; »man muß nur, wie in allen Dingen, richtig Bescheid wissen.«

»Na, und die Eier...?«
»Vielleicht gibt es noch ein anderes Mittel«, erwiderte Godfrey. »Man könnte ja ein Ei an eine Schnur hängen und es damit in rotierende Bewegung versetzen. Wenn man diese Bewegung dann jäh aufhält, könnte es wohl sein, daß sich das in Wärme umsetzt – und dann...«
»Dann hätten wir ein gekochtes Ei?«
»Ja, sofern die Drehung schnell und der Halt plötzlich genug wäre. Aber wie soll man das Ei so plötzlich aufhalten, ohne es zu zerschlagen? Was eben am einfachsten wäre, lieber Tartelett, wäre meiner Ansicht nach folgendes!« Und bei diesen Worten nahm Godfrey behutsam ein Ei, zerschlug es an der Spitze und trank es ohne viel Umstände aus.

Tartelett konnte es nicht über sich bringen, es ihm gleich zu tun; er mußte sich deshalb mit Muscheln begnügen.

Was nun noch zu geschehen hatte, war, eine Grotte, irgendeine Aushöhlung zu finden, unter deren Schutz man nächtigen konnte.

»Daß ein Robinson nicht wenigstens eine Höhle gefunden hätte, aus der er sich mit der Zeit eine Wohnung bauen konnte«, sagte der Professor, »gibt es nicht in der einschlägigen Literatur.«

»Nun, dann suchen wir also!« antwortete Godfrey.

Hatte die einschlägige Literatur recht, dann ergab sich eben bei unseren beiden Freunden eine neue Variante, denn beide Männer suchten vergeblich die steinige Küste im nördlichen Teil der Bucht ab. Keine Höhle, keine Grotte, nicht einmal ein Loch, in das sie wenigstens die Füße setzen konnten. Die Höhle also mußte aus ihrem Robinsondasein gestrichen werden. Godfrey entschloß sich deshalb, das Gelände bis zu den ersten Bäumen im Hintergrund abzusuchen. Die beiden Männer kletterten die Böschung der ersten Dünenkette wieder hinunter und marschierten durch die grünen Wiesen, die sie einige Stunden vorher gesehen hatten.

Und welch seltsamer und zugleich glücklicher Umstand! Die übrigen Geschöpfe, die den Schiffbruch ebenfalls überlebt hatten, folgten den beiden Männern freiwillig. Offenbar trieb all diese Hähne und Hühner und Hammel, Ziegen und Goldhasen der Instinkt, der Geselligkeitsdrang – ohne Zweifel fühlten sie sich auf diesem Sandstrand, der ihnen keinerlei Nahrung bot, weder an Gräsern noch an Gewürm, im höchsten Maß einsam und verlassen.

Drei Viertel Stunden später gelangten Godfrey und Tartelett – die während dieses Marsches kein Wort gewechselt hatten – bis zu den ersten Bäumen. Keine Spur von Wohnungen oder von Bewohnern! Gänzliche Einsamkeit! Auch hier war offensichtlich vor ihnen kein Mensch gewesen!

Die Bäume standen als vereinzelte Gruppen beieinander, eine Viertelmeile weiter ins Land hinein war es dann ein geschlossenes Waldstück von Gewürzbäumen.

Godfrey suchte nach einem alten Baumstamm, den die Jahre gehöhlt hätten, so daß sie auf diese Weise eine Zuflucht fänden; er suchte umsonst, obwohl er seine Bemühungen bis zum Einbruch der Nacht ausdehnte.

Der Hunger peinigte sie, und noch immer mußten sie sich mit Muscheln begnügen, von denen sie freilich eine gute Portion auf dem Strand gesammelt hatten. Von Anstrengungen schier wie zerschlagen, legten sie sich am Fuß eines Baums nieder und schlummerten ein, wie man so schön sagt, vom lieben Gott gebettet und eingelullt.

ZEHNTES KAPITEL

Worin Godfrey tut, was jeder andere Schiffbrüchige in dieser Situation auch getan hätte

Die Nacht verlief ohne jeden Zwischenfall. Die von den Aufregungen und von den Anstrengungen hart mitgenommenen beiden Schiffbrüchigen hatten so friedlich geruht, als hätten sie sich am heimischen Herd in der Montgomery Street zur Ruhe gebettet. Bei den ersten Strahlen der aufgehenden Sonne weckte sie am andern Tag, dem 27. Juni, der Hahnenschrei. Godfrey war im Nu wieder im Bilde, während sich Tartelett lange die Augen reiben und die Arme recken mußte, bis ihm klar war, in welcher Situation sie sich befanden.

»Ob das Frühstück von heute morgen dem gestrigen Mittagessen gleichen wird?« fragte er als erstes.

»Das befürchte ich«, antwortete Godfrey; »ich hoffe jedoch, daß wir heute abend besser speisen werden.«

Der Professor zog einen Schmollmund, der mehr sagte als alle Worte. Wo waren Tee und belegte Brötchen geblieben, die ihm bislang immer so pünktlich vorgesetzt worden waren, sobald er die Augen geöffnet hatte? Wie sollte er, ohne diese Vorspeise, bis zum zweiten Frühstück warten können?

Aber ein Entschluß mußte gefaßt werden. Godfrey fühlte die Verantwortung zur Genüge, die auf ihm allein lastete; von seinem Gefährten im Unglück durfte er nicht die geringste Hilfe erwarten. In dieser leeren Schale, dem Schädel des Professors, würde nie ein vernünftiger Gedanke entstehen: Godfrey mußte für zwei denken und Entscheidungen treffen.

Sein erster Gedanke galt seiner Braut Phina, die er, töricht wie er war, nicht hatte zu seiner Frau machen wollen. Ein zweiter Gedanke galt dem Onkel Will, dem er so unbedacht den Rücken gewandt hatte, und indem er sich nun endlich an Tartelett wandte, fragte er ihn:

»Wie wäre es, wenn wir uns über das Essen machten? Ein paar Muscheln und ein halbes Dutzend Eier haben wir ja noch, um in unser Menü ein klein bißchen Abwechslung zu bringen.«

»Aber zum Kochen haben wir nichts?«

»Nichts, Tartelett«, sagte Godfrey, »doch was würden Sie sagen, wenn uns auch diese Nahrungsmittel fehlten?«

»Daß nichts nicht genug ist, würde ich sagen«, antwortete der Professor trocken.

Nichtsdestoweniger hieß es, sich mit dieser mehr als dürftigen Mahlzeit abfinden, und das geschah auch. Nun fiel Godfrey etwas ein, was durchaus natürlich war, nämlich den am Abend vorher begonnenen Forschungsgang fortzusetzen. Vor allem kam es darauf an, so genau wie möglich festzustellen, in welchem Teil des Ozeans die »Dream« untergegangen war, weil man doch herausfinden mußte, ob es möglich wäre, irgendwo an dieser Küste zu einem bewohnten Ort zu gelangen, wo sich vielleicht Mittel und Wege zur Heimkehr finden ließen, oder wo man auf ein vorbeifahrendes Schiff warten könnte.

Godfrey hoffte sehr, daß er darüber Aufklärung fände, wenn es ihm gelänge, über die nächste Hügelkette hinwegzukommen, die sich als malerische Kulisse hinter dem Wald abzeichnete. Er glaubte, daß er diese Hügel in ein paar Stunden erreichen würde, und so entschloß er sich denn, diese dringend nötige Erkundung am Vormittag durchzuführen. Er sah sich um. Hähne und Hühner waren schon wieder im hohen Gras und pickten eifrig. Goldhasen, Ziegen und Hammel liefen am Waldrand hin und her.

Godfrey befürchtete nun zwar nicht, daß sich dieser ganze Schwarm von Geflügel und Vierfüßern an seine Fersen heften würde. Um sie jedoch mit genügender Sicherheit an dieser Stelle wiederzufinden, mußte Tartelett zu ihrer Bewachung zurückgelassen werden. Diesem war es recht, allein hier sitzenzubleiben und ein paar Stunden lang als Wächter für die Herde zu fungieren. Er äußerte nur eins, nämlich: »Was ist, wenn Sie sich verirren, Godfrey?«

»Seien Sie ganz unbesorgt«, erwiderte der junge Mann; »ich brauche nur quer durch den Wald zu gehen, und da Sie seinen Rand nicht verlassen werden, bin ich sicher, Sie dort auch wiederzutreffen.«

»Vergessen Sie das Telegramm an Ihren Onkel Will nicht, und lassen Sie sich ein paar hundert Dollar schicken!«

»Das Telegramm ... oder den Brief! Abgemacht!« antwortete Godfrey, der Tartelett keine seiner Illusionen rauben wollte, solange er nicht Gewißheit hatte über die Lage dieses Stückes Land.

Nachdem er dem Professor die Hand gedrückt hatte, betrat er den Wald, dessen dichtes Laubdach kaum ein paar Sonnenstrahlen hindurch ließ, doch die Sonne brauchte er als Richtungsweiser, wie sonst hätte er zu seinem Ziel finden wollen!

Natürlich gab es hier keinen Pfad. Indessen war der Boden keineswegs noch unbetreten. Godfrey bemerkte vielmehr immer wieder Spuren von Tieren, die hier entlanggezogen waren. Ein paarmal glaubte er sogar ein paar flinke Wiederkäuer vor sich fliehen zu sehen. Elentiere, Damwild oder Wapitis; aber Fährten von Raubtieren, von Tigern oder Jaguaren, erkannte er nicht, worüber er keinesfalls traurig war.

Das »Hochparterre« des Waldes, nämlich jener Teil, den die Baumkronen einnahmen, diente einer gewaltigen Vogelschar zum Unterschlupf: Hunderten von wilden Tauben, Seeadlern, Auerhähnen, Arakaris mit ihrem an die Scheren des Hummers erinnernden Schnabel, und in größerer Höhe, über Lichtungen schwebend, zwei oder drei jener zur Bartgeierfamilie gehörigen Vögel, deren Auge wie eine Kokarde aussieht. Trotz allem gehörte keiner dieser Vertreter der Vogelwelt einer so spezifischen Art an, daß man daraus auf den Breitengrad hätte schließen können, unter dem dieses Stück Land lag, auf dem sich die Schiffbrüchigen befanden.

Genau so verhielt es sich mit den Bäumen dieses Waldes. Auch diese ließen keine Rückschlüsse darüber zu, in welcher Breite man sich befand. Da gab es großblütige Erdbeer- und Kornelkirschbäume, Ahorne, Birken, Eichen, vier oder fünf Magnolien- und Seetannenarten, dann mitten auf weiten Lichtungen einzelne Oliven und Kastanien; an Strauchwerk wuchsen hier Tamarinden, Myrten, Lentisken. Der Wald war nicht so dicht, daß er den Durchgang verwehrte, man brauchte dazu nicht zum Feuer oder zur Axt zu greifen. Die Brise vom Meer her strich erfrischend durch den Wald, und hin und wieder spiegelte sich auch das Licht in großen Tümpeln auf dem Boden.

Godfrey marschierte also munter durch den Wald. Irgendwelche Vorsicht schien ihm unnötig. Er konnte sich voll und ganz auf sein Ziel konzentrieren, und das beschäftigte ihn denn auch ausschließlich. Nun ja, zu verstehen ist das durchaus, denn noch ehe eine Stunde vergangen war, sollte sich ihrer beider Schicksal entscheiden! Noch ehe eine Stunde vergangen war, würde Godfrey die Möglichkeit winken, den Fuß in eine bewohnte Gegend dieses Stückes Land zu setzen.

Wo mochte das sein? Während der siebzehntägigen Fahrt der »Dream« hatte er nicht allzuviel Aufmerksamkeit auf die Position des Schiffes verwandt, soviel jedoch schien ihm klar, daß der Schiffbruch an der japanischen oder der chinesischen Küste stattgefunden hatte. Daß die »Dream« die Grenze der südlichen Halbkugel noch nicht überschritten hatte, bewies übrigens der Stand der Sonne.

Zwei Stunden nach seinem Aufbruch schätzte Godfrey die von ihm zurückgelegte Wegstrecke auf etwa fünf Meilen, mancherlei Umwege eingerechnet, zu denen ihn hin und wieder ein Dickicht genötigt hatte.

Die zweite Hügelreihe konnte nicht mehr weit sein. Schon wurden die Baumreihen lichter, es wurde sonniger, das Gelände begann allmählich anzusteigen.

Obwohl Godfrey schon reichlich müde war, besaß er Willenskraft genug, sein Marschtempo nicht zu verringern. Ohne Zweifel wäre er sogar gerannt, wenn sich ihm nicht die ersten steilen Hänge entgegengestellt hätten. Bald jedoch befand er sich hoch genug, daß er den Wald, den er eben durchquert hatte, hätte überblicken können, das freilich kam ihm nicht in den Sinn: nicht das, was hinter ihm lag, interessierte ihn, sondern das vor ihm. Und bald mußte sich ihm der Blick nach Osten öffnen.

Ein kleiner abgestumpfter Kegel stieg über die gleichmäßig zackige Linie vor ihm auf.

»Dort! ... Dort!« sagte Godfrey laut; »diesen Punkt mußt du erreichen! Was werde ich von dort aus sehen? ... Eine Stadt? ... Ein Dorf? ... Die Wüste?«

Godfrey war so aufgeregt, daß er nicht spürte, wie sehr ihm das Herz klopfte. Sein Atem ging schwer, aber er nahm sich keine Zeit zum Verschnaufen. Nur erst dort oben stehen, sehen, Gewißheit haben darüber, was das Schicksal für ihn und Tartelett bereit hielt.

Endlich, noch ein paar Augenblicke, und er würde am Ziel sein! Es ging immer steiler bergauf, schon mußte er die Hände zu Hilfe nehmen, klammerte sich damit an Grasbüscheln oder Wurzeln fest, um nicht abzustürzen.

Eine letzte Anstrengung noch, dann hatte er es geschafft. Erschöpft lag er auf der kleinen Plattform des Kegels und suchte mit den Augen den Horizont im Osten ab.

Nichts – nichts als das Meer sah er, so weit der Blick reichte.

Er wandte sich um. Auch im Westen, im Süden und im Norden das unermeßliche Meer, das ihn ringsum einschloß.

»Eine Insel!«

Godfreys Herz zog sich zusammen, als er das sagte. Daß er auf eine Insel verschlagen worden war, dieser Gedanke war ihm nicht gekommen – und dennoch verhielt es sich so! Es gab keine Verbindung zum Festland. Ihm war zumute wie jemandem, der in einem im Wasser treibenden Kahn eingeschlafen ist und beim Erwachen weder Ruder noch Segel findet, um an Land zurückzukehren.

Aber Godfrey faßte sich schnell wieder. Was blieb ihm anderes, als die Situation zu nehmen, wie sie war! Von außen war kaum auf Rettung zu hoffen, also mußte er selbst etwas zu seiner, zu ihrer Rettung ersinnen.

Zunächst galt es, so genau wie möglich die Lage dieser Insel festzustellen, auf die sie da geraten waren. Seiner Schätzung nach schien sie zwanzig Meilen in nordsüdlicher und zwölf Meilen in ostwestlicher Länge zu messen. Der zentrale Teil war von Wald bedeckt, der bis zu der von dem Kegel beherrschten Kammlinie reichte. Dieser Kegel führte mäßig steil bis zum Strand hinunter.

Alles andere war nichts als Wiesenland, durchsetzt mit Baumgruppen, felsig oder Sandstrand, einzelne Klippenreihen ragten weit ins Meer hinein; außerdem gab es einige kleine Buchten, die jedoch kaum Platz für zwei oder drei Fischerboote geboten hätten. Nur die Bucht, vor der die »Dream« Schiffbruch erlitten hatte, maß etwa sieben bis acht Meilen. Wie eine offene Reede dehnte sie sich in einem sanften Bogen, und Zuflucht für ein Schiff gewährte sie nur bei Ostwind.

Was für eine Insel war das? Gehörte sie zu einer Gruppe, zu einem Archipel? Oder überragte sie als einsame Spitze eines unterseeischen Felsmassivs die Oberfläche des Stillen Ozeans? Soviel jedenfalls stand fest: Keine andere Insel, groß oder klein, hoch oder niedrig, war sichtbar, soweit das Auge reichte.

Godfrey hatte sich aufgerichtet und suchte den Horizont ab. Nichts, nichts, ganz gleich, in welche Richtung er sich auch wandte, überall grenzte das Meer an den Himmel.

Godfrey rief all sein geografisches Wissen wach, um herauszubekommen, was für eine Insel im Stillen Ozean das sei, auf die sie verschlagen worden waren. Und das war das Ergebnis seines Nachdenkens: Mit kaum nennenswerten Abweichungen war die »Dream« siebzehn Tage lang einen südwestlichen Kurs gefahren. Eine Strecke von 150 bis 180 Meilen in vierundzwanzig Stunden im Durchschnitt gerechnet, mußte das Schiff etwa fünfzig Grade durchlaufen haben. Andererseits stand fest, daß es den Äquator nicht überschritten hatte. Also meinte Godfrey, mußte die Insel oder die Gruppe, der sie vielleicht angehörte, zwischen dem 160. und dem 170. Grad nördlicher Breite liegen.

Auf diesem Teil des Stillen Ozeans, sagte sich Godfrey, würde er auf der Karte schwerlich andere als die Sandwich-Inseln gefunden haben; aber vielleicht gab es außerhalb dieses Archipels vereinzelte Inseln, deren Namen ihm entfallen waren, Inseln, die sich bis zur Küste des Himmlischen Reichs hinzogen?

Nun denn, sagte sich Godfrey, da mir der Name dieser Insel unbekannt ist, soll sie Phina heißen zum Andenken an die, die ich nicht hätte verlassen sollen; möge uns dieser Name Glück bringen!

Die nächste Frage, die sich Godfrey stellte, lautete: War die Insel bewohnt oder nicht? Von seinem Standpunkt aus sah er nichts, was auf Menschen hinwies, weder Wohnbauten auf der Wiese noch Häuser an der Waldgrenze, noch auch nur eine einzige Fischerhütte an der Küste. War aber die Insel öde und leer, sah sich gewiß auch kein Schiff veranlaßt, sie anzulaufen. Nachdem sich Godfrey lange genug umgeschaut hatte, blieb ihm nichts anderes zu tun, als den Hügel wieder hinunter zu steigen und durch den Wald zu Tartelett zurückzukehren. Bevor er sich aber an den Abstieg machte, fiel sein Blick auf ein paar besonders hohe Bäume, die an der nördlichen Grenze des Graslands standen. Diese Bäume schienen ihm höher als alle je zuvor gesehenen Bäume.

Vielleicht findet sich dort eine passende Gelegenheit, sagte er sich, wo man sich häuslich niederlassen kann, um so mehr, da, wie es aussieht, an ihrem Fluß ein Bach fließt.

Das herauszufinden nahm er sich für den nächsten Tag vor.

Nach Süden zu bot der Anblick der Insel einige Abwechslung. Wälder und Wiesen reichten bis dicht an den Strand, und stellenweise türmten sich die Klippen zu malerischen Felsen auf. Wie wunderte sich freilich Godfrey, als er hinter den Klippen eine leichte Rauchwolke in die Luft steigen sah, oder täuschte er sich etwa?

»Sind dort womöglich weitere Schiffbrüchige?« rief er. »Aber – nein! Das ist ja nicht möglich! Warum sollten sie sich von der Bucht entfernt haben? Noch dazu mehrere Meilen? Oder sollte sich dort ein Fischerdorf, das Lager irgendwelcher Eingeborenen befinden?«

Godfrey blickte angespannt in jene Richtung. War das wirklich Rauch oder nur leichter Dunst, den der Wind nach Westen trieb? Es mußte wohl doch ein Irrtum gewesen sein, denn schon nach wenigen Minuten war von dem Rauch, oder das, was wie Rauch aussah, nichts mehr zu bemerken. Godfrey war um eine Hoffnung ärmer.

Zum letztenmal ließ Godfrey seine Blicke in dieser Richtung schweifen. Da er nichts mehr gewahrte, rutschte er die Kegelböschung hinunter, kletterte den Hügel hinab und trat den Rückmarsch durch den Wald an und erreichte schließlich wieder die Küste.

Dort erwartete ihn Tartelett inmitten seiner zwei- und vierbeinigen Herde. Und was tat dieser halsstarrige Professor? Nach wie vor dasselbe! Ein Stück Holz hielt er in der rechten, ein anderes in der linken Hand, und arbeitete sich ab, um Feuer zu gewinnen. Er rieb und rieb und rieb mit einer eines besseren Erfolgs würdigen Hartnäckigkeit und Ausdauer.

»Na – und die Telegrafenstation?« rief er Godfrey schon von weitem entgegen.

»Noch nicht geöffnet«, antwortete Godfrey, der es nicht wagte, ihm ihre mißliche Situation einzugestehen.

»Und die Post?«

»Ebenfalls!« sagte Godfrey, »aber frühstücken wir, ich sterbe vor Hunger. Unterhalten wollen wir uns nachher!«

Auch an diesem Vormittag mußten sich Godfrey und Tartelett noch mit jenem allzu mageren Essen begnügen, das rohe Eier und Muscheln darstellten. »Sehr gesunde Kost!« sagte Godfrey wiederholt zu Tartelett, der ihm freilich nicht beipflichtete und die frugale Kost kaum mit den Lippen berührte.

ELFTES KAPITEL

Worin die Wohnungsfrage ihre Lösung findet, wenn wir uns mal so hochtrabend ausdrücken wollen

Der Tag war schon ziemlich weit vorgerückt. Deshalb nahm sich Godfrey vor, die Sorge für eine einigermaßen sichere Behausung auf den nächsten Tag zu verschieben. Aber auf die dringlichen Fragen, die ihm der Professor über die Ergebnisse seiner Wanderung stellte, gab er schließlich die Auskunft, daß sie sich auf einer Insel befänden – auf der Insel Phina –, und daß man sich um Mittel und Wege kümmern müsse, das Leben auf dieser Insel zu fristen, bevor man auf Mittel und Wege sinnen könne, sie wieder zu verlassen.

»Auf einer Insel!« rief Tartelett.

»Jawohl, auf einer Insel!«

»Die das Meer umschließt?«

»Natürlich!«

»Was für eine Insel ist das denn?«

»Ich habe Ihnen den Namen ja genannt, und Sie werden begreifen, warum ich ihr diesen Namen gegeben habe!«

»Nein, das begreife ich nicht«, entgegnete Tartelett und schnitt eine Grimasse. »Und von Ähnlichkeit kann nicht die Rede sein. Miß Phina ist von Land umgeben, und nicht von See – verstehen Sie?«

Nach dieser melancholischen Betrachtung richtete man sich ein, so gut oder schlecht es ging, die Nacht zu verbringen. Godfrey begab sich wieder zu dem Riff, um neuen Eier- und Muschelvorrat herbeizuschaffen, womit man sich wohl oder übel begnügen mußte. Die Anstrengungen des Tages bescherten ihm dann wenigstens einen baldigen Schlaf, während Tartelett, am Fuß desselben Baumstamms sitzend, in trübe Gedanken fiel und vor lauter Hadern mit seinem Schicksal keinen Schlaf fand.

Am folgenden Tag, dem 28. Juni, waren beide schon auf den Beinen, bevor der Hahn zu krähen begann. Zunächst ein sehr frugales Frühstück – das gleiche Essen wie am Abend zuvor. Nur das aus einem Bächlein geschöpfte frische Wasser wurde vorteilhaft ersetzt durch ein bescheidenes Quantum Milch, das man mit Mühe einer Ziege abzapfte.

Ach, du guter Tartelett! Wo war der feine Pfefferminzlikör, der süße Portwein, der Sherry-Cobbler, der Cherry-Cocktail, die er zwar so gut wie nie trank, die er sich aber, wenn ihm der Sinn danach stand, in den

pflückte einige dieser Früchte
und biß gierig
hinein

Bars und Cafés von San Francisco bestellen konnte? Voll Neid blickte er auf dieses Geflügel, diese Goldhasen, diese Hammel, die ihren Durst mit Wasser löschten, dem weder Zucker noch Alkohol beigemischt zu sein brauchte. Solches Vieh benötigte auch kein Feuer, sich seine Speisen zu kochen; Wurzeln, Gräser, Körner genügten ihm, und sie fanden ihr Frühstück reichlich auf der grünen Tafel gedeckt.

»Vorwärts!« rief Godfrey – und von ihrem Geleit zahmer Tiere gefolgt, die entschieden nicht gewillt waren, sie zu verlassen, begann man den Marsch.

Godfrey hatte vor, jenen Teil der Küste im Norden der Insel zu erkunden, wo die so sehr hohen Bäume standen, die er von dem Berg aus erblickt hatte. Um dorthin zu gelangen, meinte er, am besten die Küste entlang zu marschieren. Möglicherweise hatte die Brandung einige Schiffstrümmer an den Strand geworfen? Vielleicht fanden sich sogar noch Kameraden der »Dream«, die dort unbestattet lagen? Denen man ein christliches Begräbnis geben konnte? Daß man noch jemand lebendig antreffen würde, der sich gerettet hätte gleich ihnen, damit rechnete er nicht, nachdem nun sechsunddreißig Stunden seit dem Schiffbruch verstrichen waren.

Die erste Dünenkette wurde also überschritten. Godfrey befand sich mit seinem Kameraden bald wieder an der Stelle, wo das Riff ins Meer hinausragte – und so leer und öde, wie sie es verlassen hatten, sahen sie es wieder. Vorsorglich erneuerten sie dort ihren Eier- und Muschelvorrat, denn es war am Ende nicht ausgeschlossen, daß es ihnen auf dem Nordteil der Insel sogar an diesen dürftigen Nahrungsmitteln fehlte.

Nichts! Nach wie vor nichts.

Ganz entschieden müssen wir feststellen, daß, wenn es dem bösen Schicksal gefallen hatte, aus diesen beiden Überlebenden der »Dream« Robinsons zu machen, es ihnen schlimmer mitgespielt hatte als allen ihren Vorläufern. Diesen war doch wenigstens immer noch etwas von dem gescheiterten Schiff geblieben! Nachdem sie viele Dinge zur Überwindung der ersten Not aus dem Wasser gefischt hatten, konnten sie überdies die Schiffstrümmer nützen. Es war Proviant für eine gewisse Zeit vorhanden, selbst an Kleidung, Werkzeug und Waffen fehlte es nicht, so daß man das Leben schon einigermaßen fristen konnte. Aber hier gab es von alldem nicht das geringste. Mitten in dunkler Nacht war das Schiff im Meer versunken, ohne daß das winzigste Trümmerstück an den Strand gespült worden war. Nicht ein Span, nicht mal ein Streichholz war übriggeblieben – und gerade das fehlte ihnen besonders.

Ich weiß wohl, wenn jemand am warmen Ofen sitzt, in seiner Stube, und ins prasselnde Feuer guckt, dann fällt es ihm nicht schwer zu sagen: Nichts ist leichter, als sich Feuer zu verschaffen! Dazu gibt's tausend Mittel und Wege! Zwei Kiesel, ein bißchen dürres Moos, ein bißchen versengte Leinwand. – Ja, wie denn die Leinwand versengen? Ein anderer weiß: Mit der Messerklinge schlägt man Feuer wie mit dem Feuerstahl, oder man reibt, wie es die Polynesier tun, ganz einfach zwei Stücke Holz heftig aneinander!

Nun, ja! Versucht's doch mal!

Das waren die Gedanken, die Godfrey unterwegs durch den Kopf gingen, das war es, was ihn am meisten beschäftigte. Vielleicht hatte auch er, als er an seinem mit Koks gefüllten Ofen saß, in die Lektüre von Reisebeschreibungen vertieft, genauso gedacht wie jene klugen Leute! Selbst in die mißliche Lage geraten, war er freilich sehr bald anderen Sinnes geworden und wurde nicht ohne Unruhe gewahr, wie sehr ihm das Feuer, dieses unentbehrliche Element, fehlte, das sich durch nichts ersetzen läßt. In seine Gedanken verloren, schritt er Tartelett voraus, der all seine Sorge darauf richtete, die Hammel-, Goldhasen-, Ziegen- und Geflügelherde durch lautes Geschrei beisammen zu halten.

Plötzlich wurde Godfreys Blick durch die lebhaften Farben einer aus kleinen Äpfeln gebildeten Traube angezogen, die an den Zweigen mancher am Dünenrand zu Hunderten stehenden Sträucher hingen. Es waren Manzanillas, die in gewissen Teilen Kaliforniens eine Lieblingsnahrung der Indianer bilden.

»Endlich!« rief er, »endlich mal was anderes als unsere ewigen Eier- und Muschelspeisen!«

»Was? Sowas wird gegessen?« fragte Tartelett und begann Fratzen zu schneiden, wie er das sehr häufig tat.

»Na, sehen Sie doch, bitte!« antwortete Godfrey und pflückte einige dieser Früchte und biß gierig hinein.

Es waren allerdings nur wilde Äpfel, und die waren so sauer, daß nun auch Godfrey Fratzen schnitt. Der Professor ließ sich dadurch nicht abhalten, er probierte ebenfalls und zeigte sich nicht allzu unzufrieden über diesen Fund. Godfrey überlegte schon, ob sich aus diesen Früchten nicht ein gegorenes Getränk brauen ließe, das dem Wasser immer noch vorzuziehen war.

Der Marsch wurde fortgesetzt. Bald ging die sandige Düne in eine Wiese über, die von einem kleinen Bach durchschnitten wurde. Es war derselbe, den Godfrey von der Spitze des Berges aus erblickt hatte.

Bis zu den hohen Bäumen war es jedoch noch immer ein gutes Stück – und erst nach einem Marsch von fast neun Meilen gelangten die beiden Wanderer, ziemlich erschöpft von dem langen Weg, kurz nach zwölf Uhr dort an.

Ihre Mühe allerdings wurde belohnt. Am Rand einer großen, mit Manzanilla- und anderem Gesträuch durchsetzten Wiese standen etwa zwanzig Baumriesen, die durchaus einen Vergleich mit den vielbewunderten Mammutbäumen der kalifornischen Wälder aushielten. Sie bildeten einen Halbkreis; der grüne Rasenteppich, der sich zu ihren Füßen dehnte, reichte bis zum Strand, der in einer schmal auslaufenden Spitze nach Norden ins Meer hineinragte.

Diese Riesenbäume oder, wie der Amerikaner sagt, »big-trees«, waren wie die in Kalifornien ebenfalls Mammutbäume. Würde man die Engländer befragen, wie sie diese Bäume bezeichnen, sie würden ihnen gewiß den Namen »Wellingtonien« geben; Amerikaner dagegen würden die »big-trees« sehr wahrscheinlich auch »Washingtonien« nennen.

Der Unterschied wird dem Leser ohne weiteres klar sein. Mögen sie nun aber die Erinnerung an den steifleinenen Sieger von Waterloo oder das Andenken an den erlauchten Begründer der amerikanischen Republik wachrufen, diese Bäume sind und bleiben die gewaltigsten Gewächse, die die Erde hervorgebracht hat.

In manchen Teilen der USA gibt es ganze Wälder mit solchen Baumriesen, wie beispielsweise die Gruppen von Mariposa und von Calavera, von denen manche siebzig oder achtzig Fuß Umfang und eine Höhe von dreihundert Fuß haben. Einer der Bäume, der am Eingang ins Yosemite-Tal steht, hat nicht weniger als hundert Fuß Umfang gemessen. Zu seinen Lebzeiten – denn er ist inzwischen gefällt worden – wäre er so hoch wie das Straßburger Münster gewesen, also vierhundert Fuß. Manchen dieser Riesen hat man Namen gegeben, »Mutter des Waldes«, »Beauté des Waldes«, »Pionierhütte«, »Die beiden Schildwachen«, »General Grant«, »Demoiselle Emma«, »Demoiselle Marie«, »Die drei Grazien« und so weiter und so weiter. Als größter unter ihnen gilt der »Vater des Waldes«, eine uralte Sequoia, die mitten in einem Wald steht, der Staatseigentum ist und etwa ein Dutzend Meilen von Murphy entfernt liegt. Von diesem Mammutbaum heißt es, daß er etwa 4000 Jahre alt sei. Seine Höhe beträgt 452 Fuß; er überragt also das Kreuz der Sankt-Peterskirche in Rom, die große Pyramide von Giseh, endlich auch jenen eisernen Glockenturm, der sich jetzt auf einem Turm der Kathedrale von Rouen befindet und als das höchste Bauwerk der Welt gilt.

Eine Gruppe von etwa zwanzig solcher Kolosse war es, die die Natur hier hatte wachsen lassen, vielleicht zur selben Zeit, als König Salomo jenen Tempel von Jerusalem baute, dessen Ruine nie wieder errichtet worden ist. Die höchsten der Bäume mochten etwa dreihundert Fuß, die niedrigsten zweihundertfünfzig Fuß hoch sein. Einige, die inzwischen vom Alter ausgehöhlt worden waren, hatten an ihrer Grundfläche einen Riesenbogen, unter dem eine ganze Reiterschwadron hätte hindurchreiten können.

Godfrey wurde angesichts dieser Naturwunder, die es sonst nur in größeren Höhenlagen gibt, von Staunen und Bewunderung befallen. Er fand sogar, daß dieser Blick allein die Reise gelohnt habe. Nichts hält auch tatsächlich den Vergleich aus mit diesen Säulen von hellem Braun, die sich fast ohne dünner zu werden von der Wurzel bis zu den ersten Ästen hinauf erheben.

Einer dieser Sequoiariesen – er gehörte zu den gewaltigsten der Gruppe – lenkte Godfreys Aufmerksamkeit in besonderer Weise auf sich. Er war an der Wurzel ausgehöhlt und hatte eine Öffnung von vier bis fünf Fuß Breite und zehn Fuß Höhe, durch die man ins Innere des Stammes gelangen konnte. Das Herz des Riesen war verschwunden, das Mark hatte sich in einen feinen, weißlichen Staub verwandelt; es sah so aus, als ruhte der Baum nur noch auf seiner festen Rinde, aber allem Anschein nach würde er noch Jahrhunderte so stehen.

»Eine Höhle oder Grotte«, rief Godfrey, »haben wir nicht; statt dessen finden wir eine Unterkunft, wie sie nicht besser sein kann, ein hölzernes Haus, einen Turm, wie es ihn in kaum einem Land gibt! Dort werden wir sicher und geborgen sein. Kommen Sie, Tartelett, kommen Sie!« Und damit zog er seinen Kameraden hinter sich in das Innere der Sequoia.

Der Boden war mit einer dicken Staubschicht bedeckt; sein Durchmesser betrug etwa zwanzig Fuß. Wie hoch das Gewölbe war, ließ sich bei der hier drin herrschenden Dunkelheit nicht abschätzen; kein Lichtstrahl drang durch die Wandung des Baums, das hieß also, daß er weder Spalten noch Sprünge hatte, die Regen oder Wind durchließen. Soviel stand fest: Unsere beiden Robinsons vermochten sich in diesem Baum unter Bedingungen häuslich zu machen, die erträglich waren, den Unbilden der Witterung konnten sie hier ungestraft trotzen. Keine Höhle wäre sicherer oder trockener gewesen, keine besser verschlossen. In der Tat, es hätte sich schwerlich was Besseres finden lassen!

»Na, Tartelett, wie gefällt Ihnen unser Haus?« fragte Godfrey.

»Ja, wo ist denn der Schornstein?« fragte Tartelett.

»Nach einem Schornstein werden wir erst jammern«, antwortete Godfrey, »wenn wir so weit sind, daß wir Feuer haben.«

Godfrey begann nun die Umgebung der Baumgruppe zu untersuchen. Wie schon gesagt, erstreckte sich die Wiese bis zu jenen gewaltigen Sequoien, die deren Grenze bildeten. Das Flüßchen, das quer durch den Rasenteppich floß, sorgte bei der sonst auf der Insel herrschenden Hitze für ein wenig Kühlung. Strauchwerk verschiedener Art wuchs an seinen Ufern, Myrten, Lentisken, auch zahlreiche jener Manzanillas, die eine gute Ernte an wilden Äpfeln verhießen.

Weiter entfernt, auf ansteigendem Gelände, standen noch andere Bäume, Eichen, Buchen, Sykomoren und Zirbeln. Diese waren freilich viel weniger hoch als die Mammutbäume, deren lange Schatten die aufgehende Sonne bis zum Ozean hin werfen mußte. Überall auf den Wiesen wuchsen Gesträuche, Pflanzenbüschel, grüne Gebüsche, die Godfrey am andern Tag zu untersuchen gedachte.

Hatte ihm die Gegend gefallen, so schien sie auch seinen Tieren nicht zu mißfallen. Goldhasen, Ziegen und Hammel hatten sofort von ihr Besitz ergriffen, wo sie Wurzeln zu nagen und Gras zu fressen viel reichlicher fanden, als nötig war. Die Hühner ließen sich auch nicht lange bitten, sondern pickten gierig Körner oder Würmer an den Ufern des Flüßchens.

Godfrey kehrte zu der Sequoiagruppe zurück und untersuchte mit größerer Aufmerksamkeit den Baum, den er für ihren künftigen Aufenthalt ausgesucht hatte. Es schien ihm, wenn auch nicht unmöglich, so doch wenigstens recht schwierig zu sein, bis zu den Ästen des Baums hinaufzuklettern, ganz besonders, wenn man dieses Wagestück von außer her unternehmen wollte, denn der Stamm wies keinerlei Vorsprung auf; im Innern dagegen würde es wahrscheinlich leichter sein, bis in den Wipfel emporzusteigen, vorausgesetzt, daß der Baum zwischen Mark und Rinde bis oben hinauf hohl war.

Im Fall einer Gefahr war es schließlich von Nutzen, zu wissen, ob sich in dem dichten Astwerk des gewaltigen Baums Zuflucht suchen ließ. Indessen war das eine Frage, deren Beantwortung auf spätere Zeit vertagt werden sollte. Als das erkundet worden war, stand die Sonne schon ziemlich tief am Himmel, so daß es geraten schien, die Vorkehrungen zu einer endgültigen Einrichtung auf den folgenden Tag zu verschieben. Wo hätte man aber, nach einer Mahlzeit, deren Nachtisch aus wilden Äpfeln bestand, diese Nacht besser zubringen können als auf diesem

Pflanzenstaub, der im Innern der Sequoia eine dicke Bodenschicht bildete?

Also quartierten sich unsere beiden Robinsons schließlich hier ein, freilich erst dann, nachdem Godfrey dem Baum in dankbarer Erinnerung an seinen Ohm William Kolderup den Namen »Wills Tree« gegeben hatte.

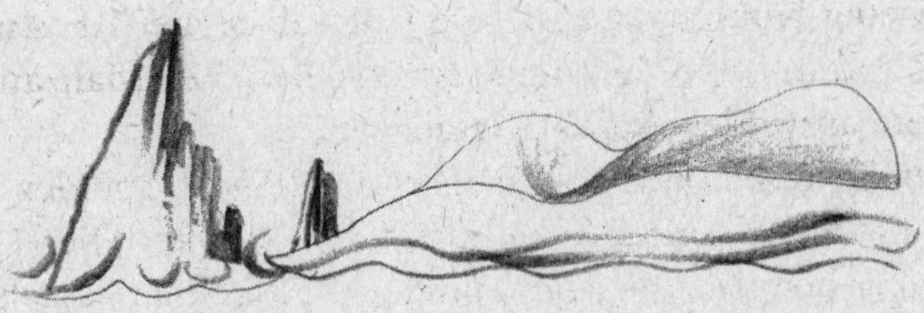

ZWÖLFTES KAPITEL

Worin ein prächtiger Blitz herniederfährt und dieses Kapitel im richtigen Augenblick beendet

Warum sich nicht mit dem Schicksal abfinden? Godfrey war auf dem besten Weg, in dieser für ihn nagelneuen Situation ein nagelneuer Mensch zu werden – Godfrey, der, solange er bloß gelebt hatte, um zu leben, so flott und leichten Sinns gewesen war und sich so wenig Gedanken über das Leben gemacht hatte. Die Sorge um den nächsten Tag hatte seine Ruhe wahrlich noch nie gestört. In dem mehr denn komfortablen Haus in der Montgomery Street, wo er seine zehn Stunden in einer Nacht weg geschlafen hatte, wo seinen Schlummer kaum ein Rosenblatt gestört hatte, war es freilich in jeder Beziehung anders gewesen als hier auf dieser unbekannten Insel, die von aller Welt abgeschieden war, wo er allein auf die Hilfsquellen angewiesen war, die ihm sein Verstand und seine Hände boten, wo er sich gezwungen sah, mit allen Notwendigkeiten des Lebens zu rechnen, und das unter Bedingungen, die einen weit praktischer veranlagten Menschen sehr in Verlegenheit gebracht hätten. Daß man, wenn die »Dream« keinen Hafen mehr erreichte, nach ihr forschen würde, durfte man ja ohne Zweifel annehmen. Was waren denn aber sie beide? Tausendmal weniger als eine Stecknadel im Heuhaufen, als ein Sandkorn auf dem Meeresgrund! Das unermeßliche Vermögen Onkel Kolderups war doch nicht Allheil- und Wundermittel für alles!

Kein Wunder also, daß Godfrey, obwohl er einen leidlichen Zufluchtsort gefunden hatte, recht unruhig schlief. In seinem Kopf arbeitete es ununterbrochen. Gedanken aller Art kreuzten sich da: welche aus der Vergangenheit, um die es ihm bitter leid tat – welche aus der Gegenwart, die er zu nützen, zu realisieren gedachte – welche aus der Zukunft, die seine Angst und Unruhe erheblich vermehrten!

Aber sei's, wie es sei, Godfrey war entschlossen, wider das schlimme Geschick anzukämpfen, das ihn getroffen hatte, und alles zu wagen, was in seiner Kraft stand, sich aus dieser mißlichen Lage zu befreien. Gelang ihm das, dann sollte diese Lehre für seine Zukunft bestimmt nicht verloren sein!

Vom frühen Morgen an war er auf den Beinen, um die Behausung, die sich ihnen dargeboten hatte, zu vervollkommnen. Die Proviant- und vor allem die mit ihr in enger Verbindung stehende Feuerfrage überwog alle andern Fragen. Wie man sich Werkzeug oder Waffen beschaffen, wie man sich Kleider herstellen sollte, um nicht zu guter Letzt auf polynesische Bräuche verfallen zu müssen, waren freilich nicht minder wichtige Fragen, doch sie traten vor der Hauptfrage in den Hintergrund.

Tartelett schlief noch den Schlaf des Gerechten. In der Dunkelheit sehen konnte man ihn freilich nicht, aber man hörte ihn, und wie! Der arme, beim Schiffbruch verschont gebliebene Kerl, den sein Alter von fünfundvierzig Jahren um keinen Deut ernster gemacht hatte als seinen Schüler, war freilich für Godfrey kaum von Nutzen. Viel eher konnte er ihm zum Hemmschuh werden, denn allein vermochte er nicht für sich zu sorgen, das mußte schon Godfrey tun. Dennoch – sie waren beide Kameraden im Unglück und aufeinander angewiesen. Und endlich war er ja auch in der Tat mehr wert als der klügste Hund, auch wenn er ohne Zweifel sicher weniger nützlich war als dieser. Immerhin war es ein Mensch, der Sprache mächtig, selbst wenn er fast ununterbrochen unsinniges Zeug schwatzte, eine Kreatur freilich auch, deren ewiges Gejammer auf den Geist ging! Trotz allem hörte Godfrey durch ihn menschliche Laute – und das war schließlich besser als das, was Robinson Crusoe von seinem Papagei zu hören bekam! Selbst wenn es nur Tartelett war, der sich in Godfreys Gesellschaft befand, so war er doch nicht ganz allein, und nichts hätte ihn mehr niedergedrückt, hätte ihm mehr Kraft und Zuversicht geraubt, als die Aussicht, ganz allein zu sein.

Robinson vor und Robinson nach Freitag: welch ein Unterschied! dachte er bei sich.

Heute morgen, am 29. Juni, tat es Godfrey indessen nicht leid, daß er mit sich allein war, weil er dann rechnen durfte, seinen Plan, die Gegend um die Sequoiagruppe zu erkunden, in Ruhe ausführen zu können. Vielleicht winkte ihm gar noch das Glück, eine andere eßbare Frucht oder Wurzel aufzustöbern, mit der er den Professor überraschen konnte. Deshalb ließ er Tartelett bei seinen Träumen und brach allein auf.

Leichter Nebel lag noch über dem Meer und der Küste. Schon begann aber im Norden und im Osten dieser Dunst unter dem Einfluß der Sonnenstrahlen aufzusteigen. Der Tag versprach, wunderschön zu werden.

Godfrey schnitt sich zunächst einen kräftigen Stock; dann marschierte er eine Strecke von reichlich zwei Meilen bis zu jenem ihm noch unbekannten Teil des Strands, dessen Winkel die langgezogene Spitze der Phina-Insel bildete. Dort nahm er einen Morgenimbiß ein, der sich aus Mies- und warzigen Venusmuscheln, vor allem auch aus sehr wohlschmeckenden winzigen Austern zusammensetzte, die er an der Küste in großen Mengen fand.

Schlimmstenfalls doch was gegen den Hunger! sprach er bei sich – solange wir Austern dutzendweis hier finden, wird uns der Magen wenigstens nicht gar zu laut knurren! Soll Tartelett wegen dieser Kost nur jammern, ich kann auch nichts dafür, daß er diese Weichtiere nicht mag. Na ja, sie werden ihm schon noch schmecken!

Wenn auch die Auster Brot und Fleisch nicht unbedingt zu ersetzen vermag, so ist sie wenigstens sehr nahrhaft, vorausgesetzt, daß sie in größeren Mengen genossen wird. Da sich dieses Weichtier aber sehr leicht verdauen läßt, kann man es in Massen, um nicht zu sagen, in Unmassen, verschlingen.

Sobald dieser Imbiß verzehrt war, griff Godfrey wieder zu seinem Stock und marschierte in südöstlicher Richtung am rechten Flußufer hinauf. Dieser Weg würde ihn quer über die Wiese bis zu den Tags vorher bemerkten Baumgruppen führen, jenseits des langen Gesträuchstreifens, die er sich einmal aus nächster Nähe anzusehen gedachte.

Godfrey marschierte etwa zwei Meilen in dieser Richtung auf dem mit kurzem, dichtem Rasen bewachsenen Gelände neben dem Fluß dahin. Scharen von Wasservögeln schwirrten vor diesem für sie neuen Wesen auf, das sie in ihrer Ruhe störte. Auch Fische von mancherlei Gattung schwammen in dem frischen Wasser des hier nur mäßig breiten Flüßchens.

Diese Fische zu fangen konnte offensichtlich nicht schwer sein, aber sie mußten gekocht werden – und das war nach wie vor die Frage, für die sich noch keine Lösung gefunden hatte.

Zu seinem großen Glück bemerkte Godfrey, als er bei den ersten Sträuchern angelangt war, zwei Gewächse, von denen das eine allerdings gesotten werden mußte, ehe man es zu genießen vermochte, das andere dagegen konnte roh gegessen werden. Die Indianer Amerikas leben vielfach von ihnen.

Das eine gehörte zu den Camasträuchern, die bekanntlich noch dort wachsen, wo nichts anderes mehr gedeiht. Aus ihren zwiebelartigen Wurzeln wird ein Mehl gewonnen, daß außerordentlich nahrhaft ist – sofern man es nicht vorzieht, die Frucht wie Kartoffeln zu verzehren. In beiden Fällen muß sie jedoch entweder gekocht oder geröstet werden, denn roh ist sie nicht verträglich.

Der andere Strauch bringt Knollen von länglicher Form hervor, die den heimischen Namen Yamph führen, nicht ganz so nahrhaft sind wie die Camafrucht, aber den Vorzug haben, daß sie roh gegessen werden können.

Zufrieden über diese Entdeckung verspeiste Godfrey ohne langes Besinnen ein paar dieser ausgezeichneten Wurzeln; da er freilich auch Tartelett nicht vergaß, dem der Magen sicher ebenfalls knurrte, raffte er ein tüchtiges Bund davon zusammen, warf es über die Schulter und schlug den Rückweg zum Wills Tree ein.

Versteht sich, daß er freundlich bewillkommnet wurde, als er mit seiner Yamphernte anlangte. Der Professor ließ sich wahrlich nicht zum Essen nötigen und aß so lange und so tüchtig, daß sich sein Schüler genötigt sah, ihm den Brotkorb höher zu hängen.

»Hm«, sagte der Professor, »für heute reicht ja der Vorrat – wird er das aber auch morgen noch?«

»Ohne Zweifel«, antwortete Godfrey, »morgen, übermorgen, alle Tage! Wir brauchen die Wurzeln ja nur einzusammeln.«

»Gut, Godfrey – und wie steht es um die Camafrucht?«

»Aus Camas werden wir Mehl gewinnen und aus dem Camamehl Brot, sobald wir Feuer haben!«

»Feuer!« rief der Professor kopfschüttelnd; »Feuer! Wo wollen wir Feuer herbekommen?«

»Das weiß ich auch noch nicht«, antwortete Godfrey; »doch so oder so müssen wir Feuer beschaffen!«

»Gebe Gott, daß es uns gelingt, mein lieber Godfrey! Ach, wenn ich denke, daß es Menschen gibt, die nur ein kleines, ein ganz kleines bißchen an ihren Schuhsohlen reiben, und schon haben sie Feuer! Das macht mich rasend! Nein, in meinem ganzen Leben hätte ich nicht geglaubt, daß mir das Schicksal eines Tages so etwas bietet! Keine drei Schritte könnte man in der Montgomery Street tun, ohne auf einen Kavalier mit der Zigarre im Mund zu stoßen, dem es eine Freude sein würde, einem ein bißchen Feuer zu geben. Und hier . . .«

»Hier sind wir nicht in San Francisco, Tartelett, auch nicht in der Montgomery Street, und gescheiter, glaube ich, wird es wohl sein, wir verlassen uns nicht auf die Gefälligkeit eines Vorübergehenden!«

»Warum bloß muß man Brot backen und Fleisch kochen! Warum sind wir von der Natur nicht so geschaffen, daß wir überall von der Luft leben können?«

»Wird vielleicht noch werden«, erwiderte Godfrey mit einem vielsagenden Lächeln.

»Meinen Sie . . .?«

»Wenigstens meine ich, daß sich Gelehrte mit dieser Sache befassen!«

»Ist das möglich? Und worauf stützen sie sich dabei?«

»Auf die Tatsache«, antwortete Godfrey, »daß Verdauung und Atmung Funktionen sind, die miteinander in Verbindung stehen; vielleicht kann die eine an die Stelle der andern treten. Sobald also die Chemie so weit ist, daß die zur Ernährung des Menschen nötigen Speisen sich durch den Atmungsprozeß assimilieren lassen, wird das Problem gelöst sein. Es kommt lediglich darauf an, nahrhafte Luft zu schaffen! Statt seine Mahlzeiten hinunterzuschlucken, wird man sie einatmen. Das ist alles!«

»Ach, wie schade, daß man dazu noch nicht in der Lage ist!« rief der Professor; »wie gern würde ich ein halb Dutzend belegter Brötchen und ein Viertelpfund Corned beef durch Atmung zu mir nehmen und mir damit ein bißchen Appetit machen!«

In schwärmerische Träumerei versunken, die ihm lukullische Luftdiners vorgaukelte, öffnete Tartelett unbewußt den Mund, sog mit vollen Lungen den Atem ein und vergaß ganz und gar, daß er kaum das allernötigste besaß, um sich auf alltägliche Weise zu sättigen.

Godfrey riß ihn aus seinem Sinnieren und führte ihn in die Wirklichkeit zurück. Es galt nun, das Innere von Wills Tree wohnlicher und bequemer zu gestalten.

Die erste Sorge war, die künftige Wohnung gründlich zu reinigen, vor allem wollten sie viel von diesem Pflanzenstaub entfernen, der als dicke Schicht den Boden bedeckte und in dem man bis fast zu den Knien einsank. Ein paar Stunden mußten sie sich kräftig mühen, um diese beschwerliche Arbeit zu bewältigen; schließlich wurde aber »die gute Stube« von diesem Pulver befreit, das sich bei der kleinsten Bewegung in eine Staubwolke verwandelte.

Der Boden war hart und fest, als wäre er gepflastert, so dicht hatten sich die breiten Sequoiawurzeln verästelt. Es war eine höckerige, aber standfeste Fläche. In zwei Winkeln wurden die beiden Lagerstätten errichtet; als Matratze dienten Grasbündel, die man an der Sonne gut austrocknen ließ. Natürlich brauchte man noch weiteres Mobiliar: Bänke, Schemel, Tische; Godfrey nahm sich vor, diese Dinge nach und nach anzufertigen, schließlich besaß er ein vortreffliches Messer, mit Hippe und Säge neben der Klinge versehen. Herrschte schlechtes Wetter, mußte man sich freilich im »Haus« aufhalten und dort auch seine Mahlzeiten einnehmen und die Arbeit verrichten. In der Nähe des Eingangs war es leidlich hell, so daß man ohne zusätzliches Licht auskam. Wenn es spä-

Die erste Sorge war,
die künftige
Wohnung gründlich
zu reinigen, vor allem
wollten sie viel von
diesem Pflanzenstaub
entfernen

ter nötig wurde, diese Öffnung wegen größerer Sicherheit zu verschließen, gedachte Godfrey in die Sequoiarinde ein paar Löcher zu brechen, die als Fenster dienen sollten.

Ohne Licht ließ sich nun freilich nicht feststellen, wie hoch die Höhlung in dem Baum reichte. Alles, was Godfrey herauszufinden vermochte, war, daß eine zehn bis zwölf Fuß lange Stange, die er hoch hielt, noch nicht anstieß. Dringend war die Lösung dieser Frage natürlich nicht, sie konnte durchaus auf später verschoben werden.

Der Tag verging über diesen Arbeiten, mit denen man erst knapp vor Sonnenuntergang fertig wurde. Godfrey und Tartelett waren rechtschaffen müde geworden, und so fanden sie ihr Lager vorzüglich, obwohl das nur aus jenem trocknen Gras bestand, wovon sie einen sehr großen Vorrat zusammengetragen hatten. Aber dem Geflügel mußten sie den Aufenthalt im Wills Tree verwehren, und das hätte sich hier nur zu gern breitgemacht. Godfrey meinte deshalb, es würde gut sein, einen weiteren hohlen Baum zu finden. Jedenfalls verstopfte er den Eingang zu ihrer Behausung mit Gesträuch, wodurch er den geflügelten Gästen den Zutritt verwehrte. Zum Glück verspürten weder die Hammel noch die Goldhasen und die Ziegen ein ähnliches Verlangen.

Die folgenden Tage wurden zu verschiedenen Einrichtungs-, Wirtschafts- und Erntearbeiten verwandt. Das Einsammeln der Eier und Muscheln, das Ausgraben der Yamphwurzeln und das Pflücken der Manzanillaäpfel, das Ablesen des Strands jeden Morgen nach Austern dauerte seine Zeit, und die Stunden verflossen schnell.

Die Hausgerätschaften beschränkten sich zunächst auf einige große Muschelschalen, die als Gläser oder Teller benutzt wurden. Freilich brauchte man, solange man zu dieser bisherigen Ernährungsweise gezwungen war, auch nicht mehr. Tartelett bekam die Sorge für die Wäsche übertragen, eine Arbeit, für die das Wasser des Flüßchens genutzt wurde, und die ihn nicht allzusehr beanspruchte, schließlich handelte es sich ja nur um zwei Hemden, zwei Taschentücher und zwei Paar Strümpfe.

Solange die Wäsche dauerte, waren Godfrey und Tartelett nur mit Hose und Jacke bekleidet; aber bei der heißen Sonne unter dieser Breite trocknete ja alles schnell. Die Schiffbrüchigen hatten weder durch Regen oder Wind zu leiden und so verstrich ihnen die Zeit bis zum 3. Juli.

In Anbetracht der völligen Blöße, in die sie durch den Untergang der »Dream« geraten waren, war die Behausung in der Riesensequoia schon gar nicht mehr so übel. Indessen durfte nichts versäumt werden, was die

Möglichkeit einer Rettung von außer her zu beschleunigen vermochte. Deshalb schaute Godfrey tagtäglich aufs Meer, so weit er es von hier aus überblicken konnte, in der Hoffnung, ein Schiff zu sehen. Doch dieser Teil des Stillen Ozeans war nur öde und leer. Kein Schiff, kein Fischerboot, kein Rauchwölkchen, so weit der Blick reichte – es schien, als läge die Phina-Insel außerhalb aller Handelswege. Es hieß eben geduldig warten.

Inzwischen wurde Godfreys Sinnen und Trachten, sobald ihm die unmittelbar nötigen Arbeiten ein paar Augenblicke Zeit ließen, auf die so wichtige Frage gelenkt: Wie bekommen wir Feuer? Zuerst probierte er, ob sich Feuerschwamm, an dem es ihm leider völlig fehlte, durch irgendeinen anderen Stoff ersetzen ließe. Ausgeschlossen war es ja nicht, daß sich einige Pilze, die in der Höhlung alter Bäume wuchsen, in eine brennbare Substanz verwandeln ließen, sobald sie eine entsprechende Zeit getrocknet waren.

Es wurden also mehrere solcher Pilze gesammelt und so lange in die Sonne gelegt, bis sie sich in Staub aufgelöst hatten. Dann schlug Godfrey mit dem als Feuerstahl dienenden Messerrücken auf einen Kieselstein, bis die Funken sprühten und auf den Schwammstoff trafen – umsonst! Er fing kein Feuer!

Dann kam Godfrey auf den Gedanken, jenen feinen, seit so vielen Jahrhunderten abgelagerten Pflanzenstaub zu benutzen, den er im Inneren des Riesenbaums gefunden hatte. Auch damit hatte er kein Glück.

Nun war Godfrey am Ende seiner Weisheit. Er versuchte es noch mit ein paar an den Felsen wachsenden Pilzen; aber auch das war vergebens. Einige Funken fielen zwar auf die trockene Substanz, erloschen jedoch.

Die beiden Schiffbrüchigen gerieten dadurch in erhebliche Schwierigkeiten. Sich ganz ohne Feuer zu behelfen war unmöglich. Der Früchte, Wurzeln, Weichtiere, die ihnen ihre Insel bot, begannen sie nachgerade überdrüssig zu werden; bei dieser Ernährung mußte ihr Magen ja am Ende streiken. Da hatten sie nun tagtäglich diese Hammel, Goldhasen und Hühner vor den Augen, die sich um den Wills Tree herum tummelten; und vor allem stachen sie dem Professor in die Augen. Das Wasser lief ihnen ob dieses Anblicks im Mund zusammen; sie verschlangen das schmackhafte Fleisch mit den Blicken!

Nein, so konnte das nicht weitergehen!

Aber ein unerwarteter Umstand – oder sagen wir, sofern das einem Leser lieber ist, eine Fügung der Vorsehung – kam ihnen zu Hilfe.

In der Nacht vom 3. zum 4. Juli schlug das Wetter, das schon ein paar

Tage lang Schwankungen unterworfen gewesen war, nach einer drückenden Hitze, die selbst durch die Seebrise keine Milderung gefunden hatte, völlig um. Ein rasender Sturm fegte über die Insel, und gegen ein Uhr früh wurden Godfrey und Tartelett durch Donnerschläge aus dem Schlaf gerissen. Blitz auf Blitz – ein wahres Feuerwerk! – zuckte vom Himmel. Noch fiel kein Regen, aber lange auf sich warten lassen würde der nicht! Aus den Wolken, die über der Insel hingen, mußten sich, wenn der Regen erst losbrach, ungeheure Wassermassen niederstürzen. Godfrey und Tartelett standen auf und traten ins Freie hinaus, um sich dieses Naturereignis anzusehen.

Über dem Dom der Baumriesen das reine Feuermeer! An dem in Flammen stehenden Himmel zeichnete sich das Laub wie zarte Konturen eines chinesischen Schattenspiels.

Plötzlich, mitten unter entsetzlichem Donnergeprassel, durchfurchte ein greller Blitz die Luft. Ein gewaltiger Schlag, und der Wills Tree stand vom Scheitel bis zur Sohle in elektrisches Licht gegossen.

Mitten in dem Feuerregen, der um ihn herniederging, durch einen Schlag rücklings zu Boden geschmettert, mußte sich Godfrey mühsam wieder auf die Beine stellen. Der Blitz hatte die trockenen Zweige oben im Geäst in Brand gesetzt. Glühenden Kohlen gleich prasselten sie auf den Erdboden nieder.

»Feuer! Feuer!« schrie Godfrey seinem Kameraden zu.

»Feuer!« sagte Tartelett. »Gepriesen sei der Himmel, der es uns sendet!«

Beide hatten sich auf die brennenden Zweige geworfen und trugen sie zu einem Haufen zusammen, schleppten dürres Holz, das am Fuß der Sequoia herumlag, herbei, und in dem Augenblick, als der in Strömen niederschießende Regen den Brand löschte, der das obere Geäst des Wills Tree zu verzehren drohte, traten sie wieder hinein in ihre finstere Behausung.

DREIZEHNTES KAPITEL

Worin Godfrey wiederum leichten Rauch auf seiner Insel aufsteigen sieht

Das war ein Gewitter zur rechten Zeit. Godfrey und Tartelett hatten sich nicht wie Prometheus in die Weltenräume zu wagen brauchen, um dort das himmlische Feuer zu stehlen! Und doch hatte es ihnen der Himmel, wie Tartelett gesagt hatte, in seiner Güte mit Hilfe eines Blitzes gegeben! Jetzt kam es lediglich darauf an, das Feuer nicht mehr ausgehen zu lassen.

»Nein, ausgehen lassen werden wir es nicht!« Godfrey hatte es gerufen.

»Um so weniger, als es uns ja an Holz nicht fehlen wird!« hatte Tartelett erwidert, der seiner Freude laut Ausdruck verlieh.

»Ja, wer wird es denn unterhalten?«

»Ich! Tag und Nacht will ich wachen, wenn es sein muß«, sagte Tartelett, indem er einen brennenden Ast schwenkte. Und er hielt Wort: Er wachte, bis die Sonne am Himmel heraufstieg.

An dürrem Holz war, wie schon bemerkt, unter dem Riesendach der Sequoien kein Mangel. Deshalb auch sparten Godfrey und Tartelett, nachdem sie einen beträchtlichen Vorrat davon zusammengetragen hatten, nicht damit, sondern versorgten ihren Herd ausgiebig. Am Fuß einer Sequoia, in einem von ein paar aufragenden Wurzeln gebildeten Winkel errichtet, flammte der Herd mit hellem, lustigem Geprassel. Tartelett blies sich die Lungen schier aus dem Leib, alles, was er an Atem besaß, verschwendete er an das Feuer, obgleich das völlig unnütz war. In dieser Stellung schnitt er die wunderlichsten Gesichter, und er verfolgte den grauen Rauch, der sich in das hohe Laubdach hinauf schlängelte, nicht nur mit den Blicken, sondern ahmte seine Windungen, so gut oder schlecht es ging, mit seinen Gliedern nach.

Aber nicht, um es zu bewundern, hatte er dieses unentbehrliche Feuer so heiß ersehnt, noch weniger, sich daran zu wärmen. Nein, jetzt konnte man all die mageren Mahlzeiten vergessen, die aus rohen Muscheln und Yamphwurzeln bestanden hatten. Jetzt wurde gekocht und gebraten und gebacken!

»Wir werden wohl ein paar Hühnchen verspeisen!« rief Tartelett; dessen Kinnladen bereits so taten, als hätten sie Arbeit. »Eine Goldhasenkeule, eine Hammellende, einen Ziegenrücken, ein paar Stücke von dem auf der Wiese herumjagenden Wild kann man ja schließlich dazutun –

von ein paar Süßwasser- oder Seefischen wollen wir gar nicht erst reden!«

»Nicht so hastig, nicht so hastig!« erwiderte Godfrey, den der Entwurf zu diesem bescheidenen Menü belustigte. »Wer sich für die vergangene Fastenzeit schadlos halten will, darf keinen verdorbenen Magen riskieren! Gehen wir mit unsern Reserven behutsam um, Tartelett! Mit ein paar Hühnern bin ich ja einverstanden – für jeden eins – und wenn es uns an Zubrot fehlt, werden es uns hoffentlich ohne zu großen Nachteil unsere Camawurzeln, ordentlich zubereitet, ersetzen!«

Zwei unschuldige Hühnchen mußten dran glauben. Vom Professor gerupft, geputzt und ausgenommen, dann an einen Stock gesteckt, über knisternder Flamme gebraten, versprachen sie ein herrliches Mahl. Inzwischen richtete Godfrey die Camawurzeln auf eine Art her, daß sie sich bei einem ersten richtigen Diner, das auf der Phina-Insel stattfinden sollte, in keiner Weise zu schämen hatten.

Um sie genießbarer zu machen, brauchte man nur nach Indianerweise zu verfahren, die jedem Amerikaner bekannt war, denn wenn man auch noch nicht wie die Indianer gelebt hatte, so wußte man doch von vielen Erzählungen davon. Godfrey ging folgendermaßen zu Werke: Er sammelte flache Steine und warf sie in die Glut, bis sie heiß genug waren. Tartelett meinte zwar, es sei zu schade um das Feuer, darin nur Steine zu schmoren. Aber da er dadurch bei der Zubereitung seiner Hühner nicht gestört wurde, ließ er Godfrey schließlich gewähren, ohne weiteren Einspruch zu erheben.

Während die Steine heiß wurden, suchte sich Godfrey einen geeigneten Platz auf dem Boden, aus dem er, etwa eine Elle im Geviert, das Gras ausriß; dann hob er mit großen Muscheln bis etwa zu zehn Zoll Tiefe den Erdboden aus. In dem hierdurch entstandenen Raum schichtete er aus dürrem Holz einen kleinen Meiler; diesen Meiler setzte er in Brand, so daß die darunter befindliche Erdschicht erhitzt wurde.

Als alles Holz verbrannt und alle Asche beseitigt war, wurden die Camawurzeln, die sorgsam gereinigt und geputzt worden waren, hineingebettet, mit einer dünnen Rasenschicht bedeckt und dann die heißen Steine obenauf gepackt, die nun als Grundlage für einen neuen Brandherd dienten, der auf ihrer Oberfläche hergerichtet wurde.

Im großen und ganzen war auf diese Weise eine Art Backofen errichtet worden, und nach einer halben Stunde mußten die Wurzeln gar sein. Als man die zweifache Schicht aus Stein und Rasen entfernte, fand man die Camawurzeln tatsächlich gänzlich verwandelt. Zermahlen hätten sie ein zum Brotbacken trefflich geeignetes Mehl dargestellt; indessen ließ man sie in ihrem natürlichen Zustand, weil man sie ebenso wie Kartoffeln verspeisen konnte.

Wie unsere beiden Freunde über dieses leckere Frühstück herfielen, wie sie die jungen Hühnchen verschlangen bis auf die Knochen, wie sie sich den Bauch vollschlugen mit diesen herrlich schmeckenden Camawurzeln, mit denen sie ja nicht sparsam umzugehen brauchten, das auszumalen überlasse ich dem Leser. Camawurzeln hundertweis zu sammeln, brauchten sie sich nur zu bücken; das Feld, auf dem sie wuchsen, lag ihnen ja vor der Nase!

Sobald sie mit Essen fertig waren, befaßte sich Godfrey mit der Zubereitung einer größeren Menge solchen Camamehls, das sich endlos lange hält und tagtäglich zu Brot verbacken werden kann.

Über diesen verschiedenen Beschäftigungen verstrich der Tag. Das Feuer wurde ununterbrochen mit äußerster Sorgfalt gehütet, besonders natürlich allabendlich für die Dauer der Nacht – was jedoch Tartelett nicht hinderte, wiederholt aufzustehen, die brennenden Äste zusammenzuschieben und das Feuer neu zu schüren. Wenn er sich dann wieder hinlegte, spukte das Feuer in allen Gestalten in seinen Träumen, erlosch, flammte wieder auf, und Tartelett wurde bis zum Anbruch des neuen Tages von diesen Träumen geplagt.

Die Nacht verlief im übrigen ohne jeden Zwischenfall. Über dem Geknister des Brandes, das sich nun zu dem Kikeriki der Hähne gesellte, wachten Godfrey und Tartelett auf, als sie ausgeschlafen hatten. Godfrey war, kaum daß er die Augen aufgeschlagen hatte, nicht wenig verwundert über einen von oben herab in den Wills Tree hineinstreichenden Luftzug. Dadurch kam er auf den Gedanken, daß die Sequoia bis zum Ansatz der Äste hinauf hohl sei, und daß sich dort ein Loch befände, das dazu beitragen konnte, ihre Sicherheit im Baum im Fall einer Gefahr zu erhöhen.

»Das ist ja seltsam«, sagte Godfrey. »Ich habe doch diesen Luftzug in den ersten Nächten nicht gespürt! Sollte etwa der Blitz das Loch geschlagen haben?«

Um sich Antwort auf diese Fragen zu verschaffen, wollte er den Stamm der Sequoia von außen untersuchen, und bald fand Godfrey, was sich während des Gewitters zugetragen hatte. An dem Baum war die Blitzspur deutlich sichtbar, denn vom Astansatz bis zu den Wurzeln hatte der Blitz die Rinde in einem breiten Streifen abgeschält. Beide hatten ungeheures Glück gehabt, daß sie von dem Blitz nicht erschlagen worden waren.

»Man rät ja immer«, sagte Godfrey, »sich bei Gewitter nicht unter Bäume zu flüchten. Das mag gut sein für Leute, die einen anderen Unterschlupf haben! Wie sollen wir uns aber helfen, um dieser Gefahr aus dem Weg zu gehen, wenn wir in einem Baum wohnen? Na, wir werden ja sehen, was wird!« Dann verfolgte er die Blitzspur an der Sequoia bis zu ihrem Ausgangspunkt hinauf. »Es ist doch klar«, sagte er, »daß der Blitz dort an dem Stamm, wo er ihn getroffen hat, den größten Schaden angerichtet haben muß. Da nun die Luft durch dieses Loch ins Innere dringt, so kann es nicht anders sein, als daß der Baum zumindest bis dort hinauf hohl ist! Eine Sache, die zweifellos zu denken gibt!« Godfrey säumte nicht lange, sondern suchte sich einen harzigen Zweig, der sich als Fackel verwenden ließ.

Einiges Fichtenreisig lieferte ihm das nötige Material; aus dem Zweig schwitzte das Harz kräftig aus, und einmal erst angesteckt, gab der Zweig ein vortreffliches Licht. Godfrey trat nun wieder ins Innere der Sequoia und vermochte gut zu erkennen, wie es im Wills Tree aussah.

Etwa fünfzehn Fuß hoch war der Baum ausgehöhlt. Darüber hinaus jedoch bemerkte Godfrey die Öffnung eines schmalen Ganges, dessen Ende nicht zu sehen war. Dort oben war also der Baum noch nicht vollends zerfallen. Und da dürfte es möglich sein, an Vorsprüngen und Kanten und dergleichen hochzuklettern und von innen her bis zum Astansatz zu gelangen. Godfrey, immer mit der Zukunft beschäftigt, nahm sich sofort vor, festzustellen, woran er in dieser Hinsicht war.

Aus zwei Gründen wollte er das tun: Einmal mußte das Loch, durch das Wind oder Regen hineingelangen konnte, luftdicht verstopft werden, denn sonst konnte es leicht geschehen, daß der Baum unbewohnbar wurde – zum andern wollte er sich vergewissern, ob ihm im Fall einer Gefahr, eines Angriffs beispielsweise durch Tiere oder durch Eingeborene, die Äste der Sequoia die Möglichkeit einer Zuflucht boten.

Versuchen würde er das auf alle Fälle. Sollte sich in dem engen Gang irgendein unüberwindliches Hindernis finden, nun, dann würde Godfrey eben wieder hinunterklettern.

Nachdem er seine Fackel zwischen zwei dicke Wurzeln am Erdboden gesteckt hatte, begann er den Aufstieg, indem er auf die ersten Vorsprünge im Innern des Baumes kletterte. Er war gelenkig, kräftig, gewandt und, wie die meisten jungen Amerikaner, ein guter Turner. Die ganze Sache war also eine Spielerei für ihn. Bald hatte er eine schmalere Stelle erreicht, durch die er, wenn er sich mit dem Rücken und mit den Knien an die Wand stemmte, nach Schornsteinfegerart weiterklettern konnte. Bedenken hatte er eigentlich nur, daß der Gang so schmal und eng werden würde, daß er gezwungen war, sein Vorhaben aufzugeben.

Indessen kletterte er höher und höher, und jedesmal, wenn er zu einem Vorsprung gelangte, ruhte er sich aus, um wieder Atem zu schöpfen. Nach ein paar Minuten meinte er, er müsse das Luftloch bald erreicht haben, denn schon wehte ihm frischere Luft um die Nase. Gierig sog er sie ein, denn sonderlich frisch war es hier drin nicht gerade.

Nachdem er sich eine Minute lang ausgeruht und den von den Wänden gerissenen feinen Staub abgeschüttelt hatte, kletterte er in dem sich allmählich verengenden Gang höher hinauf. Im selben Augenblick wurde seine Aufmerksamkeit durch ein seltsames Geräusch geweckt, das ihm verdächtig vorkam. Es hörte sich ganz so an, als wenn von irgendwem am Holz gekratzt wurde. Fast im selben Moment ließ sich ein Pfiff vernehmen.

Godfrey hörte auf zu klettern.

Was ist das? fragte er sich, sollte sich etwa ein Tier in diese Sequoia geflüchtet haben? Vielleicht eine Schlange? Aber nein! Wir haben ja noch keine einzige auf der ganzen Insel gesehen! Wahrscheinlich ein Vogel, der vor uns flieht.

Godfrey irrte sich nicht – denn als er wieder zu steigen begann, verriet ihm scharfes Gekrächz, dem bald kräftiger Flügelschlag folgte, daß es sich tatsächlich um einen Vogel handelte, der hier sein Nest hatte und durch Godfrey aufgescheucht worden war.

Mit aller Kraft stieß Godfrey mehrmals hintereinander einen Ruf aus, der den Eindringling alsbald verjagte. Es war eine große Dohle, die schleunigst durch das Loch entwich und in dem hohen Wipfel des Baums verschwand.

Wenige Augenblicke später steckte Godfrey den Kopf durch das Loch, und bald saß er höchst bequem auf einem der untersten Äste, etwa achtzig Fuß hoch über dem Boden. Er kam sich vor wie in einem unwegsamen Waldesdickicht, das noch nie von eines Menschenfuß betreten worden war.

Nach einer kleinen Pause, freilich nicht ohne Mühe, kletterte Godfrey von einem Ast zum andern, immer höher, bis er schließlich ganz oben im Wipfel dieses Baumriesen angelangt war.

Eine Anzahl von Vögeln schwirrte unter gewaltigem Gekreisch in die Luft empor, als er in ihre Nähe kam, und suchte Zuflucht in den nächsten Bäumen der Gruppe, die der Wills Tree um einiges überragte.

Godfrey war so hoch geklettert, daß sich die Zweige unter der Last seines Körpers zu beugen begannen.

Wie weit reichte sein Blick hier oben! Unter ihm breitete sich die Phina-Insel wie eine Reliefkarte aus. Er suchte die Insel mit den Augen ab: Sie war und blieb menschenleer, wie immer!

Godfrey fühlte seinen Schluß, daß die Insel außerhalb aller Handels- und Verkehrslinien des Stillen Ozeans lag, von neuem bestätigt. Er unterdrückte einen tiefen Seufzer. Ob er diese Insel wohl jemals wieder verlassen würde? Fast zweifelte er, daß ihm das gelingen würde.

Wie staunte er aber, wie wunderte er sich, als er, diesmal im Norden, Rauch aufsteigen sah, ähnlich dem, den er schon einmal im Süden wahrzunehmen gedacht hatte. Mit gespanntester Aufmerksamkeit hielt er weiter Ausschau.

Ein kleines Wölkchen, an der Spitze von tieferem Blau als unten, stieg kerzengerade in die stille Luft empor.

»Nein, ich irre mich nicht!« rief Godfrey. »Dort ist Rauch – und wo Rauch ist, ist auch Feuer! Und dieses Feuer ist angezündet worden von – ja, von wem?«

Godfrey versuchte die Stelle, wo der Rauch aufstieg, so präzise wie möglich festzustellen: Es war im Nordosten der Insel, zwischen den hohen Felsen, die den Strand säumten. Jeder Irrtum war ausgeschlossen. Knapp fünf Meilen entfernt vom Wills Tree lag diese Stelle.

Wenn man in nordöstlicher Richtung quer über die Wiese und dann an der Küste entlangmarschierte, mußte man unbedingt zu den Felsen gelangen, wo dieser dünne Rauch zu sehen war. Zitternd an allen Gliedern kletterte Godfrey wieder hinunter bis zu der Öffnung im Baum. Dort machte er kurzen Halt, um Moos und Laub abzureißen; sobald er davon genug zu haben meinte, glitt er durch die Öffnung ins Innere und verstopfte sie, so gut es ging. Dann ließ er sich endlich rasch auf den Boden hinunter.

Ein einziges Wort sagte er zu Tartelett, damit der sich seinetwillen nicht beunruhigte, und stürzte in nordöstlicher Richtung davon, der Küste zu.

Es war ein zweistündiger Marsch, zuerst quer über die grünende Wiese, an einzelnen Bäumen oder langen Hecken von dornigem Ginster entlang, dann über den Strand. Endlich hatte er die Felsen erreicht.

Er begann zu suchen, und er suchte umsonst. Er hatte sich die Stelle, wo der Rauch aufgestiegen war, genau gemerkt. Er war sich sicher, daß er sich nicht irrte. Er suchte weiter. Nichts. Er rief. Nichts. Nichts zu sehen, und auch keine Antwort auf sein Rufen. Weder Fußspuren waren zu bemerken noch irgendwelche Spuren oder Rückstände von einem Feuer. Nichts. Gar nichts.

im Nordosten der Insel,
zwischen den hohen Felsen, die
den Strand säumten, stieg
dieser Rauch empor

»Ich habe mich nicht geirrt, es ist unmöglich!« rief Godfrey wiederholt laut; »ich habe den Rauch ganz deutlich gesehen! Und dennoch . . .«

Sollte es vielleicht doch kein Rauch gewesen sein? fragte sich Godfrey. Vielleicht Dampf von einer heißen Quelle, die nun wieder versiegt war? Auch davon freilich fand Godfrey keine Spur.

Als Godfrey den Strand verließ, um wieder zum Wills Tree zu gehen, unterzog er die Gegend einer schärferen Beobachtung als auf dem Hinweg. Ein paar Wiederkäuer bemerkte er, darunter auch Polarhirsche; sie suchten so flink das Weite, daß es nicht möglich gewesen wäre, ihrer habhaft zu werden.

Gegen vier Uhr kehrte Godfrey zu der Behausung in dem Mammutbaum zurück. Noch hundert Schritt entfernt davon hörte er schon das schrille Gekratz auf der Taschengeige und stand bald dem Professor Tartelett gegenüber, der mit frommer Ehrfurcht und in der Haltung einer Vestalin auf das seiner Obhut anvertraute heilige Feuer blickte.

VIERZEHNTES KAPITEL

Worin Godfrey ein Strandgut findet, über das sowohl er als auch sein Kamerad in helle Begeisterung ausbrechen

Erleiden, was man nicht vermeiden kann, ist ein Grundsatz der Philosophie, der sicher nicht zur Vollführung großer Werke geeignet, aber gewiß in hohem Maß praktisch ist. Godfrey nahm sich deshalb vor, in Zukunft all sein Tun und Lassen auf diesen Grundsatz abzustellen. Da er nun einmal auf dieser Insel leben mußte, war es am gescheitesten, sich das Leben so gut wie irgend möglich einzurichten, bis der Augenblick eben eine Gelegenheit schaffen würde, die Insel zu verlassen.

Ohne länger zu warten, begann er nun mit der wohnlichen Einrichtung ihrer Behausung. Oberster Grundsatz war die Reinlichkeit, denn davon mochte ihre Gesundheit abhängen. Die Graslagerstätten wurden häufig erneuert. Was man an Werkzeug zur Verfügung hatte, beschränkte sich freilich auf Muschelschalen, doch daß die Teller und Schüsseln einer amerikanischen Küche sauberer gewesen wären, das war wohl nicht anzunehmen. Der Professor wusch, wie man zu seinem Lob wiederholen muß, das Geschirr geradezu musterhaft ab. Mit Hilfe seines Messers war es Godfrey gelungen, aus einem großen Stück Rinde, das er auf vier in den Boden gerammten Pfahlstücken befestigte, mitten in der »Stube« einen Tisch anzufertigen. Dicke rohe Baumstümpfe dienten als Schemel. Auf diese Weise waren die beiden Tafelgäste wenigstens nicht mehr genötigt, ihre Mahlzeiten auf den Knien einzunehmen, wenn ihnen die Witterung nicht gestattete, im Freien zu speisen.

Schwierig war freilich die Bekleidungsfrage; sie brachte ihnen manches Kopfzerbrechen. So weit wie möglich schonte man das wenige, was an Kleidung vorhanden war. Keiner der beiden trug bei der hier herrschenden Temperatur und unter diesem Breitengrad Bedenken, halbnackt herumzulaufen. Aber am Ende rissen Hose, Jacke, Wollhemd doch entzwei – und was dann? Sollte es etwa so weit kommen, daß man sich in Hammel- oder Ziegenfelle kleidete, nachdem man sich von Hammel- und Ziegenfleisch genährt hatte? Was anderes würde wohl kaum übrigbleiben! Vorläufig sah Godfrey darauf, daß das bißchen Garderobe, über das sie verfügten, sehr sauber gehalten, also häufig gewaschen wurde, eine Arbeit, die, wie schon gesagt, Tartelett anheimfiel, der dann wie eine Waschfrau am Bach hantierte und sich dieser Aufgabe zur allgemeinen Zufriedenheit gewachsen zeigte.

Godfrey selbst widmete sich hauptsächlich der Proviant- und der Wohnungsfrage. Tagtäglich kostete es ihn ein paar Stunden, eßbare Wurzeln und Manzanillafrüchte einzusammeln; mit dem Fischfang, zu dem er Binsen flocht und das Netz bald in das Flüßchen, bald in die Felshöhlungen am Strand senkte, die bei der Ebbe trocken gelegt wurden, ging auch geraume Zeit drauf. Ohne Frage waren die Mittel, über die er verfügte, höchst primitiv, hin und wieder fand sich aber doch entweder ein stattliches Krustentier oder ein appetitlicher Fisch – die dann auf der Tafel im Bauminnern prangten, von den Weichtieren abgesehen, die sich mit der Hand und völlig mühelos einsammeln ließen.

An einem fehlte es freilich sehr – an einem schlichten Kochtopf aus Blech oder Gußeisen. Und daß der von allen Küchengeräten das wichtigste ist, wird wohl jeder gern zugeben. Es war ein Mangel, der sich auf das empfindlichste fühlbar machte, leider wußte Godfrey nicht, wie er für dieses notwendigste aller Dinge, dessen Gebrauch geradezu universell ist, Rat schaffen sollte. Infolgedessen gab es weder einmal ein gekochtes Fleischgericht noch einmal Gemüse oder gesottenen Fisch, sondern immer nur Gebratenes, höchstens wechselten Spieß und Rost einander ab. Von einer fetten Suppe als Vorspeise war nie die Rede. Hin und wieder beklagte sich Tartelett zwar darüber; aber wie sollte man es bewerkstelligen, den armen Menschen zufriedenzustellen?

Übrigens beschäftigten Godfrey auch noch andere Sorgen. Bei einer Untersuchung der übrigen Bäume dieser Gruppe hatte er eine Sequoia gefunden, deren Inneres ebenfalls im Lauf der Jahre ausgehöhlt worden war und eine recht geräumige Unterkunft bot. Dort richtete er einen Hühnerstall ein, in dem alles Geflügel heimisch wurde. Die Eier brüteten die Hühner im trockenen Gras aus, und nicht lange dauerte es, da wimmelte es von Küken. Allabendlich wurden sie eingetrieben, um sie vor Raubvögeln zu sichern, die hoch oben in den Zweigen auf diese bequeme Beute lauerten und sicherlich mit der ganzen jungen Brut bald aufgeräumt haben würden.

Für die Goldhasen, Hammel und Ziegen einen Stall oder Pferch herzurichten hatte sich bislang als unnötig erwiesen. Wenn die schlechte Jahreszeit begann, ließ sich ja schließlich noch immer Rat schaffen. Einstweilen gediehen sie prächtig auf der üppigen Weide, die die Wiese mit ihrem Überfluß an Klee und eßbaren Wurzeln bot. Ein paar Ziegen hatten auch schon auf der Insel geworfen, und man ließ ihnen fast alle Milch, damit sie ihre Zicklein gut nähren konnten.

Aus all diesen Dingen ergab sich für den Wills Tree und seine Umgebung ein ganz reges Leben. Die wohlgenährten Haustiere kamen in der Hitze des Tages herbei, um im Schatten Schutz gegen die Sonne zu suchen. Daß sie sich verlaufen würden, stand ebensowenig zu befürchten, wie daß Raubzeug kommen würde, denn nun war man sich fast gewiß, daß es auf der Phina-Insel kein einziges reißendes Tier gab.

So sah es also aus: Für die Gegenwart war einigermaßen gesorgt, aber was die Zukunft bringen würde – wer wußte das! Doch da ereignete sich ein unvermuteter Zufall, der die Lage der beiden erheblich verbessern sollte.

Es war am 29. Juli. Godfrey irrte den ganzen Vormittag auf dem Strand der großen Bucht umher, der er den Namen »Dreambucht« gegeben hatte. Er wollte feststellen, ob es an diesem Strand genauso viele Weichtiere gab wie an dem nördlichen Strand. Im stillen hoffte er natürlich auch auf ein paar Schiffstrümmer zu stoßen, denn noch immer wunderte er sich, daß nicht ein einziges Stück vom Schiff an die Küste getrieben worden war.

An diesem Tag war er nun bis zu der sandigen Nordspitze vorgedrungen, als seine Aufmerksamkeit durch einen Felsen von seltsamer Gestalt erregt wurde, der gut sichtbar über die Algen und den Seetang emporragte.

Eine vage Ahnung trieb ihn, seinen Marsch zu beschleunigen. Wie groß war sein Erstaunen, und wie groß seine Freude, als er erkannte, daß das, was er für einen Felsen gehalten hatte, ein halb in den Sand eingewühlter Koffer war.

War das ein Gepäckstück von der »Dream«? Lag dieser Koffer hier seit dem Schiffbruch? Oder stammte er von einer ganz andern, vielleicht früher stattgefundenen Katastrophe? Wie auch immer, eine Untersuchung war dieser Koffer wert, gleichviel, woher er kam und was er in seinem Schoß barg.

Godfrey betrachtete ihn von außen. Ein Hinweis auf den Eigentümer oder den Adressaten fand er nicht. Kein Name, nicht einmal einer jener großen, in eine dünne Metallplatte gravierten Anfangsbuchstaben, die auf amerikanischen Reisestücken zu prangen pflegen. Vielleicht gab sein Inhalt Auskunft über den Besitzer, über dessen Nationalität. Jedenfalls war der Koffer hermetisch verschlossen, so daß Godfrey hoffte, der Inhalt würde durch das Liegen im Seewasser nicht gelitten haben. Freilich war es ein sehr starker, fester, mit dickem Leder überzogener Koffer, an allen Ecken und Kanten mit Messing beschlagen und mit breiten Gurten gesichert.

So lebhaft Godfreys Ungeduld auch war, Gewißheit über den Inhalt des Koffers zu erhalten, so fiel es ihm doch keineswegs ein, den Deckel einzuschlagen, sondern er beschränkte sich darauf, das Schloß zu sprengen, ihn also so kunstgerecht zu öffnen, wie es ihm die Umstände ermöglichten. Ihn von der Dreambucht zum Wills Tree zu transportieren, gestattete sein Gewicht nicht – es war einfach ausgeschlossen!

Gut, sagte sich Godfrey, leeren wir ihn dort, wo er liegt, und laufen wir so oft hin und her, wie nötig sein wird, alles fortzuschaffen, was er in seinem Innern birgt.

Von der Spitze des Vorgebirges bis zum Wills Tree waren es etwa vier Meilen. Eine gewisse Zeit würde der Transport also dauern und auch eine nicht unbeträchtliche Anstrengung verursachen. An Zeit fehlte es allerdings nicht, und was die Anstrengung angeht, die mußte eben in Kauf genommen werden.

Was enthielt nun dieser Koffer? Ehe Godfrey den Rückmarsch zum Wills Tree antrat, wollte er wenigstens probieren, ob er sich öffnen lasse. Deshalb machte er sich daran, die Gurte zu lösen, und als er das zustande gebracht hatte, entfernte er vorsichtig die das Schloß bedeckende Lederkappe. Aber wie das Schloß öffnen?

Das war das schwierigste Stück Arbeit. Godfrey hatte keinen Hebel zur Hand, mit dem er dem Koffer zuleibe gehen konnte. Sein Messer dabei zu zerbrechen, vor dieser Gefahr hütete er sich wohlweislich. Deshalb suchte er einen schweren Stein, mit dem er das Scharnier zu sprengen hoffte.

Auf dem Strand lagen Kieselsteine genug. Steine aller Formen, die als Hammer zu dienen vermochten. Godfrey suchte sich einen von Faustgröße und führte damit einen kräftigen Schlag auf die kupferne Platte. Zu seiner höchsten Verwunderung sprang der Riegel im Nu. Entweder war die Schließklappe eben von ihm zerschlagen worden, oder das Schloß war gar nicht mit einem Schlüssel gesperrt worden.

Godfreys Herz schlug laut, als er jetzt den Deckel von dem Koffer hob. Endlich war er offen, und daß es ihm so leicht nicht gelungen sein würde, ihn einzuschlagen, wenn er dazu gezwungen gewesen wäre, davon überzeugte sich Godfrey sehr schnell.

Dieser Koffer war ein richtiger feuerfester Stahltresor! Die inneren Wände waren mit Zinkplatten gefüttert, so daß das Meerwasser nicht hatte eindringen können. Deshalb mußten die Dinge, die er enthielt, auch wenn sie noch so empfindlich waren, unversehrt sein.

Und was waren das alles für Dinge! Godfreys Freude fand, als er zu kramen anfing, kein Ende. Ganz sicher hatte der Koffer einem sehr praktisch veranlagten Reisenden gehört, der sich in ein Land hatte begeben wollen, wo er, außer durch sich selbst, auf keine Hilfe rechnen durfte. Vor allem Wäsche: Hemden, Servietten, Leinentücher, Bettdekken; sodann Kleider: wollene Jacken, wollene und baumwollene Socken, feste Pantoffeln aus Rohleinen und Samt, gestrickte Westen. Jacken aus festem, dickem Stoff; dann drei Paar große Wasserstiefel, Jagdschuhe und Filzhüte.

An zweiter Stelle allerhand Küchen- und Toilettengerätschaften: ein Kochtopf – der vielbegehrte, vielbesprochene Kochtopf! – eine Pfanne, eine Kaffee-, eine Teekanne, einige Löffel, Gabeln und Messer, ein kleiner Spiegel, Bürsten zu allerhand Gebrauch: endlich – was wahrlich nicht zu verachten war! – drei Blechkannen, die etwa fünfzehn Pinten Schnaps und besten Rum enthielten, dann etliche Pakete Tee und Kaffee.

An dritter Stelle allerhand Werkzeug: verschiedene Bohrer, Handsäge, ein Sortiment Nägel und Stifte, Spanten und Schaufel zum Zusammensetzen, Spitzaxt, Hacke, Dächsel und so weiter und so weiter.

An vierter Stelle Waffen: Zwei Jagdmesser im Lederfutteral, eine Büchse und zwei Gewehre, drei sechsschüssige Revolver, ein Dutzend Pfund Pulver, mehrere Tausend Zündhütchen und ein bedeutender Vorrat an Schrot und Kugeln – alles Waffen offenbar englischen Ursprungs –, endlich eine kleine Taschenapotheke, ein Fernrohr, ein Kompaß, ein Chronometer.

Auch ein paar englische Bücher, mehrere Lagen weißes Schreibpapier, Bleistifte, Tinte und Federn, ein Abreißkalender, eine New-Yorker Bibel und ein »perfekter Koch« in Form eines stattlichen Kochbuchs.

Wahrlich, das war ein Geschenk von unschätzbarem Wert unter den augenblicklichen Umständen.

Kein Wunder, daß Godfrey vor Freude außer sich war! Besser und vollständiger hätte er sich solchen Musterkoffer, solches Unikum für arme Schiffbrüchige gar nicht selber auswählen und bestellen können! Das war ein Dankgebet wert.

Godfrey hatte sich das Vergnügen bereitet, seinen ganzen Schatz auf dem Strand auszubreiten. Jedes Stück war besichtigt worden, aber kein Hinweis fand sich in dem Koffer, aus dem sich irgendwelcher Schluß auf seine Herkunft hätte ziehen lassen, auch nicht auf das Schiff, von dem er stammen mochte.

Sonst hatte das Meer hier, wo Godfrey den Koffer gefunden hatte, kein weiteres Trümmerstück an den Strand geworfen, das aus einem jüngst stattgefundenen Schiffbruch hätte herrühren können. Nichts auf den Felsen, nichts am ganzen Strand! Die Flut mußte den Koffer an diese Stelle getrieben haben, nachdem er längere oder kürzere Zeit im Meer geschwommen war – anders ließ es sich nicht denken. Sein Umfang im Verhältnis zu seinem Gewicht hatte ihm freilich auch eine ausreichende Schwimmfähigkeit verliehen.

Mit den Bedürfnissen des materiellen Lebens waren also die beiden Bewohner der Phina-Insel vorderhand reichlich und auf eine geraume Zeit versorgt; denn Werkzeuge, Waffen, Instrumente, Hausgerät, Kleidung, das alles hatte ihnen ein glückliches Geschick beschert.

Daß Godfrey nicht daran denken konnte, alle diese Dinge zum Wills Tree zu schleppen, liegt auf der Hand. Ein derartiger Transport würde natürlich mehrere Märsche erfordert haben; aber beschleunigt müßte die Sache schon werden, und zwar, weil sich ja jeden Tag das Wetter verschlechtern konnte. Godfrey packte deshalb vorläufig die meisten dieser Gegenstände wieder in die Kiste. Eine Flinte, einen Revolver, genügend Pulver und Blei, ein Jagdmesser, das Fernrohr, den Kochtopf lud er sich jedoch auf. Dann klappte er den Deckel wieder sorgsam auf die Kiste, legte das Schloß vor und eilte rasch zu seiner Behausung zurück.

Ach, wie begeistert wurde er eine Stunde später von Tartelett begrüßt! War das ein Willkommen! War das eine Freude, als der Schüler seinem Professor all die Schätze aufzählte, die ihnen da beschert worden waren! Der Kochtopf vor allem setzte ihn in schwärmerischen Überschwang – in einer schier endlosen Reihe der elegantesten Tanzschritte, die mit einem Furioso im $^6/_8$-Takt ausklangen, gab er den auf ihn einstürmenden beseligenden Empfindungen Ausdruck.

Noch war es nicht Mittag. Deshalb wollte Godfrey, sobald er einen Morgenimbiß eingenommen hatte, auf der Stelle wieder zur Dreambucht zurückeilen. Es ließ ihm keine Ruhe, bis alles im Wills Tree in Sicherheit gebracht worden war. Tartelett erhob keinerlei Einwand, sondern erklärte sich bereit mitzumarschieren, denn nun brauchte er ja nicht einmal mehr das Feuer zu unterhalten. Wenn man Pulver hat, schafft man sich überall Feuer. Aber freilich, gut würde es sein, Fleisch und Gemüse zum Kochen anzusetzen. Im Nu war der Kochtopf bis zum Rand mit Wasser gefüllt, einem Goldhasen das Fell abgezogen und eine feiste Keule abgetrennt, die Keule mitsamt einem Dutzend Yamphwurzeln, die als Gemüse dienten, ins Wasser gesteckt, eine kräftige Portion von dem Salz, das sich in der Felsenhöhlung fand, dazugetan und Kochtopf mit Goldhasenkeule und Yamphwurzeln über das Feuer gehängt.

»Abschäumen wird die Brühe schon ganz allein!« rief Tartelett und war mit seinem Werk höchst zufrieden.

In bester Stimmung quer über die Wiese den kürzesten Weg nehmend, begaben sie sich zur Dreambucht und standen bald vor dem großen Koffer. Godfrey öffnete ihn behutsam. Unter allerhand Freudenrufen Tarteletts wurden die Schätze sortiert. Auf ihrem ersten Gang konnten die beiden Kameraden, bepackt wie Maulesel, Waffen, Munition und einen Teil der Kleider zum Wills Tree schaffen. Dort setzten sie sich, zum Umfallen müde, vor den Tisch, auf dem die Goldhasensuppe dampfte, die ihnen vorzüglich mundete. Etwas Herrlicheres als dieses Fleisch ausfindig zu machen wäre nach den Worten des Professors fast unmöglich gewesen. Ach, wie großartig wirkt doch solch eine Entbehrungskur.

Am andern Tag, dem 30. Juli, brachen Godfrey und Tartelett schon am frühen Morgen auf, und mit drei weiteren Märschen hin und her war der gesamte Inhalt des Koffers ausgeleert und weggebracht und, ehe der Abend hereinbrach, im Wills Tree in Sicherheit.

Endlich, am 1. August, fand auch der Reisekoffer selbst nach nicht unerheblicher Anstrengung in der Behausung seinen Platz als Wäschekommode.

Tartelett sah nun, wie bei seinem wachen Geist nicht zu verwundern ist, die Zukunft in den rosigsten Farben. Daß er heute seinem Schüler mit der Fiedel unterm Arm aufwartete und ihn in aller Form, ganz so, als wenn sie sich im Salon des Palais Kolderup befunden hätten, ansprach: »Mit Verlaub, verehrtester Herr Godfrey, wäre es vielleicht an der Zeit, unsern Tanzkursus wieder zu beginnen?« – darüber wird sich wohl keiner der verehrten Leser wundern.

FÜNFZEHNTES KAPITEL

Worin etwas geschieht, was jedem wirklichen oder jedem erdichteten Robinson wenigstens einmal geschehen muß

Die Zukunft zeigte sich nun weniger düster. Wenn Tartelett freilich fürs erste in dem Besitz dieser Instrumente und Waffen nur ein Mittel sah, dieses einsame Dasein etwas annehmlicher zu gestalten, so sann Godfrey seinerseits schon über die Möglichkeit nach, die Phina-Insel zu verlassen. Sollte es jetzt nicht möglich sein, ein genügend seetüchtiges Boot zu bauen, mit dem man ein benachbartes Stück Land oder ein Schiff erreichen konnte? Inzwischen jedoch waren es Tarteletts näherliegende Überlegungen, die in den folgenden Wochen die Gemüter der beiden Männer beschäftigten.

Der Kleiderschrank im Wills Tree war beispielsweise recht bald eingerichtet, die Kleider ordentlich darin untergebracht, aber dennoch wurde beschlossen, weiter sehr sorgsam mit der Kleidung umzugehen, denn wer wollte wissen, wie lange sie noch auf diese angewiesen waren. Es wurde nur das Allernötigste benutzt.

»Wozu soll das gut sein?« fragte Tartelett schmollend, »das heißt doch die Knauserei übertreiben, lieber Godfrey! Donnerwetter noch mal, wir sind schließlich keine Wilden, daß wir halb nackt laufen dürfen.«

»Entschuldigen Sie bitte, Tartelett«, erwiderte Godfrey, »wir sind Wilde, nichts anderes!«

»Ganz wie Sie meinen, aber Sie werden ja sehen, daß wir die Insel früher verlassen haben werden, als wir die Kleider hier abgetragen haben.«

»Dazu kann ich nichts sagen, Tartelett, denn ich weiß es nicht; jedenfalls ist es besser, wir behalten ein paar übrig, statt daß uns welche fehlen!«

»Am Sonntag wird man doch wenigstens ein bißchen Toilette machen dürfen?«

»Nun ha, Sonntags, und Feiertags ebenfalls«, erwiderte Godfrey, der seinem flotten Kameraden nicht geradezu alles verbieten wollte, »heute haben wir Montag, also eine ganze Woche vor uns, bis wir uns schön machen können!«

Selbstverständlich hatte Godfrey von dem Augenblick an, da er die Insel betreten hatte, die Tage gezählt. Und mit Hilfe des im Koffer gefundenen Abreißkalenders hatte er leicht festgestellt, daß heute Montag war.

Im Lauf der Zeit hatten sie sich, ganz wie es ihren Fähigkeiten entsprach, in die nötigen Arbeiten geteilt. Bei Tag und Nacht am Feuer zu sitzen und Wache zu halten, war jetzt, nachdem sie Material zum Feueranmachen genug besaßen, nicht mehr nötig. Tartelett konnte also diese Beschäftigung an den Nagel hängen – was ihm indessen in gewisser Hinsicht gar nicht recht paßte, denn er hatte ganz gern beim Feuer gesessen und es gehütet. Statt dessen fiel ihm nun die Sorge zu, Yamph- und Camawurzeln zu sammeln, vor allem die letzteren, die das tägliche Brot im Haushalt bedeuteten. Tag für Tag wanderte der Professor nun zu dem Gesträuch hinüber, von dem die Wiese im Rücken des Wills Trees eingefaßt war. Freilich mußte er so tagtäglich ein paar Meilen marschieren, aber mit der Zeit gewöhnte er sich daran. Zwischendurch sammelte er auch Austern und andere Weichtiere, von denen man eine stattliche Menge verzehrte.

Godfrey hatte sich die Sorge für die Haustiere und für die Insassen des Hühnerhofs vorbehalten. Das Schlächterhandwerk war zwar nicht nach seinem Geschmack, aber schließlich überwand er seinen Widerwillen. Infolgedessen fehlte nur selten einmal ein Fleischgericht auf der Tafel, und meistens gab es sogar zwei Gänge: Gekochtes und Gebratenes, so daß man nun durchaus von einem ziemlich reichhaltigen Menü sprechen konnte. An Wildbret herrschte in den Dickichten der Phina-Insel geradezu Überfluß, und Godfrey meinte, seine Jagdzüge wieder aufnehmen zu sollen, sobald ihm andere dringlichere Tätigkeiten Zeit und Muße dazu lassen würden. Die Flinten würden bei ihm wahrlich nicht rosten, dafür wollte er schon sorgen, und ebensowenig Pulver und Blei schimmeln – vorher allerdings mußte die wohnliche Einrichtung so weit in Ordnung sein, daß es zu Wünschen so gut wie keine Veranlassung mehr gab.

Mit den Werkzeugen, über die er nun verfügte, ließen sich auch Bänke herstellen, und dafür sorgte er nun ebenfalls, und zwar sowohl im Innern des Baums als auch draußen davor. Die Schemel wurden mit der Axt zugehauen, von der Tischfläche wurden Unebenheiten nach Möglichkeit entfernt, so daß sie mitsamt Schüsseln, Tellern und Bestecken, mit denen sie der Professor schmückte, einen schicklicheren Anblick bot. Die Lagerstätten wurden mit einem Holzrahmengestell umgeben, und die aus trockenem Gras aufgeschichteten Betten erhielten ein freundlicheres Aussehen. Wenn es auch nach wie vor an Schlummerrollen und richtigen Matratzen fehlte, so waren doch wenigstens Decken vorhanden. Die verschiedenen Küchengerätschaften standen nicht länger auf dem Boden herum, sondern fanden auf Brettern ihre Unterkunft, die an den Innenwänden befestigt wurden. Weitere Utensilien, Wäsche und Kleidungsstücke wurden in Nischen unter Schloß und Riegel gebracht, die man in der Rinde der Sequoia aushöhlte. Dort waren sie vor Staub geschützt. An kräftigen Pflöcken wurden die Waffen und Instrumente aufgehängt, sie bildeten dort keinen üblen Wandschmuck.

Godfrey sorgte auch für entsprechenden Verschluß ihrer Wohnung, um sie vor nächtlichen Besuchen der Haustiere zu schützen. Mit anderen lebendigen Wesen war ja auf der Insel nicht zu rechnen. Da er mit der einzigen Handsäge, einer Spitz- oder Lochsäge, die er besaß, Bretter nicht herrichten konnte, benutzte er nach wie vor breite dicke Baumrindenstücke, die sich leicht ablösen ließen. Auch eine leidlich feste Tür stellte er her als Schutz für den Eingang zum Wills Tree. Außerdem brach er auf zwei entgegengesetzten Seiten kleine Fenster aus, um auf solche Weise mehr Licht und Luft ins Innere zu lassen. Fensterläden, ebenfalls aus Baumrinde, gestatteten für die Nacht einen ziemlich sicheren Verschluß, und tagsüber brauchte man doch nicht mehr von früh bis abends, um Licht zu haben, Harzfackeln zu brennen, die die Wohnung verräucherten.

Wie man es später, während der langen Winterabende, machen würde, um Licht zu haben, wußte Godfrey selbst noch nicht recht. Vielleicht gelang es ihm, aus Hammeltalg ein paar Lichte herzustellen – vielleicht mußte man sich aber auch mit Harzlichten, die immer noch besser waren als bloße Kienbrände, begnügen. Das freilich würde die Zukunft bringen.

Eine weitere Sorge war, ob es gelingen würde, im Innern des Baumes einen Rauchabzug herzustellen. Für die Dauer der schönen Jahreszeit genügte ja der draußen in der Höhlung einer andern Sequoia aufgestellte Herd für alle Bedürfnisse der Küche. Wenn allerdings schlechtes Wetter eintrat, wenn es in Strömen regnete, wenn man sich vor Kälte schützen mußte, die ziemlich empfindlich auftreten dürfte, würde man es kaum umgehen können, im Wills Tree Feuer zu unterhalten und einen ausreichenden Abzugskanal für den Rauch zu schaffen. Auch diese wichtige Frage sollte, wenn es Zeit dazu war, ihre Lösung finden.

Ein weiteres nützliches Werk vollbrachte Godfrey, nämlich die Verbindung der beiden Ufer des Flüßchens an der Grenze der Sequoiagruppe. Nicht ohne Mühe gelang es ihm, Pfähle in das schnell fließende Wasser zu treiben; darüber wurden dicke Äste gelegt, die als Brückensteg dienten. Auf diese Weise konnte man auf die andere Seite gelangen, ohne eine Furt passieren zu müssen, die einen Umweg von zwei Meilen erforderte.

Wenn aber Godfrey alle Vorsichtsmaßregeln ergriff, um das Leben auf dieser verlorenen Insel des Stillen Ozeans einigermaßen erträglich zu machen – für den Fall, daß er mit seinem Begleiter dazu ausersehen sein sollte, lange, vielleicht ewig hier zu bleiben –, so wollte er andererseits auch nichts versäumen, was die Chance, gerettet zu werden, vergrößerte.

Die Insel Phina lag – das galt als erwiesen – nicht an einer Wasserstraße. Sie bot keinen guten Zufluchtshafen, und auch Möglichkeiten, den Proviant zu ergänzen, gab es nicht. Warum also sollten die Schiffe hier vor Anker gehen? Immerhin war es nicht ausgeschlossen, daß ein Schiff der Kriegs- oder der Handelsmarine in Sicht der Insel vorbeifuhr. Deshalb erschien es wünschenswert, ein Mittel zu ersinnen, das imstande wäre, die Aufmerksamkeit eines solchen Schiffes auf sich zu lenken, ihm zu zeigen, daß die Insel bewohnt war.

Um das zu erreichen, wollte Godfrey einen Flaggenmast auf der äußersten Spitze des nach Norden ins Meer weisenden Vorgebirges errichten, und dazu opferte er die Hälfte eines der in dem Koffer gefundenen Leinentücher. Da er befürchtete, die weiße Farbe würde nur in einem eng begrenzten Bereich sichtbar sein, versuchte er, seine Flagge mit den Beeren eines am Dünenfuß wachsenden Strauchs zu färben. Aus diesen Beeren erhielt er ein helles Rot, das freilich der Regen sehr bald auswaschen würde, aber er konnte das Tuch ja ohne große Mühe wieder neu färben.

Diese Arbeiten nahmen ihn bis zum 15. August in Anspruch. Mehrere Wochen lang war der Himmel fast beständig wolkenlos geblieben, von ein paar äußerst heftigen Gewittern abgesehen, die Wasser in Menge auf die Insel geschüttet hatten.

In dieser Zeit begab sich Godfrey auch auf die Jagd. Er war freilich ein leidlicher Schütze, mit Tartelett dagegen war in dieser Hinsicht nicht im geringsten zu rechnen, denn der würdige Herr Professor hatte noch nie im Leben einen Schießprügel in der Hand gehabt, geschweige denn einen Schuß abgegeben.

Godfrey widmete also mehrere Tage der Woche der Jagd auf Haar- und Federwild, das reichlich vorhanden war. Ein paar Rebhühner, ein paar Waldtauben, eine Anzahl Schnepfen fanden sich zum Glück immer als gute Abwechslung im täglichen Menü. Auch ein paar Antilopen fielen unter dem Blei des jungen Jägers, und wenn der Professor sich an der Beschaffung dieser Beute auch nicht beteiligt hatte – am Appetit ließ er es gewiß nicht fehlen, als sie in Gestalt von Keulen und Koteletts auf der Tafel erschienen.

Natürlich vergaß Godfrey über der Jagd nicht, sich durch sorgfältige Beobachtungen ein vollständigeres Bild von der Insel zu machen. Er dang in die Tiefen jener dichten Waldungen ein, die den mittleren Teil der Insel bedeckten. Er wanderte das Flüßchen, dessen Lauf vom westlichen Hang des Hügels gespeist wurde, bis zu seiner Quelle hinauf. Er erstieg noch einmal den Gipfel des Berges und kletterte die entgegengesetzte Seite hinab, denn den Strand dort kannte er noch nicht.

Was aus diesen Erkundungsgängen mit Sicherheit hervorgeht, sagte sich Godfrey des öfteren, ist das eine: Auf der Phina-Insel gibt es keinerlei Raubzeug oder Schlangen. Bis jetzt wenigstens habe ich noch nichts davon gesehen! Wenn hier welches existierte, hätten es meine Büchsenschüsse doch ganz gewiß alarmiert! Das ist ein recht glücklicher Umstand, das muß man sagen. Hätten wir den Wills Tree gegen Angriffe wilder Tiere sichern müssen, weiß ich wirklich nicht, wie wir das hätten machen sollen. Dann gelangte er zu einer andern durchaus logischen Folgerung: Hieraus geht weiter hervor, daß die Insel absolut unbewohnt ist. Wären Eingeborene oder Schiffbrüchige auf der Insel, würden sie schon lange durch den Knall der Flintenschüsse herbeigelockt worden sein! Nur der Rauch, den ich schon zweimal gesehen zu haben meine, ist mir noch ein Rätsel!

So viel Godfrey schon danach gesucht hatte: Von irgendeinem Feuer hatte er noch nie die geringste Spur entdeckt. Und auch auf die von ihm vermuteten heißen Quellen war er nicht gestoßen. Zudem wies die Insel keinerlei Spur von vulkanischem Charakter auf. Es konnte also gar nicht anders sein, als daß er zweimal Opfer einer Sinnestäuschung geworden war.

Übrigens hatte sich seitdem kein Rauch oder Dunst mehr gezeigt. Als Godfrey zum zweitenmal diesen Berg erstieg, erblickte er ebensowenig wie aus dem Wipfel des Wills Trees irgend etwas, was geeignet gewesen wäre, seine Aufmerksamkeit zu wecken. Diese mysteriöse Angelegenheit kam ihm schließlich aus dem Sinn.

Über den Einrichtungsarbeiten und über den Jagdausflügen verstrichen mehrere Wochen. Jeder Tag brachte für das gemeinsame Leben eine Besserung.

Sonntags machte Tartelett, wie es festgelegt worden war, Toilette und zog seine besten Kleider an. Und an solch einem Tag dachte er an nichts

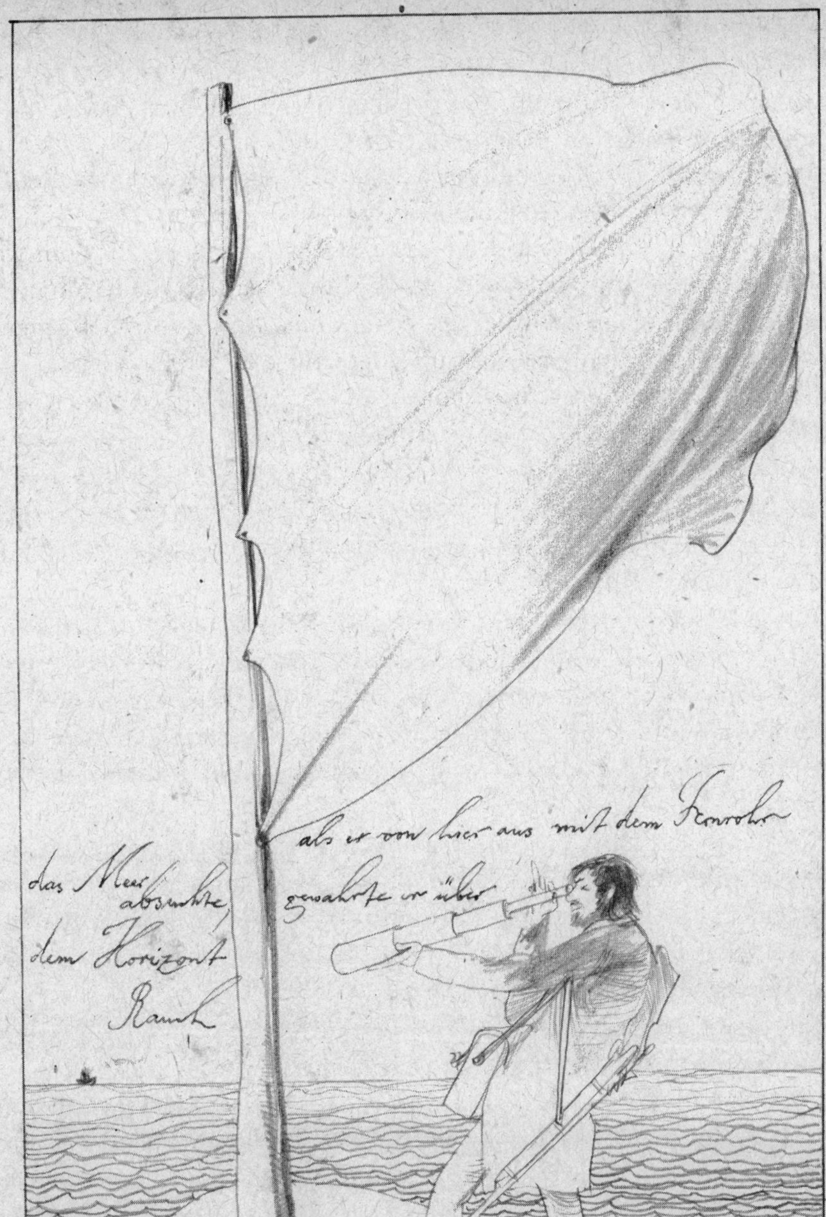
als er von hier aus mit dem Fernrohr
das Meer absuchte, gewahrte er über
dem Horizont
Rauch

anderes als ans Flanieren unter den hohen Bäumen und an Geigenspiel. Ein eleganter Tanzsprung jagte den andern; es war freilich eine Lektion, die er sich selbst gab, denn sein Schüler hatte sich entschieden geweigert, seinen Kursus weiterzuführen.

»Wozu das jetzt?« sagte Godfrey auf die beharrlichen Aufforderungen, seine Tanzübungen fortzusetzen; »können Sie sich einen Robinson vorstellen, der Tanz- und Anstandsregeln lernt?«

»Warum nicht?« antwortete Professor Tartelett in feierlichem Ernst. »Warum sollte man einen Robinson vom Anstand ausnehmen? Nicht um fremder Leute, sondern um seiner selbst willen eignet man sich gute Manieren an.«

Hierauf wußte Godfrey keine Antwort. Indessen fügte er sich den Wünschen des Professors nicht, und dieser sah sich also genötigt, vor leeren Bänken zu dozieren.

Am 13. September erlebten unsere Freunde eine der größten, eine der traurigsten Enttäuschungen, die unglückliche Menschen treffen kann, die durch einen Schiffbruch auf eine öde Insel verschlagen worden sind.

Hatte Godfrey auch nie wieder die unerklärlichen Rauchwolken aufsteigen sehen, so wurde andererseits an diesem Tag, gegen drei Uhr nachmittags, seine Aufmerksamkeit durch einen langen Dunststreifen in Anspruch genommen, über dessen Ursprung für ihn absolut kein Zweifel bestand.

Er war bis zu dem von ihm errichteten Flaggenmast gewandert, und als er von hier aus mit dem Fernrohr das Meer absuchte, gewahrte er über dem Horizont Rauch, den der Wind von Westen her auf die Insel zutrieb.

Godfrey schlug das Herz gewaltig.

»Ein Schiff!« schrie er.

Aber würde dieses Schiff, dieser Dampfer, auch in Sicht der Phina-Insel geraten, und wenn es vorbeifuhr, würde es der Insel nahe genug kommen, daß man an Bord die Flagge sah oder abgefeuerte Schüsse hörte? Oder würde dieser kaum sichtbar gewordene Rauch wie auch das Schiff in nordwestlicher oder südwestlicher Richtung am Horizont verschwinden?

Zwei Stunden lang befand sich Godfrey in höchster Aufregung; man kann sie leichter andeuten als beschreiben.

Doch nein, die Rauchfahne wurde deutlicher, wurde kräftiger, das Schiff kam zusehends näher. Gegen vier Uhr nachmittags wurde sein Rumpf sichtbar.

Es war ein großer, mit Nordostkurs laufender Dampfer – Godfrey sah ihn auch ohne Fernrohr gut. Behielt er diesen Kurs bei, dann mußte er dicht an der Phina-Insel vorüberfahren.

Im ersten Augenblick hatte Godfrey zum Wills Tree rennen und Tartelett benachrichtigen wollen. Aber wozu sollte das gut sein? Ob ein einzelner Mensch Signale gab, oder ob es zwei Menschen taten, das machte schließlich keinen Unterschied. Deshalb blieb er, mit dem Fernrohr vor den Augen, dort stehen, wo er stand, und gab sich alle Mühe, keine einzige Bewegung des Schiffes zu verpassen.

Der Dampfer näherte sich der Küste noch immer, obwohl er nicht direkt Kurs auf die Insel hielt. Gegen fünf Uhr sah Godfrey schon die Horizontlinie über dem Schiffsrumpf; seine drei Schonermaste wurden deutlich sichtbar. Godfrey konnte sogar die am Heck flatternde Flagge erkennen. Es waren die amerikanischen Farben.

Aber, sagte er sich, wenn ich von hier aus diese Flagge sehe, so ist es doch ganz unmöglich, daß man von Bord aus nicht auch die meine sehen sollte! Der Wind schlägt sie so breit auf, daß sie mit dem Fernrohr einfach nicht übersehen werden dürfte! Vielleicht sollte ich sie mehrmals hintereinander dippen, um dadurch zu verstehen zu geben, daß ich etwas von den Leuten auf dem Schiff will? Ja, ja! Es gilt, keinen Augenblick zu verlieren!

Der Einfall war gut. Godfrey holte seine Flagge nieder und hißte sie wieder, und das dreimal hintereinander, wie man es tut, wenn man salutiert. Dann setzte er sie halbmast, und das heißt auf See, man bittet um Hilfe und Beistand.

Der Dampfer fuhr noch näher heran, bis auf knapp drei Meilen näherte er sich der Insel, aber Godfreys Signal wurde nicht erwidert. Godfrey fühlte, wie sich sein Herz verkrampfte. Kein Zweifel, er war nicht bemerkt worden! Jetzt war es halb sieben, und nicht mehr lange, dann wurde es dunkel! Indessen war der Dampfer bald nur noch zwei Meilen von der Kapspitze entfernt, auf die er in unverminderter Geschwindigkeit zufuhr. Und nun verschwand die Sonne unter dem Horizont. Bald war es Nacht, und damit war alle Hoffnung auf Rettung vergangen.

Godfrey dippte seine Flagge erneut, aber ohne besseren Erfolg als zuvor. Es wurde ihm nicht geantwortet.

Nun schoß er mehrmals hintereinander, obwohl die Entfernung dafür zu groß war und der Wind außerdem den Schall nicht in die Richtung trug, in der sich das Schiff befand. Von Bord herüber dröhnte kein Knall, und es wurde dunkler und dunkler. Es gab keinen Zweifel mehr, daß sich der Dampfer noch vor Ablauf einer Stunde wieder von der Phina-Insel entfernen würde.

Godfrey wußte nicht, was er tun sollte, nicht, was er tat. Unweit von seinem Standort wuchsen ein paar harzige Bäume. Die konnte er in Brand stecken. Mit einem Stück Zündkraut brannte er einen Haufen dürren Laubs an, dann warf er das zwischen die Fichtengruppe, die bald wie eine Riesenfackel aufflammte. Aber von Bord her gab es keine Antwort, und Godfrey kehrte traurig zum Wills Tree zurück. Er fühlte sich verlassener denn je zuvor!

SECHZEHNTES KAPITEL

Worin von einem Ereignis erzählt wird, das keinen Leser überraschen dürfte

Dieser Schlag traf Godfrey hart. Ob sich ihm solch unvermutete Aussicht auf Rettung, wie sie ihm eben zerronnen war, je wieder bieten würde? Durfte er darauf hoffen? Nein! Wenn dieses Schiff, ohne Godfreys Signalen Beachtung zu schenken, an der Phina-Insel vorbeigefahren war, mußte man mit großer Sicherheit annehmen, daß sich auch andere Schiffe, die in diesen einsamen Teil des Stillen Ozeans gerieten, genauso verhalten würden. Warum sollten diese eher hier vor Anker gehen als jenes, zumal sich an der ganzen Insel kein auch nur halbwegs sicherer Hafen fand.

Godfrey verbrachte eine traurige Nacht. Alle Augenblicke fuhr er im Schlaf auf, als sei von hoher See her Kanonendonner zu seinen Ohren gedrungen; dann fragte er sich, ob der Dampfer nicht vielleicht doch das große Feuer gesehen hätte, das ja noch immer an der Küste brannte, ob er nicht seine Gegenwart durch einen Schuß zu melden versuchte?

Godfrey lauschte. Aber alles war nichts anderes als ein Gaukelspiel in seinem überreizten Gehirn. Als es wieder Tag geworden war, sagte er sich schließlich, die ganze Erscheinung dieses Schiffes wäre nur ein Traum gewesen, der am Tag zuvor am Nachmittag begonnen hatte!

Aber nein, es war kein Traum, es war Wirklichkeit gewesen, daß dieses Schiff vorübergefahren war!

Von dieser Enttäuschung sagte Godfrey gegenüber Tartelett kein Wort. Wozu auch? Über vierundzwanzig Stunden hinaus dachte dieser leichtfertige Geist ja doch nie, nicht einmal an die Möglichkeiten dachte er, die sich ergeben konnten, die Insel zu verlassen. Daß ihm die Zukunft noch ernste Schicksalsschläge vorbehalten könnte, das kam ihm gar nicht in den Sinn. San Francisco verschwamm nach und nach in seiner Erinnerung. Er hatte ja keine Braut, die seiner wartete, keinen Onkel Will, der ihn wiederzusehen wünschte. Hätte er auf dieser Insel einen Tanzkursus eröffnen können, hätte er den Gipfel seiner Wünsche erreicht – und wenn er auch nur einen einzigen Schüler gehabt hätte!

Nun, wenn der Professor an keinerlei unmittelbare Gefahr der Art dachte, die seine persönliche Sicherheit auf dieser Insel ohne Raubzeug wie ohne Wilde ernstlich gefährden könnte, so war er im Unrecht – war er schwer im Unrecht! Noch an demselben Tag sollte sein Optimismus auf eine harte Probe gestellt werden.

Gegen vier Uhr nachmittags war Tartelett seiner Gewohnheit gemäß gegangen, um an dem Teil des Strands hinter dem Flaggenmast Austern und Muscheln zu suchen, als Godfrey ihn in vollem Lauf zum Wills Tree zurückkehren sah. Scin spärliches Haar sträubte sich an den Schläfen. Er sah aus wie einer, der flieht, ohne einen Blick rückwärts zu werfen.

»Was ist denn los?« rief Godfrey nicht ohne Unruhe und eilte seinem Kameraden entgegen.

»Da! Da!« antwortete Tartelett und zeigte dorthin, wo man von hier aus ein kleines Stück Meer zu überblicken vermochte.

»Was ist denn da?« fragte Godfrey, der schon loslaufen wollte.

»Ein Kanu!«

»Ein Kanu?«

»Ja! – Wilde! Eine ganze Flotte von Wilden! Vielleicht Menschenfresser!«

Godfrey hatte in die gewiesene Richtung geschaut. Es war keine Flotte, wie Tartelett in seinem Schreck sagte, aber er hatte sich nur in der Zahl geirrt. Tatsächlich glitt ein kleines Fahrzeug über das augenblicklich stille Meer und steuerte auf einen etwa eine halbe Meile weiter gelegenen Punkt der Küste zu, so daß es an dem Flaggenmast vorüber mußte.

»Warum sollten das Kannibalen sein?« fragte Godfrey, der sich wieder dem Professor zugewandt hatte.

»Weil auf den Robinson-Inseln«, war die Antwort, »über kurz oder lang immer mal Kannibalen ankommen.«

»Kann das nicht eher das Boot eines Handelsschiffes sein?«

»Eines Schiffes?«

»Ja – eines Dampfers, der gestern nachmittag unweit unserer Insel vorübergekommen ist?«

»Und davon haben Sie mir nichts gesagt!« rief Tartelett und hob verzweifelt die Arme gen Himmel.

»Wozu denn?« antwortete Godfrey, »da ich annahm, das Schiff wäre endgültig verschwunden. Aber dieses Boot kann zu ihm gehören. Wir wollen sehen!«

Godfrey kehrte zum Wills Tree zurück, nahm dort sein Fernglas und stellte sich an einem günstigeren Punkt auf. Hier konnte er mit größter Aufmerksamkeit das Fahrzeug beobachten, von dem aus wohl das Signal an dem Flaggenmast gesehen worden sein mußte, das von einer leichten Brise hin und her geweht wurde. Das Fernrohr entfiel Godfrey.

»Wilde! Ja, das sind wirklich Wilde!« rief er.

Tartelett schlotterten die Knie, und ein Zittern der Furcht fuhr ihm durch den Körper. Das war ein Fahrzeug mit Wilden, das sich jetzt der Insel näherte! Gebaut wie eine Piroge der polynesischen Inseln, trug es ein ziemlich großes Segel aus Bambusgeflecht. Ein über Backbord angebrachter Ausleger hielt es im Gleichgewicht, da es sonst unterm Wind leicht gekentert wäre.

Godfrey konnte das Fahrzeug deutlich erkennen. Es war eine Prau – was darauf hinzudeuten schien, daß die Phina-Insel nicht weit vom Malaiischen Archipel liegen würde. Aber es waren keine Malaien, die aus dieser Piroge stiegen – es waren halbnackte Schwarze, und Godfrey zählte etwa ein Dutzend.

Die Gefahr, gesehen zu werden, war also groß. Godfrey bedauerte es jetzt, die Flagge gehißt zu haben, die von jenem Schiff nicht bemerkt worden war, von den Schwarzen in der Prau aber sicher gesehen wurde. Sie jetzt herunterzunehmen, dazu war es zu spät.

Das war allerdings bedauerlich. Wenn diese Wilden, wie es schien, eine der Nachbarinseln verlassen hatten, um sich auf diese hier zu begeben, so hielten sie sie für unbewohnt, was sie bis zum Schiffbruch der »Dream« ja auch gewesen war. Jetzt jedoch deutete die Flagge auf die Anwesenheit von Menschen. Wie sollte man also den Wilden entrinnen, wenn sie ausstiegen?

Godfrey wußte nicht, was er beginnen sollte. Das Dringendste schien es ihm, zu beobachten, ob die Wilden die Insel betreten würden oder nicht. Das mußte sich ja gleich zeigen.

Das Fernglas am Auge, beobachtete er die Prau weiter. Er sah sie auf die Spitze des Vorgebirges zusteuern, dann daran vorbeifahren und zuletzt an der Mündung eben jenes Flüßchens anlegen, das zwei Meilen stromaufwärts am Wills Tree vorbeifloß.

Wenn es diesen Eingeborenen einfiel, das Flüßchen hinaufzufahren, dann mußten sie innerhalb kurzer Zeit bei der Sequoiagruppe sein, ohne daß sie jemand daran hindern konnte. Godfrey und Tartelett eilten zu ihrer Behausung. Es handelte sich vor allem darum, Vorkehrungen zu treffen, um ihr Heim gegen eine Überraschung zu schützen und zu verteidigen. Doch daran dachte nur Godfrey. Der Professor war mit seinen Gedanken ganz woanders.

Also doch! sagte er sich. Es gibt ein Verhängnis. So steht es geschrieben! Man entgeht ihm nicht! Man kann nicht Robinson sein, ohne daß eines schönen Tages eine Piroge an die Insel heranfährt und Kannibalen dort landen. Wir sind erst drei Monate hier, und da sind sie schon! Defoe hat nicht übertrieben! Da soll sich noch einer dazu entschließen, Robinson zu spielen!

Würdiger Tartelett, man spielt nicht Robinson, man wird es, und du kannst von Glück sagen, wenn du deine Lage vergleichst mit der des Helden, den der Engländer Defoe erfunden oder dessen, den der Schweizer Johann Rudolf Wyß ersonnen hat.

Gleich nach seiner Rückkehr zum Wills Tree traf Godfrey seine Vorbereitungen. Das im Innern der Sequoia angebrannte Feuer wurde gelöscht und die Asche verstreut, um jede Spur zu vertilgen. Das Geflügel war schon im Stall, um dort die Nacht zu verbringen, und man mußte sich damit begnügen, den Eingang mit Gestrüpp zu verdecken, damit er nicht sofort zu sehen war; die andern Tiere, Goldhasen, Schafe und Ziegen, wurden auf die Wiese gejagt; jetzt zeigte es sich, wie schlecht es war, daß nicht auch diese Tiere in einen Stall gesperrt werden konnten. Alle Instrumente und Werkzeuge wurden in die Behausung geschafft, und nichts blieb draußen, was darauf hindeuten konnte, daß hier Menschen weilten oder einmal vorbeigekommen waren. Dann wurde die Tür verschlossen, nachdem Godfrey und Tartelett in ihre Behausung geschlüpft waren. Die Tür, die aus Sequoiarinde bestand, war nur zu bemerken, wenn man unmittelbar vor ihr stand, sie konnte vielleicht der Aufmerksamkeit der Wilden entgehen, sofern sie nicht dicht an ihr vorübergingen. Dasselbe war der Fall mit den beiden Fenstern, deren Läden geschlossen worden waren. Dann wurde im Innern alles Licht gelöscht, so daß nun völlige Finsternis herrschte.

Wie lang war diese Nacht! Godfrey und Tartelett hörten das geringste Geräusch von draußen. Das Knacken eines trocknen Zweigs, ein Windstoß ließ sie erzittern. Sie glaubten Tritte unter den Bäumen zu hören; es schien ihnen, als ob Menschen um den Wills Tree herumstreiften. Godfrey schwang sich an eins der Fenster, öffnete vorsichtig den Laden und sah in das Dunkel hinaus.

Noch war nichts zu sehen. Dennoch vernahm Godfrey Schritte. Sein Gehör täuschte ihn nicht. Er beobachtete weiter, aber er sah nur eine der Ziegen, die unter den Bäumen Schutz suchte.

Wenn übrigens einer der Wilden die in der riesigen Sequoia versteckte Wohnung finden sollte, so war Godfreys Entschluß gefaßt: Er wollte Tartelett mit sich nehmen und nach oben fliehen, wo er sich besser würde verteidigen können, sollten sie angegriffen werden. Mit Gewehren und Revolvern, mit reichlicher Munition hatte er vielleicht Aussicht, ein Dutzend Wilde, die keine Feuerwaffen hatten, zu verjagen. Wenn diese, falls sie mit Pfeil und Bogen bewaffnet waren, von unten Feindseligkeiten begannen, war es wenig wahrscheinlich, daß sie gegen die von oben gerichteten Gewehre im Vorteil sein würden. Wenn sie dagegen die Tür der Behausung erbrachen, um von innen gegen sie vorzugehen, sollte es ihnen sehr schwer fallen, nach oben zu kommen, da sie durch eine enge Mündung hindurch mußten, die die Belagerten leicht verteidigen konnten.

Von diesen Möglichkeiten sagte Godfrey nichts zu Tartelett. Der Ärmste war durch die bloße Ankunft der Prau schon genug in Schrecken versetzt worden. Der Gedanke, daß er vielleicht gezwungen sein könnte, in den Wipfel des Baums zu fliehen wie in das Nest eines Vogels, wäre nicht geeignet gewesen, ihn einigermaßen zu beruhigen. Sollte das im letzten Augenblick nötig werden, wollte ihn Godfrey mitschleppen, ohne ihm Zeit zum Überlegen zu lassen.

Die Nacht verging unter wechselnder Furcht und Hoffnung. Ein direkter Angriff erfolgte nicht. Die Wilden waren noch nicht bis zu der Sequoiagruppe gekommen. Vielleicht warteten sie, bis es Tag sein würde, ehe sie sich ins Innere der Insel wagten.

»Das wollen sie wahrscheinlich tun«, sagte Godfrey, »da ihnen unsere Flagge zeigt, daß die Insel bewohnt ist. Aber sie sind nur ein Dutzend und müssen deshalb vorsichtig sein. Woher sollten sie auch wissen, daß sie es lediglich mit zwei Schiffbrüchigen zu tun haben? Nein, sie werden sich nur bei Tag vorwagen – wenn sie sich nicht am Ende gar hier niederlassen!«

»Oder wenn sie nicht bei Tagesanbruch gleich wieder abfahren«, antwortete Tartelett.

»Wieder abfahren? Warum wären sie dann überhaupt erst hierhergekommen?«

»Ich weiß nicht!« antwortete der Professor, der sich die Ankunft dieser Eingeborenen in seinem Entsetzen nur dahingehend erklären konnte, daß sie sich an Menschenfleisch ergötzen wollten.

»Wie dem auch sei«, sagte Godfrey, »wenn die Wilden nicht zum Wills Tree vorgedrungen sind, werden wir uns auf die Suche machen.«

»Wir?«

»Ja, wir. Nichts wäre törichter, als sich zu trennen. Wer weiß, ob wir nicht in die Wälder des Zentrums der Insel fliehen müssen, um uns dort einige Tage zu verbergen, bis die Prau wieder abgefahren ist. Nein, wir bleiben beisammen, Tartelett.«

»Still!« sagte der Professor mit zitternder Stimme. »Ich glaube, ich höre draußen . . .«

»Nein, nichts Verdächtiges, das sind nur unsere Tiere, die in den Wald zurückkehren.«

»Vielleicht werden sie gejagt!« rief Tartelett.

»Sie scheinen im Gegenteil ganz ruhig«, antwortete Godfrey. »Ich möchte eher glauben, sie suchen nur Schutz gegen den Morgentau.«

»Ach!« murmelte Tartelett so kläglich, daß Godfrey gern gelacht hätte, wenn die Sache nicht so ernst gewesen wäre; »das sind so Sachen, die uns im Palais Kolderup in der Montgomery Street nicht widerfahren wären!«

»Der Tag wird gleich anbrechen«, sagte Godfrey. »In nicht ganz einer Stunde verlassen wir den Wills Tree, wenn die Wilden nicht hier erschienen sind, und gehen zum Nordteil der Insel, vielleicht sehen oder erfahren wir dann Genaueres. Sie sind doch imstande, ein Gewehr zu halten, Tartelett?«

»Zu halten? – Ja!«

»Und auch in einer bestimmten Richtung abzufeuern?«

»Das weiß ich nicht. Ich habe es noch nie versucht, und Sie können sicher sein, Godfrey, daß mein Schuß niemanden trifft.«

»Wer weiß, ob nicht der Knall allein genügt, die Wilden zu verjagen.«

Eine Stunde später war es hell genug, einen weiteren Umkreis überschauen zu können. Godfrey hob nacheinander, aber mit aller Vorsicht, die Läden der Fenster heraus. Durch das nach Süden gelegene Fenster sah er nichts Neues. Die Haustiere liefen friedlich unter den Bäumen umher und schienen nicht im geringsten aufgeschreckt. Nun schloß Godfrey dieses Fenster wieder sorgfältig. Durch das nach Norden gelegene reichte der Blick bis zur Küste. Man sah sogar, zwei Meilen entfernt, den Flaggenmast; aber die Mündung des Flüßchens und die Stelle, wo die Wilden am vorigen Tag gelandet waren, waren nicht zu überschauen.

Ehe Godfrey zum Fernglas griff, beobachtete er erst die nähere Umgebung vom Wills Tree. Es war alles völlig ruhig. Nun nahm Godfrey sein Fernglas und betrachtete den Abschnitt des Strands bis zur Spitze des Vorbergs mit dem Flaggenmast. Vielleicht waren, wie Tartelett gesagt hatte, obgleich das unerklärlich gewesen wäre, die Eingeborenen wieder abgefahren, nachdem sie eine Nacht an Land verbracht hatten, ohne selbst zu erforschen, ob die Insel bewohnt war.

SIEBZEHNTES KAPITEL

Worin Professor Tarteletts Gewehr wahre Wunder verrichtet

Da entfuhr Godfrey ein Ausruf, der den Professor aufspringen ließ. Es gab keinen Zweifel mehr: Die Wilden wußten, daß hier noch andere Menschen waren, denn die Flagge wehte nicht mehr von dem Mast, an dem sie von Godfrey gehißt worden war.

Es war also der Augenblick gekommen, herauszufinden, ob die Wilden noch auf der Insel waren und was sie dort taten.

»Vorwärts!« sagte Godfrey.

»Sie wollen weg – aber . . .«, stammelte Tartelett.

»Bleiben sie lieber hier?«

»Mit Ihnen, Godfrey – ja!«

»Nein – allein!«

»Allein? – Niemals!«

»Dann kommen Sie.«

Tartelett spürte, daß Godfrey durch nichts von seinem Entschluß abzubringen wäre, und mußte ihm deshalb folgen. Er hätte nicht den Mut gehabt, allein im Wills Tree zu bleiben. Ehe Godfrey aufbrach, überzeugte er sich, daß seine Waffen in Ordnung waren. Die zwei Gewehre waren geladen, und eins gab er dem Professor, dem dieser Gegenstand unhandlich zu sein schien wie einem Eingeborenen der Paumotu-Inseln. Außerdem mußte er an seinen Gürtel, an dem schon dic Patronentasche befestigt war, ein Jagdmesser hängen. Ihm war wohl auch der Gedanke gekommen, seine Taschenvioline mitzunehmen – vielleicht bildete er sich ein, Kannibalen seien den Reizen seines Gefiedels zugänglich. Godfrey hatte Mühe, ihn von diesem ebenso lächerlichen wie unpraktischen Gedanken abzubringen.

Es mochte jetzt gegen sechs Uhr morgens sein. Die Wipfel der Sequoias leuchteten in den ersten Sonnenstrahlen. Godfrey öffnete die Tür, trat hinaus und beobachtete die Baumgruppe.

Es war alles still und friedlich.

Die Tiere waren in die Wiesen zurückgekehrt. Man sah sie, eine Viertelmeile entfernt, ruhig grasen. Nichts schien darauf hinzudeuten, daß sie gestört worden waren. Godfrey gab Tartelett ein Zeichen, zu ihm zu kommen. Der Professor, der unter seiner Kriegsausrüstung nach links geneigt ging, folgte ihm ohne Zögern. Godfrey schloß die Tür, überzeugte sich, daß sie gut in der Öffnung saß, so daß sie von weitem nicht bemerkt werden konnte. Nachdem er dann an den Fuß des Baums ein Bündel Reisig geworfen hatte, das durch ein paar große Steine beschwert wurde, schritt er zu dem Flüßchen hin, an dessen Ufer er nötigenfalls bis zur Mündung hinabgehen wollte. Die Spitze des Kaps war gleichfalls verlassen, aber man konnte dort ebenfalls viele noch frische Fußspuren sehen. Mit der Flagge hatte sich Godfrey nicht geirrt. Wenn auch der Stamm noch an Ort und Stelle stand, so war doch die Flagge verschwunden. Sicher hatten sich die Eingeborenen, nachdem sie bis hierher gekommen waren, des roten Stoffs, der ihre Begierde erregen mußte, bemächtigt, dann waren sie zu ihrem Boot an der Mündung des Flüßchens zurückgeeilt.

Godfrey wandte sich jetzt um und überblickte den Weststrand. Von hier bis zur Dreambai war alles öde und leer. Auch auf der See war kein Schiff. Wenn die Eingeborenen wieder in ihre Prau gestiegen waren, dann würden sie jetzt unterm Schutz der Felsen am Strand entlangfahren, und zwar so dicht, daß sie nicht gesehen wurden. Godfrey jedoch wollte sich Gewißheit verschaffen. Es lag ihm daran zu wissen, ob die Prau die Insel tatsächlich verlassen hatte oder nicht. Und dazu mußte er dorthin, wo die Eingeborenen am vorigen Tag gelandet waren, das heißt direkt an die Mündung des Flüßchens, die eine schmale Bucht bildete.

Die Ufer des kleinen Wasserlaufs, die von einigen Baumgruppen beschattet wurden, waren auf die Strecke von etwa zwei Meilen mit Gesträuch bewachsen. Darüber hinaus strömte das Flüßchen fünf bis sechs Meilen bis zur See zwischen kahlen Ufern hin. Diese Beschaffenheit erlaubte eine Annäherung, ohne gesehen zu werden, bis nahe an die Landungsstelle. Es war aber möglich, daß die Wilden schon ein Stück stromauf vorgedrungen waren. Um auch hiergegen gewappnet zu sein, war es angebracht, mit größter Vorsicht vorzugehen. Godfrey war allerdings der Überzeugung, die Eingeborenen wären von der langen Überfahrt sehr ermüdet und hätten deshalb den Anlegeplatz noch nicht verlassen. Vielleicht schliefen sie sogar noch in ihrer Prau oder an Land. In diesem Fall würde es sich ja zeigen, ob man sie nicht überrumpeln konnte.

Der Plan wurde also unverzüglich ausgeführt. Es kam darauf an, daß man von den Wilden nicht überrascht würde. Unter ähnlichen Umständen ist meistens der im Vorteil, der zuerst kommt. Die geladenen Gewehre wurden schußbereit gemacht, die Revolver geprüft, und dann begannen Godfrey und Tartelett hinabzusteigen, indem sie dem linken Ufer des Flüßchens folgten. Ringsum war alles ruhig. Godfrey ging voran, und es war nicht zu übersehen, daß es seinem Gefährten schwerfiel, mit ihm Schritt zu halten. Sie schlichen von einem Baum zum andern und erreichten das Ufer, ohne daß sie von jemandem bemerkt wurden.

Hier waren sie, von den Zweigen des Gestrüpps verdeckt, vom gegenüberliegenden Ufer aus nicht wahrzunehmen, dort verschwanden sie ganz in dem hohen Gras, das freilich verräterisch über ihren Köpfen wogte. Sie waren bereits darauf gefaßt, von einem Pfeil oder einem geschleuderten Stein getroffen zu werden. Es galt deshalb, auf der Hut zu sein.

Trotz aller Mahnungen, auf den Weg zu achten, fiel Tartelett, da er über Baumwurzeln stolperte, mehrmals geräuschvoll hin; Godfrey bedauerte schon, diesen Tölpel mitgenommen zu haben. Tatsächlich war der Ärmste für Godfrey ohne jeden Nutzen. Besser wäre es sicher gewesen, ihn im Wills Tree zurückzulassen oder ihn, wenn er damit nicht einverstanden gewesen wäre, im Gebüsch im Wald zu verstecken. Aber jetzt war es zu spät dazu. Eine Stunde lang, seit sie die Sequoiagruppe verlassen hatten, waren sie gegangen und hatten erst eine Meile zurückgelegt, denn zwischen dem hohen Gras und dem Gestrüpp ging sich's nicht leicht. Noch hatten beide nichts Verdächtiges bemerkt. An dieser Stelle fehlten die Bäume auf eine Strecke von mindestens hundert Yard; das Flüßchen strömte zwischen kahlen Ufern; das Land war weit zu überblicken.

Godfrey blieb stehen. Er beobachtete sorgfältig die Wiesenfläche rechts und links von dem Flüßchen. Noch war nichts zu sehen, was seine Besorgnis erregte, noch nichts, was die Nähe von Wilden verriet. Freilich mochten sich diese, da sie nun wußten, daß die Insel bewohnt war, nicht ohne große Vorsicht weiterwagen. Sie würden gewiß genauso behutsam den kleinen Wasserlauf stromauf gehen, wie Godfrey jetzt bei seinem Weg stromab. Es war deshalb anzunehmen, daß, wenn sie in der Umgegend herumstreiften, sie ebenso die Bäume oder die Myrten- und Mastixsträucher als Deckung benutzen würden, die zu einem Hinterhalt sehr geeignet erschienen.

Es war seltsam, aber durchaus natürlich, daß, je weiter sie vorgingen, ohne einen Feind zu sehen, Tartelett allmählich seine Besorgnis verlor und mit Verachtung von diesen lächerlichen Kannibalen zu sprechen begann. Godfreys Besorgnis dagegen nahm zu. Er verdoppelte seine Vorsicht, als er nach dem deckungslosen Stück Land wieder unter dem Schutz der Bäume am linken Ufer entlangschritt. Nach einer weiteren Stunde hatten sie den Punkt erreicht, von wo ab das Ufer nur noch spärlich mit Gestrüpp bewachsen war, wo das wenige dichte Gras schon die

Nähe des Meeres ahnen ließ. Unter diesen Umständen war es schwer, sich zu verstecken, wenn man anders, als auf dem Bauch kriechend, noch weiter wollte, was Godfrey auch vorhatte. Er legte sich hin und gebot Tartelett, es ihm gleich zu tun.

»Es sind ja gar keine Wilden da! Keine Spur von Menschenfressern! Sie sind wieder weggefahren.« sagte der Professor.

»Sie sind noch da!« antworte Godfrey leise, aber bestimmt. »Sie müssen dasein! Platt auf den Bauch, Tartelett, platt auf den Bauch! Halten Sie sich bereit, Feuer zu geben, doch schießen Sie nicht ohne meinen Befehl!«

Godfrey hatte diese Worte in so befehlendem Ton gesprochen, daß es dem Professor, dem die Beine vor Schreck den Dienst versagten, nicht schwerfiel, den Worten Godfreys zu folgen.

Und er tat recht daran, denn Godfrey hatte das nicht ohne Grund verlangt. Von der Stelle aus, wo sich beide jetzt befanden, konnte man weder den Strand noch die Mündung des Flüßchens sehen, weil eine Bodenwelle die Aussicht begrenzte. Hinter dieser aber stieg dicker Rauch senkrecht in die Luft.

Godfrey lag lang im Gras, hatte den Finger am Hahn seines Gewehrs und beobachtete das Gelände vor sich.

Sollte das Rauch sein, fragte er sich, wie ich ihn schon zweimal gesehen habe? Muß daraus geschlossen werden, daß Wilde im Norden und im Süden der Insel gelandet sind, und daß dieser Rauch von Feuern stammt, die sie angezündet haben? Nein, das ist unmöglich, das ist nicht möglich, weil ich nie Asche gefunden habe, keine Spur von einem Herd und keine halbverkohlten Äste. Aber diesmal will ich wissen, woran ich bin.

Geschickt kroch Godfrey vorwärts, und Tartelett ahmte das nach; so gut er es vermochte, drang er bis an die Biegung des Flüßchens vor, ohne daß sein Kopf über dem Gras zu sehen gewesen wäre. Von hier aus konnte er bequem den ganzen Teil des Strandes überblicken, den der kleine Wasserlauf durchfloß.

Fast wäre ihm ein Schrei entschlüpft. Seine Hand legte sich flach auf die Schulter des Professors, um ihm jede Bewegung zu verbieten. Es war unnütz, noch weiter vorzugehen. Godfrey sah endlich, was er sehen wollte.

Inmitten einiger Steine war ein großes Holzfeuer am Strand angezündet worden, das gewaltig qualmte. Um dieses Feuer herum, zu dem sie von einem aufgestapelten Haufen Arme voll Holz trugen, liefen die Wilden,

Er war keine zweihundert Schritt
von dem Feuer entfernt, dessen Knistern
er sogar vernehmen konnte

die am vergangenen Tag gelandet waren. Ihre Prau war an einen großen Stein gebunden, und von der steigenden Flut gehoben, schaukelte sie auf den kleinen Wellen der Brandung. Godfrey konnte alles erkennen, was am Strand vor sich ging, ohne das Fernglas zu gebrauchen. Er war keine zweihundert Schritt von dem Feuer entfernt, dessen Knistern er sogar vernehmen konnte. Er begriff sogleich, daß er nicht zu befürchten brauchte, von hinten überrascht zu werden, da alle Schwarzen, die er in der Prau gezählt hatte, hier beieinander waren.

Zehn von zwölf waren damit beschäftigt, das Feuer zu unterhalten und Pfähle in die Erde zu rammen, offenbar zu dem Zweck, einen Bratspieß zu errichten. Ein Elfter, der der Häuptling zu sein schien, schritt am Strand hin und her und spähte ab und zu ins Innere der Insel, als befürchtete er einen Angriff. Godfrey erkannte auf den Schultern dieses Eingeborenen den roten Stoff seiner Flagge, der jetzt ein Putzstück geworden war.

Der zwölfte lag auf dem Boden ausgestreckt, fest an einen Pfahl gebunden.

Godfrey begriff nur zu wohl, welches Schicksal diesem Unglücklichen bevorstand. An dem Bratspieß sollte er geröstet werden! Tartelett hatte also recht gehabt, als er am vergangenen Tag diese Leute als Kannibalen bezeichnete.

Muß man nicht auch zugeben, daß er recht gehabt hatte, als er behauptete, daß sich die Abenteuer der erfundenen wie der wirklichen Robinsons alle gleichen? Gewiß befanen sich Godfrey und Tartelett jetzt in derselben Lage, wie der Held Daniel Defoes, als die Wilden an seiner Insel landeten. Beide würden deshalb Zeuge von demselben Schauspiel des Kannibalismus sein. Godfrey war entschlossen, nicht anders zu handeln als dieser Held. Nein, er wollte diesen Gefangenen nicht hinmorden lassen, auf den sich diese Menschfresser schon gierig freuten! Er war gut bewaffnet. Seine zwei Gewehre – vier Schuß – und seine zwei Revolver – zwölf Schuß – genügten, dieser Wilden Herr zu werden, die schon der Knall einer Feuerwaffe allein ins Bockshorn jagen mußte. Nachdem er diesen Entschluß gefaßt hatte, wartete er mit größter Kaltblütigkeit, bis der Augenblick gekommen wäre, mit einem Schuß zwischen die Bande zu fahren. Er brauchte nicht lange zu warten. Es waren in der Tat kaum zwanzig Minuten vergangen, da trat der Häuptling ans Feuer und wies einige der Eingeborenen, die seiner Befehle harrten, zu dem Gefangenen. Godfrey erhob sich. Tartelett folgte seinem Beispiel, ohne zu wissen, weshalb. Er begriff nicht einmal, was sein Gefährte vorhatte, da dieser ihm nichts von seinen Plänen gesagt hatte. Godfrey dachte jedenfalls, die Wilden würden bei seinem Anblick entweder zu ihrer Prau fliehen oder auf ihn zustürzen. Es geschah aber nichts dergleichen. Er schien gar nicht bemerkt worden zu sein. Nun machte der Häuptling eine nicht mißzuverstehende Gebärde. Drei seiner Gefährten traten auf den Gefangenen zu, banden ihn los und zerrten ihn zum Feuer.

Es war ein noch junger Mann, der seine letzte Stunde gekommen fühlte und Widerstand leisten wollte. Entschlossen, sein Leben so teuer wie möglich zu verkaufen, begann er die Eingeborenen, die ihn gepackt hielten, zurückzustoßen; sie hatten ihn jedoch bald zu Boden geworfen, und der Häuptling ergriff ein Steinbeil und sprang hinzu, um ihm den Kopf zu zerschmettern. Godfrey stieß einen Schrei aus, dem ein Knall folgte. Eine Kugel pfiff durch die Luft, die den Häuptling tödlich getroffen zu haben schien, denn dieser fiel zu Boden.

Bei dem Knall stutzten die Wilden, als hätten sie noch nie einen Schuß gehört. Als sie Godfrey erblickten, ließen sie den Gefangenen los. Sogleich sprang der arme Teufel auf und lief zu der Stelle, wo er seinen unerwarteten Befreier erblickte. In diesem Augenblick geschah ein zweiter Knall. Es war Tartelett, der ohne zu zielen – er machte so schön die Augen dabei zu, der Prachtkerl! – geschossen hatte, und der Gewehrkolben gab ihm die schönste Backpfeife, die je ein Professor für Tanz und guten Ton erhalten hatte. Und – was der Zufall nicht alles tut! – ein zweiter Wilder fiel dicht neben dem Häuptling zu Boden.

Nun entstand eine allgemeine Flucht. Vielleicht dachten die Wilden, sie hätten es mit zahlreichen Leuten zu tun, denen sie keinen Widerstand leisten konnten? Vielleicht waren sie einfach völlig entsetzt beim Anblick dieser Weißen, die den Blitz in der Tasche zu haben schienen. Sie hoben rasch ihre zwei Verwundeten oder Getöteten auf, schleppten sie mit, stürzten sich in ihre Prau und gebrauchten energisch ihre Ruder, um aus der kleinen Bucht herauszukommen. Sie setzten ihre Segel, ließen den Wind voll hineinblasen und steuerten aufs Meer hinaus.

Godfrey dachte nicht daran, sie zu verfolgen. Wie hätte er das auch tun sollen! Und wozu noch mehr töten? Er hatte ihr Opfer gerettet, hatte sie in die Flucht gejagt, das war die Hauptsache. All das hatte sich unter Umständen abgespielt, die dazu angetan waren, daß es diese Menschenfresser sicher nicht wieder wagen würden, die Phina-Insel zu betreten. Alles war aufs beste geglückt. Godfrey durfte sich ganz seines Sieges freuen, an dem sich Tartelett sofort einen hohen Anteil zusprach. Inzwischen war der Gefangene zu seinem Retter geeilt. Einen Augenblick war er stehengeblieben voller Furcht, die ihm diese übernatürlichen Wesen einflößten. Aber dann kam er näher heran. Als er vor den beiden Weißen angekommen war, bückte er sich bis auf den Boden, nahm Godfreys Fuß und setzte ihn sich auf den Kopf zum Zeichen der Unterwerfung.

Man hätte glauben können, dieser Schwarze hätte ebenfalls den Robinson Crusoe gelesen.

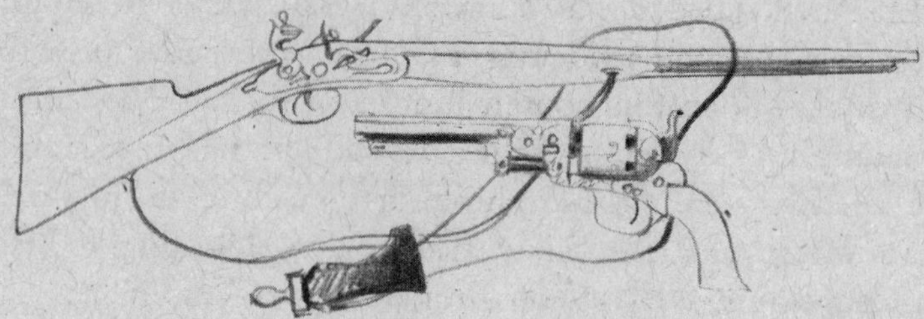

ACHTZEHNTES KAPITEL

Worin von der moralischen und physischen Beschaffenheit eines einfachen Eingeborenen erzählt wird

Godfrey hob sogleich den armen Teufel auf, der vor ihm liegen blieb, und sah ihn an. Es war ein Mann von höchstens fünfunddreißig Jahren, der nur mit einem Lendenschurz bekleidet war. Die Züge und die Form des Kopfes machten ihn eindeutig als Schwarzafrikaner kenntlich. Ihn zu verwechseln mit den Eingeborenen der polynesischen Inseln wäre unmöglich gewesen. Wieso dieser Schwarze aus dem Sudan oder aus Äthiopien den Eingeborenen eines Archipels im Stillen Ozean in die Hände gefallen war, hätte man freilich nur erfahren können, wenn der Schwarze englisch oder eine der zwei oder drei Sprachen gesprochen hätte, die Godfrey verstand. Es war aber bald klar, daß dieser Unglückliche nur ein unseren beiden Freunden völlig unverständliches Idiom beherrschte – wahrscheinlich die Sprache dieser Wilden, zu denen er ohne Zweifel in sehr jungen Jahren gekommen war.

Godfrey hatte ihn nämlich gleich auf englisch gefragt, hatte allerdings keine Antwort erhalten. Nun machte er ihm mit vieler Mühe durch Zeichen verständlich, daß er seinen Namen wissen wollte.

Nach einigen fruchtlosen Versuchen sagte der Neger, der ein sehr intelligentes und sehr ehrliches Gesicht hatte, auf Godfreys Frage nur das eine Wort: »Karefinotu.«

»Karefinotu!« rief Tartelett. »Denken Sie mal an! So ein Name! Ich schlag vor, ihn ›Mittwoch‹ zu nennen, weil heute Mittwoch ist, wie das so auf den Robinson-Inseln gemacht wird. Ist es überhaupt erlaubt, Karefinotu zu heißen?«

»Wenn der Mann nun einmal so heißt«, antwortete Godfrey, »dann soll er auch diesen Namen behalten.«

In diesem Augenblick fühlte er, wie sich eine Hand auf seine Brust legte, während das Gesicht des Schwarzen mit seinem Mienenspiel ihn zu fragen schien, wie er selber heiße.

»Godfrey«, sagte er.

Der Schwarze versuchte, den Namen zu wiederholen, aber obgleich Godfrey ihn mehrmals vorsprach, vermochte ihn Karefinotu nicht verständlich herauszubringen. Jetzt wandte er sich an den Professor, um dessen Namen zu erfahren.

»Tartelett!« sagte dieser in freundlichem Ton.

»Tartelett!« wiederholte Karefinotu.

Dieser Name mußte für ihn wohl leichter sein, denn er sprach ihn sehr deutlich aus. Der Professor schien geschmeichelt, und er hatte wahrhaftig Grund dazu!

Godfrey wollte sich jetzt schon die Intelligenz des Schwarzen zunutze machen und versuchte, ihm zu verstehen zu geben, daß er den Namen der Insel zu wissen wünsche. Er zeigte mit der Hand ringsum auf Bäume, Wiesen, Hügel, den Strand, der alles umschloß, und den Horizont des Meeres und sah ihn dann fragend an.

Karefinotu begriff nicht sogleich, worum es sich handelte, ahmte Godfreys Geste nach und ließ den Blick über das alles schweifen.

»Arneka«, sagte er endlich.

»Arneka?« wiederholte Godfrey, indem er mit dem Fuß auf den Boden stieß, um seine Frage verständlicher zu machen.

»Arneka«, wiederholte der Schwarze.

Damit freilich wußte Godfrey nicht allzuviel anzufangen, weder was den Namen dieser Insel, noch was ihre Lage im Stillen Ozean betraf. Sicher handelte es sich nur um eine Bezeichnung der Eingeborenen, die den Kartographen unbekannt war. Indessen betrachtete Karefinotu unausgesetzt und nicht wenig verblüfft die beiden Weißen. Er ging von einem zum andern, als wollte er feststellen, wodurch sich beide unterschieden. Sein Mund verzog sich zu einem Lächeln und zeigte prächtige weiße Zähne, die Tartelett nicht ohne gewisse Scheu betrachtete.

»Wenn diese Zähne«, sagte er, »nicht schon Menschenfleisch zerrissen haben«, sagte er, »dann soll mir meine Taschengeige in der Hand zerbrechen.«

»Jedenfalls, Tartelett«, antwortete Godfrey, »sieht unser neuer Gefährte nicht mehr aus wie ein armer Teufel, den man braten und fressen wollte, das ist die Hauptsache.«

Was Karefinotus besondere Aufmerksamkeit erregte, das waren die Waffen, die Godfrey und Tartelett besaßen – sowohl das Gewehr, das sie in der Hand trugen, als auch die Revolver, die im Gürtel steckten. Godfrey bemerkte diese Neugier mit Wohlgefallen. Es war klar, daß dieser Wilde noch nie eine Feuerwaffe gesehen hatte. Sagte er sich, daß eine dieser eisernen Röhren den Blitz ausspie und seine Rettung bewirkt hatte? Daran ließ sich freilich zweifeln.

Godfrey wollte ihm nun einen hohen Begriff von der Gewalt der Weißen beibringen, nicht ohne Grund. Er lud sein Gewehr, zeigte Karefinotu ein Rebhuhn, das fünfzig Schritt entfernt über die Wiese flog, legte rasch an und gab Feuer. Der Vogel fiel.

Bei dem Knall machte der Schwarze einen gewaltigen Satz, den Tartelett vom choreographischen Standpunkt aus zu bewundern sich nicht enthalten konnte. Dann überwand Karefinotu sein Entsetzen, er sah, daß sich der Vogel mit zerschmettertem Flügel im Gras hinschleppte, nahm einen Anlauf und sprang, flink wie ein Jagdhund, zu dem Vogel hin, den er, halb erfreut, halb verblüfft, seinem Herrn brachte.

Tartelett kam nun auf den Gedanken, Karefinotu zu zeigen, daß auch ihm vom Großen Geist die Fähigkeit, Blitze zu schleudern, verliehen sei. Als er eine Taucherente bemerkte, die ruhig auf einem Stamm nahe an dem Flüßchen saß, legte er an.

»Nein!« sagte Godfrey sogleich. »Schießen Sie nicht, Tartelett!«

»Und warum nicht?«

»Bedenken Sie doch, wenn Sie unglücklicherweise den Vogel verfehlten, würden wir in der Vorstellung dieses Schwarzen sehr viel verlieren.«

»Und warum sollte ich nicht treffen?« antwortete Tartelett ein wenig gekränkt. »Habe ich nicht in der Schlacht, da ich zum erstenmal ein Gewehr handhabte, auf über hundert Schritt einen dieser Menschenfesser mitten in die Brust getroffen?«

»Ohne Frage haben Sie ihn getroffen«, sagte Godfrey, »da er gefallen ist; aber glauben Sie mir, Tartelett, versuchen Sie im gemeinsamen Interesse nicht zum zweitenmal das Glück!«

Ein wenig verärgert ließ sich Tartelett überzeugen, nahm das Gewehr, sehr wichtigtuend, wieder auf die Schulter, und beide kehrten, von Karefinotu begleitet, zum Wills Tree zurück.

Die so glücklich im Innern der Sequoia angelegte Behausung war ein wahres Wunder für den neuen Bewohner der Phina-Insel. Vor allem mußte ihm gezeigt werden, wozu diese Werkzeuge, Instrumente und Utensilien dienten. Karefinotu schien zu Wilden zu gehören oder doch unter solchen gelebt zu haben, die auf der untersten Stufe der Zivilisation standen, denn selbst das Eisen schien ihm unbekannt. Es war ihm rätselhaft, daß der Kochtopf nicht Feuer fing, als er auf die Flammen gestellt wurde. Er wollte ihn wegziehen zum großen Mißvergnügen Tartelетts, der damit beschäftigt war, das Essen zu kochen. Vor einem Spiegel, der ihm gezeigt wurde, bekundete er gleichfalls äußerste Verblüffung. Er drehte ihn um und guckte hinter den Spiegel, um zu sehen, ob seine Person nicht etwa dahinter steckte.

»Dieser Schwarze ist ja der reine Affe!« rief der Professor mit verächtlicher Gebärde.

»Nein, Tartelett«, sagte Godfrey, »er ist mehr als ein Affe, denn er blickt hinter den Spiegel – dies beweist eine Überlegung, deren kein Tier fähig ist.«

»Meinetwegen«, engegnete Tartelett, »geben wir zu, daß er kein Affe ist.« Und er schüttelte mit einem Ausdruck, als sei er keinesweges davon überzeugt, den Kopf. »Aber wir werden schon sehen, ob eine solche Kreatur uns irgendwie von Nutzen ist.«

»Das glaube ich ganz bestimmt«, sagte Godfrey.

Karefinotu zeigte sich nicht wählerisch gegenüber den ihm vorgesetzten Gerichten. Er beschnüffelte sie erst, dann kostete er, indem er sie anbiß, und endlich reichte das Frühstück, woran er teilnahm: Goldhasensuppe, das von Godfrey erlegte Rebhuhn und eine Hammelkeule, kaum hin, seinen Hunger zu stillen.

»Der arme Teufel hat, wie ich sehe, guten Appetit«, sagte Godfrey.

»Ja«, antwortete Tartelett, »und man wird gut tun, sich vor seinen kannibalischen Gelüsten vorzusehen.«

»Ach was, Tartelett! Wir werden es schon verstehen, ihm den Geschmack an Menschenfleisch, falls er es je gekostet hat, abzugewöhnen.«

»Darauf möchte ich nicht schwören«, antwortete der Professor, »mir scheint, wenn der Tiger einmal Blut geleckt hat . . .«

Während beide so plauderten, hörte Karefinotu ihnen mit größter Aufmerksamkeit zu. Man sah, daß er verstehen wollte, was in seiner Gegenwart gesprochen wurde. Dann redete auch er mit großer Zungenfertigkeit, es waren freilich nur eine Reihe von Naturlauten, die keinen Sinn ergaben, schrille Rufe, in denen die A und U vorherrschten, wie in den meisten polynesischen Idiomen.

Sei dem, wie ihm wolle, dieser so wunderbar gerettete Schwarze war ein neuer Gefährte; er konnte ein treu ergebener Diener sein, den der unerwartete Zufall den Bewohnern von Wills Tree geschickt hatte. Er war kräftig, geschickt, lebhaft und schreckte vor keiner Arbeit zurück. Er verstand es wirklich ausgezeichnet, nachzuahmen, was er einmal hatte machen sehen. Und so begann Godfrey, diesen Wilden zu erziehen. Die Pflege der Haustiere, das Einbringen von Wurzeln oder Früchten, das Schlachten der Goldhasen oder der Schafe, die zur täglichen Nahrung dienen sollten, die Herstellung einer Art Wein aus den wilden Äpfeln der Manzanilla – das alles besorgte er sehr gewissenhaft, nachdem es ihm einmal gezeigt worden war.

Was Tartelett auch darüber denken mochte, Godfrey empfand nie auch nur den geringsten Widerwillen vor diesem Wilden, und es schien, als sollte er das auch nie zu bereuen haben. Wenn ihm etwas Unruhe bereitete, dann war es die Besorgnis, daß die Kannibalen zurückkommen konnten, da sie ja jetzt wußten, daß die Phina-Insel bewohnt war. Seit dem ersten Tag war für Karefinotu ein Lager in der Stube im Wills Tree zurechtgemacht worden, aber wenn es nicht regnete, schlief er lieber draußen in irgendeiner Baumhöhle, als wollte er an einem für die Bewachung von Wills Tree geeigneten Platz kampieren.

Während der zwei Wochen nach seiner Ankunft auf der Insel begleitete Karefinotu Godfrey mehrmals auf die Jagd. Sein Erstaunen war immer groß, wenn er das Wild, auf so weite Entfernung getroffen, fallen sah; dann verrichtete er die Dienste eines Hundes mit einem Feuer, einem Schwung, den kein Hindernis, keine Hecke, weder Strauch noch Bach, hemmte. Nach und nach gewöhnte sich Godfrey so sehr an diesen Schwarzen, daß er ihn gar nicht mehr missen mochte. Nur eins schien hoffnungslos, der Versuch, ihm die englische Sprache beizubringen. Soviel sich Karefinotu auch anstrengen mochte, er brachte es nicht einmal dazu, die einfachsten Wörter nachzusprechen, die Godfrey und vor allem Professor Tartelett, der sich in diese Aufgabe förmlich vernarrte, ihm beizubringen suchten.

So verstrich die Zeit. War aber die Gegenwart dank einem glücklichen Zusammentreffen von allerhand Umständen einigermaßen erträglich und drohte ihnen keinerlei unmittelbare Gefahr, so mußte sich Godfrey schließlich fragen, wie es ihnen wohl je gelingen sollte, diese Insel zu verlassen. Kein Tag verging, an dem er nicht seines Onkels Will, seiner Braut Phina gedachte! Nicht ohne geheime Furcht sah er der schlechten Jahreszeit entgegen, die zwischen seine Freunde, seine Familie und ihn eine Schranke türmen würde, die die Rückkehr noch weit schwerer machte!

Am 27. September gab es einen Zwischenfall besonderer Art. Hatte er auch für Godfrey und seine beiden Gefährten einen Zuwachs von Arbeit zur Folge, so lieferte er ihnen wenigstens eine reichliche Menge Nahrungsmittel.

Godfrey war mit Karefinotu am Strand der Dreambai beschäftigt, Weichtiere zu sammeln, als sie unterm Wind eine zahllose Menge von kleinen beweglichen Inseln bemerkten, die von der steigenden Flut langsam zum Strand getrieben wurden. Es sah aus, als wenn ein Archipel im Heranschwimmen wäre, auf dessen Oberfläche eine Schar jener Seevögel mit gewaltiger Flügelspanne herumstelzte oder flatterte, die man hin und wieder als Seesperber bezeichnet.

Was waren das bloß für Massen, die da herangeschwommen kamen, mit den Wogen stiegen und sich mit den Wogen senkten? Godfrey wußte nicht, was er davon halten sollte, als sich Karefinotu plötzlich platt auf den Bauch warf, den Kopf zwischen die Schultern zog, Arme und Beine unter seinen Rumpf steckte und die Bewegungen eines langsam über den Erdboden kriechenden Tiers nachzuahmen begann.

Godfrey sah ihm zu, ohne diese absonderliche gymnastische Übung zu verstehen. Dann rief er plötzlich: »Schildkröten, ja, Schildkröten!«

Karefinotu hatte sich nicht geirrt. Auf dem Raum von annähernd einer Quadratmeile schwammen Tausende von Schildkröten. Nicht weit vom Strand verschwanden die meisten unter dem Wasser, und die Sperber, die den Boden unter den Füßen verloren, stiegen in weiten Spiralen in die Luft empor. Glücklicherweise trieben etwa hundert Schildkröten an den Strand.

Godfrey rannte mit Karefinotu schleunigst zum Strand, um diesen Tieren, Stück für Stück wenigstens drei bis vier Fuß groß, den Weg zum Meer zurück abzuschneiden. Das einzige Mittel, diese Tiere daran zu hindern, war, sie auf den Rücken zu drehen: ein tüchtiges Stück Arbeit, das Godfrey und Karefinotu viel Mühe und Anstrengung kostete.

In den folgenden Tagen wurde die kostbare Beute eingebracht. Dieses Schildkrötenfleisch, das sowohl frisch wie als Konserve von vorzüglichem Geschmack ist, ließ sich auf zweierlei Weise aufbewahren.

Um Vorrat für den Winter zu erhalten, ließ Godfrey den größten Teil einsalzen, und eine Zeitlang gab es alle Tage Schildkrötensuppe, was nicht nur bei Tartelett höchstes Wohlgefallen auslöste.

Von diesem Zwischenfall abgesehen, verlief ein Tag so eintönig wie der andere. Tag für Tag wurden die gleichen Stunden den gleichen Arbeiten gewidmet. Würde diese Lebensweise nicht noch trauriger werden, wenn erst der Winter Godfrey mit seinen beiden Kameraden nötigte, sich ausschließlich im Wills Tree aufzuhalten? Godfrey dachte nicht ohne gewisse Angst daran. Aber was sollte er dagegen tun?

Unterdessen setzte er die Erkundungsgänge auf der Insel fort; jede Stunde, die nicht von einer dringlichen Arbeit in Anspruch genommen wurde, widmete er der Jagd. Zumeist begleitete ihn Karefinotu, während Tartelett in der Wohnung blieb. Er war nun einmal kein Jägersmann, obwohl sein erster Büchsenschuß ein Meisterschuß gewesen war! Während einer solchen Exkursion sollte sich nun aber ein unvermuteter

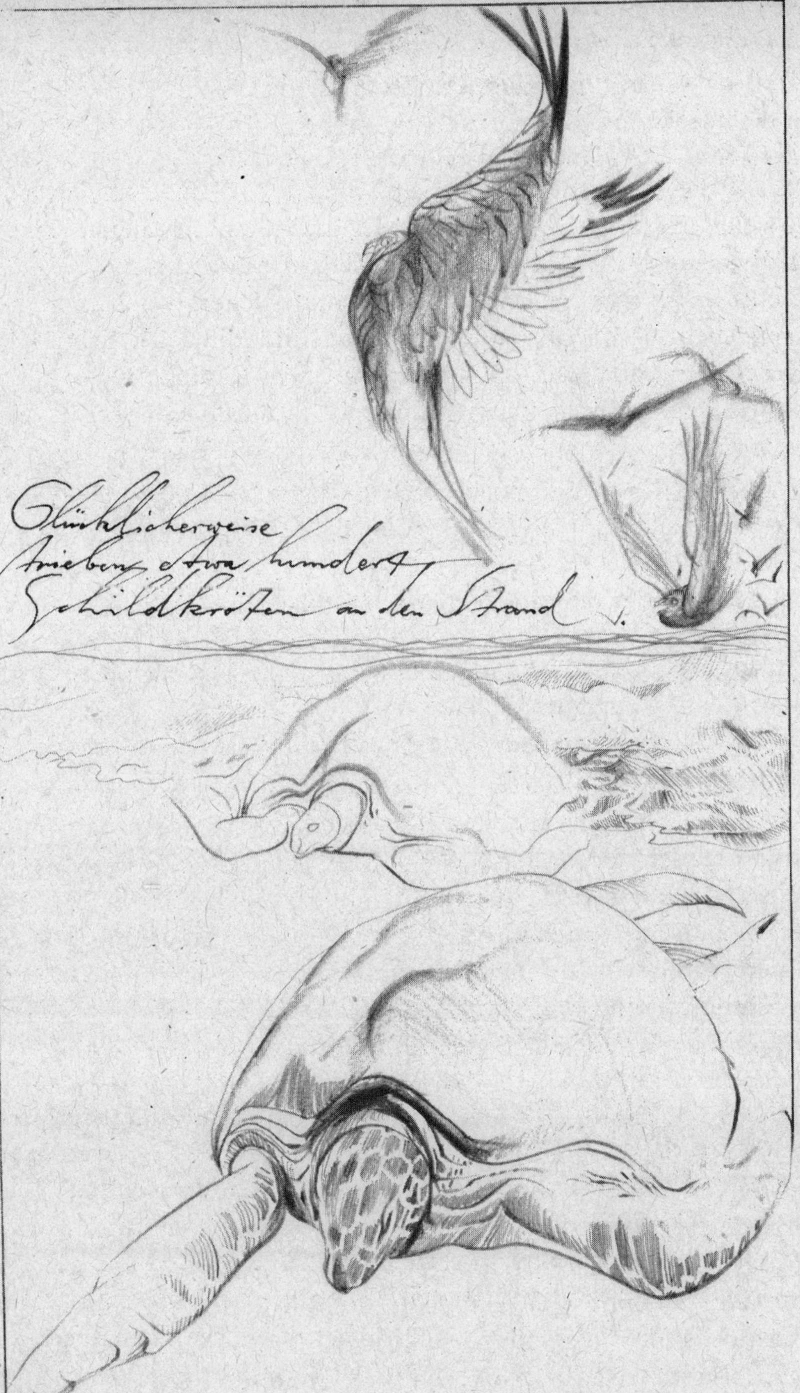
Glücklicherweise
trieben etwa hundert
Schildkröten an den Strand

Vorfall ereignen, der ganz dazu geschaffen war, die Sicherheit der Bewohner des Wills Tree ernstlich zu gefährden.

Godfrey war mit Karefinotu auf der Jagd in dem großen Wald im Innern der Insel, am Fuß des Hügels, der den höchsten Berg der Phina-Insel darstellte. Vom frühen Morgen an hatten sie nur ein paar Antilopen durch den Hochwald streichen sehen, allerdings zu weit entfernt, als daß es sich gelohnt hätte, einen Schuß auf sie abzugeben.

Godfrey mußte sich wohl oder übel fügen, einmal ohne Jagdbeute nach Hause zu gehen. Wenn es ihm leid tat, daß ihm die Antilopen nicht vor die Flinte gekommen waren, so war es nicht so sehr um des Fleisches, als vielmehr um der Haut dieser Tiere willen, für die er eine ausgezeichnete Verwendung gehabt hätte.

Es war gegen drei Uhr nachmittags. Vor wie nach dem Frühstück, das er mit seinem Kameraden im Wald verzehrt hatte, war er nicht glücklicher gewesen. Sie rüsteten sich deshalb, zum Wills Tree zurückmarschieren, um noch zur Essenszeit dort zu sein, als Karefinotu in dem Augenblick, als er die Waldgrenze passieren wollte, einen mächtigen Sprung tat – dann fiel er über Godfrey her, packte ihn an den Schultern und riß ihn mit solcher Gewalt fort, daß von Widerstand keine Rede war. Zwanzig Schritt weiter blieb Godfrey nach Atem ringend stehen – dann wandte er sich nach Karefinotu um und befragte ihn mit dem Blick.

Außer sich vor Schreck zeigte der Schwarze auf ein Tier, das knapp fünfzig Schritt entfernt mit seinen Tatzen den Stamm eines Baums umspannte und seinen ungeschlachten Kopf schüttelte, als wenn es große Lust hätte, sich auf die beiden Jäger zu stürzen. Es war ein grauer Bär.

Im Nu, ohne sich auch nur Zeit zur Überlegung zu nehmen, riß Godfrey seine Büchse von der Schulter und schoß, ehe Karefinotu ihn daran hätte hindern können.

War der riesige Sohlengänger von der Kugel getroffen worden?

Wahrscheinlich! War er getötet worden? Das vermochte man noch nicht zu sagen; aber seine Tatzen ließen den Baum los, und dann fiel er zu Boden.

Zeit zu verlieren war hier nicht! Ein Kampf Leib an Leib mit solchem gewaltigen Tier hätte die schlimmsten Folgen haben können. Daß Angriffe durch graue Bären selbst für den geschicktesten Jäger von den furchtbarsten Gefahren begleitet sind, weiß jeder, der in kalifornischen Wäldern gejagt hat. Deshalb packte der Schwarze Godfrey am Arm, um ihn schleunigst zum Wills Tree zu bringen, und Godfrey, der einsah, das wäre das Gescheiteste, leistete keinen Widerstand.

NEUNZEHNTES KAPITEL

Worin die schon genügend gefährliche Situation noch gefährlicher wird

Die Anwesenheit eines gefährlichen Raubtiers auf der Phina-Insel war, wie jeder einräumen wird, ein Fall, der unsere beiden Freunde, die ein widriges Geschick hierher geworfen hatte, in höchstem Maß beunruhigen mußte. Godfrey meinte, vielleicht zu Unrecht, seinem Kameraden, dem Professor, das eben erlebte Abenteuer nicht verborgen halten zu dürfen.

»Ein Bär!« rief der Professor und sah sich mit scheuen Blicken um, als ob die Gegend um den Wills Tree von einer ganzen Schar solcher Tiere belagert werden würde. »Wieso ein Bär? Bisher hat es doch keinen Bären auf unserer Insel gegeben! Gibt's einen auf der Insel, dann gibt's bestimmt noch mehr davon, vielleicht sogar eine ganze Menge anderer reißender Tiere wie Jaguare, Panther, Hyänen und Löwen!«

Tartelett sah die Insel Phina schon im Besitz einer aus ihren Käfigen ausgebrochenen Riesenmenagerie. Godfrey erwiderte, man dürfe nicht gleich übertreiben. Fest stand freilich, daß er einen Bären mit eigenen Augen gesehen hatte. Warum hatte sich aber bis zu diesem Zeitpunkt, da er ihm begegnet war, bei seinen Streifereien durch die Wälder der Insel niemals solch ein Tier blicken lassen? Auf diese Frage fand er keine Erklärung. Hieraus jedoch schließen zu wollen, daß es jetzt von Raubtieren aller möglichen Arten in den Wäldern und auf den Wiesen der Insel wimmele, hieß allerdings, zu weit gehen. Nichtsdestoweniger erforderte die Klugheit, vorsichtig zu sein und in Zukunft nur bewaffnet den Wills Tree zu verlassen.

Unglücklicher Tartelett! Von diesem Tag an begann für ihn eine Zeit der Ängste und Unruhen, der Aufregungen, Schrecknisse, der Beunruhigung ohne Sinn und Verstand, die ihn mit einem grenzenlosen Heimweh nach dem Land seiner Geburt erfüllte.

Nein! sagte er sich wiederholt, nein! Wenn solches Viehzeug da ist ... Ich habe es satt bis zum Überdruß ... Ich verlange, daß man mich von hier wegschafft; ich bleibe nicht länger!

Ja, wenn nur nicht zwischen Wollen und Können so ein weites Feld gelegen hätte!

Godfrey und seine beiden Kameraden mußten von nun an sehr auf der Hut sein. Ein Angriff konnte nicht nur vom Strand und von der Wiese her erfolgen, sondern auch direkt aus der Sequoia-Gruppe heraus.

Deshalb wurden alle erdenklichen Vorsichtsmaßnahmen ergriffen, um die Wohnung vor einem plötzlichen Überfall zu sichern. Die Tür wurde verstärkt, so daß sie den Tatzenschlägen eines Raubtiers standhalten würde. Die Haustiere hätte Godfrey gern in einem wenigstens für die Nacht verschließbaren Stall untergebracht, aber das war nicht einfach. Deshalb beschränkte man sich darauf, sie möglichst in der Nähe des Wills Trees, in einer aus Zweigen geflochtenen Einfriedung zu halten, aus der sie nicht auszubrechen vermochten. Aber diese Einfriedung war nicht fest und nicht hoch genug, daß ein Bär oder eine Hyäne sie nicht hätte zerstören oder darüber weg hätte springen können.

Immer hielt Godfrey, da Karefinotu trotz aller Einwände nach wie vor die Nächte über draußen wachte, noch an der Hoffnung fest, daß sie vor einem unmittelbaren Überfall verschont bleiben würden. Daß sich Karefinotu durch diese Wachen im Freien in Gefahr begab, stand außer allem Zweifel; aber er hatte begriffen, daß er seinen Befreiern hierdurch einen Dienst erwies, und deshalb bestand er darauf, was auch Godfrey dagegen sagte, für das gemeinsame Wohl, wie er es bisher getan hatte, weiterhin zu sorgen.

Eine Woche verstrich, ohne daß sich einer dieser schrecklichen Gäste in der Nähe des Wills Trees gezeigt hätte. Godfrey entfernte sich übrigens nur im äußersten Notfall von dieser Behausung. So lange, wie die Hammel, Ziegen und andern Haustiere auf der nahen Wiese weideten, wurden sie nicht aus den Augen gelassen. Zumeist verrichtete Karefinotu den Dienst eines Wächter. Er nahm zwar nie eine Flinte mit, denn es schien, als hätte er vor dieser Feuerwaffe immer noch Angst, aber er hatte ein Jagdmesser in seinen Gurt gesteckt, und an seiner rechten Seite hing ein Beil.

Mit dieser Ausrüstung hätte sich der mutige Schwarze nicht besonnen, es mit einem Tiger oder mit jedem andern Raubzeug aufzunehmen. Da sich aber weder der Bär noch einer seiner Vettern wieder hatten sehen lassen, gewann Godfrey nach und nach seine Ruhe und seine Sicherheit zurück. Allmählich nahm er auch seine Erkundungsgänge ins Landesinnere hinein wieder auf und auch seine Jagdausflüge, wenn auch nicht mehr so weit wie vorher. Während dieser Zeit, wenn ihn Karefinotu begleitete, hätte sich Tartelett, der wohlverwahrt im Wills Tree saß, nicht für eine Minute hinaus gewagt, selbst dann nicht, wenn er jemandem eine Tanzstunde hätte erteilen können. Zuweilen ging Godfrey auch allein hinaus; dann hatte der Professor einen Kameraden, dessen Bildung er sich mit hartnäckigem Eifer widmete.

Wir sagten's ja schon: Tartelett gab sich von Anfang an die größte Mühe, Karefinotu wenigstens die Grundbegriffe der englischen Sprache beizubringen. Sein Erfolg war mehr als bescheiden, denn die Mundwerkzeuge des Schwarzen schienen für das Englische nicht geschaffen.

Nun, wenn ich nicht sein Lehrer sein kann, hatte sich Tartelett nach dieser Erkenntnis getröstet, dann werde ich sein Schüler sein!

Und daraufhin hatte er es sich in den Kopf gesetzt, die Sprache Karefinotus zu erlernen.

Godfrey mochte ihm noch so oft sagen, daß es wenig Sinn habe, sich mit diesem Studium zu befassen – Tartelett ließ davon nicht ab. Alles mögliche ersann er, um Karefinotu begreiflich zu machen, daß er ihm die Dinge, auf die er wies, in seiner Sprache nannte.

Daß Karefinotus Schüler Tartelett tatsächlich hervorragende Anlagen haben mußte, darf man nun zweifellos annehmen, denn nach vierzehn Tagen kannte er immerhin fünfzehn Worte! Auf dieses Wissen war Tartelett so stolz, als hätte er bei einem Wettbewerb den ersten Preis im Polynesischen bekommen. Aus Dankbarkeit für die von seinem Lehrer an ihn gewandte Mühe zeigte sich der Professor seinerseits beflissen, ihm nicht ein paar englische Wörter einzutrichtern, sondern ihm die guten Manieren und die wahren Prinzipien der europäischen Tanzkunst zugänglich zu machen.

Darüber freilich wollte Godfrey vor Lachen fast bersten. Aber am Ende war das ein ebensoguter Zeitvertreib wie alles andere, und wenn er sonntags nichts weiter zu tun hatte, beteiligte er sich ganz gern an dem Lehrkursus des gefeierten Professors Tartelett aus San Francisco.

Also, das mußte man wirklich mit ansehen! Der unglückliche Karefinotu schwitzte Blut und Wasser, um Arme und Beine für die elementarsten Übungen der Tanzkunst gelenkig zu machen. Dabei war er überaus gelehrig und bewies allen guten Willen.

Trotzdem ließ sich der Professor nicht entmutigen, sondern widmete sich der selbstgewählten Aufgabe mit wahrer Berserkerwut. Auch Karefinotu ließ es, trotz aller Qualen, die er fühlte, an Eifer nicht fehlen. Was er litt, nur um seine Füße in die Grundposition zu bringen, vermöchte sich niemand auszumalen, und wenn er sie nun gar aus dieser in die zweite, und aus der zweiten in die dritte Position bringen sollte, so war das wahrhaft zum Verzweifeln! Und der Professor für Tanz und guten Ton ließ sich zu Tönen hinreißen, die wir lieber verschweigen.

»So sieh mir doch bloß zu, du Dummkopf!« rief Tartelett außer sich, indem er wieder und wieder vormachte, was er meinte. »Nach außen die

Füße gekehrt! Noch mehr nach außen! Die Spitzen des rechten Fußes an den Hacken des linken! Schieb doch die Knie auseinander, Kerl, die Schultern herauf, Esel, den Kopf gerade ... und die Arme gewölbt!«

»Sie verlangen Unmögliches!« sagte Godfrey.

»Dem intelligenten Menschen ist nichts unmöglich!« erwiderte Tartelett eigensinnig.

»Karefinotu ist nun einmal nicht für solche Experimente geschaffen!« sagte Godfrey weiter.

»Ach was, Experimente. Wenn er will, wird er auch können. Später einmal wird es mir der Wilde danken, wenn er sich angemessen in einem Salon zu bewegen weiß!«

»Aber Tartelett, wie sollte Karefinotu in einen Salon gelangen?«

»Wissen Sie denn, Godfrey«, antwortete Tartelett, indem er sich auf die Fußspitzen stellte, »was uns und ihm die Zukunft bringen wird?«

Damit beendete Tartelett alle Diskussionen. Dann griff er zu seiner Geige, der er kurze schrille Töne entlockte, die Karefinotus Herz mit Freude erfüllten. Nun brauchte er keinerlei Anfeuerung mehr. Ohne sich um Tarteletts choreographische Regeln zu kümmern, hüpfte er und verrenkte die Glieder und sprang in die Lüfte, daß es eine wahre Pracht war, und Tartelett versank ins Träumen, wenn er sah, wie sich dieses Urkind der Natur derart strapazierte und fragte sich, ob nicht doch diese freilich ein wenig zu scharf charakterisierten Tanzschritte für menschliche Geschöpfe die einzig natürlichen seien, mochten sie auch allen Lehrsätzen der Kunst Gott weiß wie fern liegen!

Aber überlassen wir unsern Professor für Tanzkunst und Anstandslehre ruhig seinen philosophischen Betrachtungen; und beschäftigen wir uns lieber mit Fragen, die sowohl praktischer sind, als auch besser hierher gehören.

Auf allen weiteren Ausflügen durch Wald und Wiese, ob allein oder in Gesellschaft Karefinotus, hatte Godfrey niemals anderes Raubzeug wahrgenommen. Nicht einmal auf eine Fährte dieser Tiere war er gestoßen. Am Bach entlang, wohin sie doch zur Tränke hätten ziehen müssen, weder auf seinem rechten noch auf seinem linken Ufer, fand sich die winzigste Spur. Auch in der Nacht war nie ein verdächtiges Geheul oder Gebrüll zu hören gewesen. Hinzu kam, daß sich die Haustiere nach wie vor ruhig verhielten und durch kein einziges Anzeichen Unruhe oder Angst verrieten.

Seltsam, seltsam, sagte sich Godfrey zuweilen; und doch habe ich mich nicht geirrt, genausowenig wie Karefinotu. Es war ein Bär, den er mir zeigte, und auf einen Bären habe ich auch geschossen! Selbst angenommen, ich hätte ihn erlegt: wäre denn dieser Bär wirklich der letzte Vertreter seiner Art auf der Phina-Insel gewesen?

Die Sache ließ sich absolut nicht erklären. Hätte Godfrey den Bären erlegt, so hätte man doch den Kadaver dort finden müssen, wo er gestürzt war. Nun hatte man aber die ganze Gegend um diese Stelle eifrig, obwohl umsonst abgesucht. Konnte man annehmen, daß das zu Tod verwundete Tier sich in eine entfernte Höhle geschleppt hatte und dort krepiert war? Unmöglich war das schließlich nicht; allerdings hatte es dort an dem Baum, wo es angeschossen worden war, auch keine Blutspuren hinterlassen.

Wie dem auch sei, dachte Godfrey – viel auf sich hat die Sache zunächst ja nicht. Natürlich müssen wir in Zukunft gut aufpassen!

In den ersten Novembertagen hatte die schlechte Jahreszeit unter dieser unseren Freunden unbekannten Breite eingesetzt. Stundenlang fiel ein empfindlich kalter Regen. Es würde nicht mehr lange dauern, dann würden jene endlosen Sturzbäder vom Himmel kommen, die für diese Gegenden so charakteristisch sind.

Godfrey dachte nun ernsthaft daran, einen Ofen im Innern des Wills Trees zu bauen. Ein Ofen war unbedingt lebensnotwendig, denn sie mußten ihre Behausung beheizen und natürlich auch ihren Kochherd gegen Sturm und Regen schützen.

In einer Ecke der »Stube« im Baum, zwischen großen Steinen, teils flach gelegt, teils auf die Kante gestellt, ließ sich ganz gut ein Herd errichten. Aber wie sollte der Rauch abziehen? Denn die ganze Behausung verräuchern, das wollte Godfrey nicht. Deshalb begann er, aus langen, dicken Bambusstämmen, die an verschiedenen Stellen am Ufer des Flusses in Hülle und Fülle wuchsen, ein Rohr zu fertigen. Daß ihm Karefinotu bei dieser Aufgabe tüchtig half, soll nicht unerwähnt bleiben. Der Schwarze hatte endlich, allerdings nach mancherlei Mühen, begriffen, was Godfrey wollte. Beide zusammen marschierten die zwei Meilen vom Wills Tree bis zu den Stellen, wo Bambus wuchs, und suchten sich die besten Stämme aus. Die ihres Marks entleerten Bambusstämme wurden zu einem Rohr von ausreichender Länge zusammengefügt, so daß es bis zu einer in die Rinde der Sequoia gebohrten Öffnung hinaufreichte. Freilich mußte man gut darauf achten, daß die Bambusrohre nicht Feuer fingen. Der Herd wurde probeweise in Betrieb genommen, und bald prasselte ein munteres Feuer, ohne daß der Rauch den Aufenthalt im Wills Tree unmöglich machte.

Godfrey hatte allen Grund gehabt, sich mit dem Herdbau zu beeilen, denn am 3. November setzte der Regen mit sintflutartigen Strömen ein, die bis zum 10. November andauerten. Ein Feuer im Freien zu unterhalten wäre unmöglich gewesen. Während dieser trübseligen sieben Tage war man gezwungen, im »Haus« zu bleiben, man ging nur hinaus, um die Herde und die Hühner zu versorgen.

Da man nicht ins Freie konnte, begann sich bald Mangel an Camawurzeln zu zeigen. Kein anderer Mangel machte sich so fühlbar wie dieser. So entschloß sich Godfrey deshalb, mit Karefinotu hinauszugehen, um einen neuen Vorrat von Wurzeln zu holen, da sich das Wetter zu bessern schien. Dem Professor lag nicht viel an einem zwei Meilen langen Marsch quer über die feuchten Wiesen; er übernahm es deshalb gern, den häuslichen Herd zu hüten. Gegen Abend begann sich der Himmel zu lichten, allmählich hörte es auf zu regnen, und seit Tagen sahen sie wieder die Sonne.

»Morgen früh«, sagte Godfrey, »breche ich auf, und Karefinotu wird mich begleiten.«

»Abgemacht!« erwiderte Tartelett.

Am Abend, nachdem man gegessen hatte, standen auch wieder die Sterne am Himmel. Der Schwarze wollte seinen gewohnten Posten draußen am Baum einnehmen, den er während der vergangenen regnerischen Nächte im Stich gelassen hatte. Godfrey versuchte ihm begreiflich zu machen, daß es besser wäre, bei ihnen drin zu bleiben, zumal sie keinerlei Ursache hatten, die Wachsamkeit zu verschärfen; von wilden Tieren hatte sie in den letzten Tagen nicht das geringste bemerkt. Aber Karefinotu beharrte auf seinem Vorhaben. Man ließ ihn also gewähren.

Am nächsten Tag hielt sich, wie vermutet, das schöne Wetter, und als Godfrey gegen sieben Uhr morgens hinaustrat, schien die Sonne.

Karefinotu befand sich auf seinem Posten und erwartete Godfrey schon. Die beiden Männer verabschiedeten sich von Tartelett und zogen wohlbewaffnet und jeder mit einem Sack auf der Schulter zu dem Flüßchen, an dessen linkem Ufer sie entlanggehen wollten, um zu den Camasträuchern zu kommen.

Nach einer Stunde waren sie dort, ohne daß sich irgend etwas Besonderes ereignet hätte. Die Wurzeln wurden aus der Erde gerissen, bald hatten sie so viel, wie sie tragen konnten, und sie traten wieder den Rückweg an. Sie gingen nebeneinanderher, ohne ein Wort zu wechseln, denn beide hatten sie tüchtig zu schleppen. Sie beschränkten sich darauf, gut Ausschau zu halten. Als sie an einer Biegung des Flüßchens an-

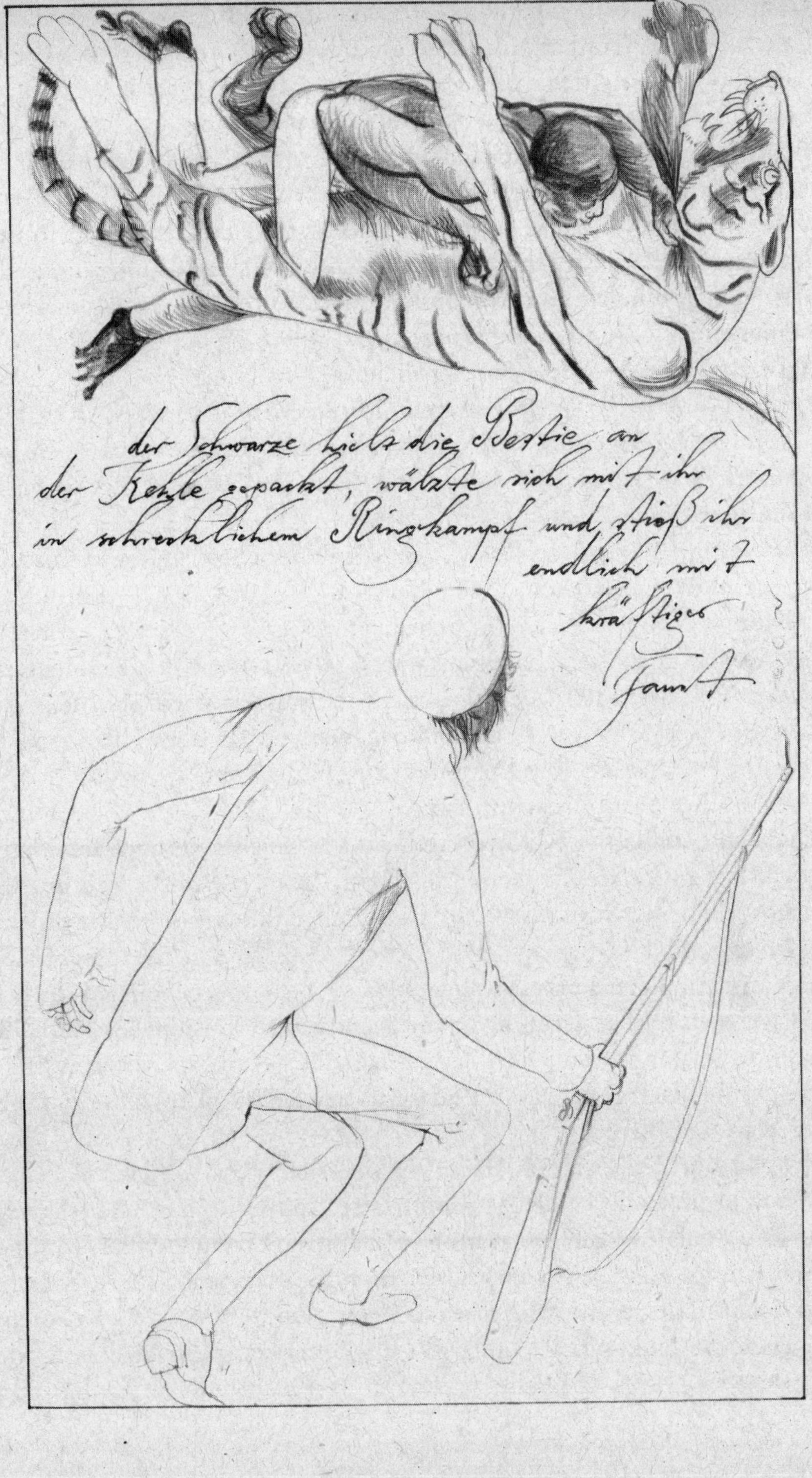
der Schwarze hielt die Bestie an
der Kehle gepackt, wälzte sich mit ihr
in schrecklichem Ringkampf und stieß ihr
endlich mit
kräftiger
Faust

langten, blieb Godfrey plötzlich stehen. Er machte Karefinotu auf ein gewaltiges Tier aufmerksam, das unbeweglich am Fuß eines Baums stand, und dessen Augen mit unheimlichem Glanz glühten.

»Ein Tiger!« schrie er.

Er irrte sich nicht. Es war tatsächlich ein riesiger Tiger, er saß auf den Hinterpfoten und fetzte mit seinen Krallen die Rinde von dem Stamm. Es schien so, als wolle er sich gleich auf Godfrey und Karefinotu stürzen.

Im Nu hatte Godfrey den Sack mit den Wurzeln zu Boden fallen lassen. Er riß die Büchse an die Schulter, zielte und schoß, es war das Werk von kaum mehr als einer Sekunde.

»Hurra! Hurra!« schrie er.

Diesmal war jeder Zweifel ausgeschlossen. Der Tiger war von der Kugel getroffen worden und machte einen Satz nach hinten; vielleicht war er aber nicht tot – vielleicht rüstete er sich, durch den Schuß zu größerer Wut gereizt, von neuem zum Sprung!

Godfrey hielt die Büchse auf den Tiger gerichtet und bedrohte ihn mit einem zweiten Schuß. Doch bevor Godfrey seinen Gefährten zurückhalten konnte, war der mit dem Jagdmesser in der Faust dorthin gestürzt, wo der Tiger verschwunden war. Godfrey schrie ihm zu, stehenzubleiben. Alles umsonst! Der Schwarze, entschlossen, sogar sein Leben zu wagen, um dem Tiger, der vielleicht nur verwundet war, den Garaus zu machen, hörte ihn nicht oder wollte ihn nicht hören.

Godfrey lief also hinter ihm her.

Und dann erblickte er Karefinotu im Handgemenge mit dem Tiger; der Schwarze hielt die Bestie an der Kehle gepackt, wälzte sich mit ihm in schrecklichem Ringkampf und stieß ihm endlich mit kräftiger Faust sein Messer ins Herz.

Der Tiger kollerte in das Flüßchen, das von den Regengüssen der letzten Tage zum reißenden Fluß geworden war und ihn mit der Schnelligkeit eines Gebirgsstroms hinweg führte. Der Kadaver des gewaltigen Tiers, der nur einen Augenblick an der Oberfläche trieb, wurde rasch ins Meer hinausgeführt.

Erst ein Bär! Und nun ein Tiger! Es ließ sich wirklich nicht mehr daran zweifeln, daß die Insel das schlimmste Raubzeug barg! Mittlerweile hatte sich Godfrey zu Karefinotu gesellt und überzeugt, daß der in dem heißen Kampf außer ein paar unbedeutenden Kratzern keinen Schaden genommen hatte. Wen wundert es da, wenn Godfrey aufs höchste beunruhigt in die Zukunft blickte. Mit solchen Gedanken schlug er den Rückweg zum Wills Tree ein.

ZWANZIGSTES KAPITEL

Worin Tartelett ein Klagelied in allen Tonleitern singt, daß er von der Insel wegmöchte

Sobald Tartelett hörte, daß es auf der Insel nicht nur Bären, sondern auch Tiger gab, fing sein Gejammer von neuem an. Jetzt würde er keinen Schritt mehr ins Freie tun! Dieses Raubzeug würde schließlich den Weg zum Wills Tree finden! Nirgendwo würde man mehr sicher sein! Nichts Geringeres forderte deshalb der Professor in seinem Entsetzen als Festungen – jawohl, zum wenigsten Steinmauern mit Bastionen und Wällen, die die Sequoiagruppe zu einem sicheren Zufluchtsort machten! Wenn er das nicht haben könnte, dann wollte er seiner Wege gehen.

»Ich auch«, erwiderte Godfrey einfach.

Tatsächlich hatten sich ja auch die Umstände, unter denen die Gäste der Phina-Insel bislang gelebt hatten, gewaltig geändert. Gegen Blöße und Mangel zu kämpfen, für die Bedürfnisse des Lebens zu kämpfen, war ihnen gelungen dank dem Zusammentreffen von glücklichen Umständen. Gegen die schlechte Jahreszeit, gegen den Winter und seine Härten würden sie sich auch zu schützen wissen; aber sich reißender Tiger zu erwehren, von denen alle Augenblicke ein Angriff zu erwarten war, das war was anderes, und dazu fehlte es ihnen schließlich auch an geeigneten Mitteln.

Die Lage, die an sich schon kompliziert war, wurde also sehr ernst, wenn sie nicht sogar unhaltbar wurde.

Wie ist das denn nur möglich, sagte sich Godfrey immer wieder, ganze vier Monate lang haben wir kein einziges Stück Raubzeug auf der Insel gesehen, und wieso mußten wir uns nun erst gegen einen Bären und dann gegen einen Tiger wehren? Was bedeutet das alles?

Für den Sachverhalt mochte es an einer Erklärung fehlen, daß er existierte, dagegen ließ sich, wie wir sagen müssen, nichts einwenden.

Godfrey, dessen Kaltblütigkeit und Mut angesichts der Prüfungen wuchsen, ließ sich indessen nicht bange machen. Da jetzt gefährliche Raubtiere die kleine Kolonie bedrohten, war es wichtig, sich sofort vor ihnen, das heißt, gegen ihre Überfälle und Angriffe, zu schützen.

Aber wie sollte man das tun?

Zuerst wurde festgelegt, daß Ausflüge in den Wald oder an den Strand seltener stattfinden sollten, daß man sich nur gut bewaffnet ins

Freie wagen und die Behausung lediglich dann verlassen sollte, wenn es unbedingt nötig war.

»Wir sind bei diesen beiden Begegnungen noch ganz gut weggekommen«, sagte Godfrey oft, »aber wer weiß, ob uns das ein drittesmal ebenso gelingt! Deshalb werden wir uns ohne zwingenden Grund nicht in Gefahr begeben!«

Immerhin genügte es nicht, wenn die Ausflüge eingeschränkt wurden; man mußte vielmehr den Wills Tree, und zwar die eigentliche Behausung genauso wie den Hühnerstall und den Pferch, mit besonderen Maßnahmen schützen, denn Raubzeug würde sich ganz gewiß nicht lange besinnen, dort Schaden anzurichten, der sich absolut nicht wiedergutmachen lassen würde.

Deshalb bemühte sich Godfrey, wenn auch nicht Befestigungswerke nach Tarteletts ungeheuerlichen Plänen um den Wills Tree herum zu errichten, so doch wenigstens die Riesensequoias, die den Wills Tree umschlossen, untereinander zu verbinden. Gelang es, von einem Stamm zum andern einen festen, hohen Zaun zu errichten, konnte man damit rechnen, daß man sich dort einigermaßen in Sicherheit befand, zum wenigsten aber gegen einen Überfall geschützt sein würde.

Daß so etwas möglich sein mußte, davon überzeugte sich Godfrey nach einer Untersuchung der Gegebenheiten – ein schweres Stück Arbeit war es freilich in der Tat. Wenn man sie noch so sehr auf das allernötigste beschränkte, handelte es sich doch darum, eine Palisade auf einem Bereich von wenigstens dreihundert Fuß im Durchmesser zu errichten. Kann man sich vorstellen, wie viele Bäume man aussuchen, schlagen, herbeischaffen und aufrichten mußte, um den Zaun zu bauen?

Godfrey schreckte vor der Arbeit nicht zurück. Er erklärte Tartelett seine Pläne, und dieser zollte ihm nicht nur Beifall, sondern versprach sogar tätige Mithilfe; was allerdings von wesentlich größerer Bedeutung war: Es gelang ihm, Karefinotu, der stets zur Hilfe bereit war, den Plan verständlich zu machen.

Unverzüglich begab man sich ans Werk.

Etwa eine knappe Meile vom Wills Tree entfernt flußaufwärts, an einer Biegung, stand ein kleines Gehölz von Tannen mittlerer Größe, deren Stämme schließlich, ohne daß sie behauen zu werden brauchten, wenn man sie aneinanderfügte, an Stelle von Pfählen oder Planken eine feste Palisade ergeben würden.

Zu diesem Gehölz begab sich Godfrey mit seinen beiden Kameraden am folgenden Tag, dem 12. November, sobald der Morgen graute. Obwohl sie gut bewaffnet waren, bewegten sie sich äußerst vorsichtig.

»Nach meinem Geschmack sind solche Expeditionen nun wirklich nicht!« murmelte Tartelett, den diese neuen Prüfungen immer mehr verbitterten. »Am liebsten liefe ich davon, gleichviel wohin!«

Godfrey gab sich freilich keine Mühe, ihm zu antworten. Er fragte nicht nach Tarteletts Geschmack, er appelierte nicht einmal an seine Intelligenz. Was man von ihm im gemeinsamen Interesse forderte, das war weiter nichts als seine Arme; ein Lasttier wurde gebraucht, und dazu würde er wohl hoffentlich taugen!

Auf diesem Marsch von einer Meile ereignete sich übrigens nichts Besonderes. Vergeblich wurden die Dickichte mit aller Sorgfalt abgesucht, umsonst wurde die Wiese von einem Ende zum andern scharf beobachtet. Die Haustiere, die man dort auf der Weide hatte lassen müssen, zeigten sich nicht im geringsten erschreckt oder ängstlich. Die Vögel tummelten sich ohne auch nur eine Spur von größerer Vorsicht als sonst.

Unverzüglich wurde mit der Arbeit begonnen. Godfrey wollte vernüftigerweise die Bäume erst dann wegschaffen, wenn alles geschlagen sein würde, was man brachte. Daß man sie mit größerer Sicherheit bearbeiten konnte, wenn sie an Ort und Stelle waren, stand ohne Frage fest.

Karefinotu leistete bei dieser harten Arbeit die größten Dienste. Geschickt hantierte er mit Axt und Säge. Er war noch lange nicht müde, wenn Godfrey schon eine Pause einlegte, um sich auszuruhen oder Luft zu schnappen, und Tartelett mit zerschundenen Händen und zerschundenen Gliedern kaum noch die Kraft besessen hätte, seine Taschengeige zu halten.

Dabei hatte Godfrey diesem unglücklichen Professor für Tanzkunst und Anstandslehre, aus dem nun ein Holzfäller geworden war, den am wenigsten anstrengenden Teil der Aufgabe zugewiesen, nämlich das Abschlagen der kleinen Zweige. Aber nicht einmal damit kam der berühmte Tanzlehrer zurecht.

Sechs Tage lang, vom 12. bis zum 17. November, war man mit diesen Arbeiten beschäftigt. Sie wurde im Morgengrauen begonnen, ein kleines Frühstück wurde mitgenommen, und erst zum Abendbrot begab man sich zurück in den Wills Tree. Das Wetter war nicht das beste. Schweres Gewölk sammelte sich zuweilen am Himmel. Abwechselnd schien die Sonne und fiel Regen. Kam ein Schauer, dann suchten die Holzfäller, so gut es ging, unter den Bäumen Schutz und nahmen die unterbrochene Arbeit sofort wieder auf, wenn die Sonne schien.

Am 18. November lagen alle Stämme, Kronen und Äste abgeschlagen, für den Transport zum Wills Tree bereit am Boden. Während dieser ganzen Zeit hatte sich kein einziges Raubtier in der näheren Umgebung gezeigt, so daß man sich schon fragte, ob es denn wirklich solche Tiere gegeben hatte – oder waren der Bär und der Tiger die letzten ihrer Gattung gewesen, eine Ansicht, die freilich nicht sehr wahrscheinlich war!

Wie dem auch war, das Projekt, eine feste Palisade aufzuführen, gab Godfrey keinesfalls auf; ihm lag daran, sich vor einem Angriff der Wilden ebenso wie vor einem Überfall durch Bären und Tiger zu sichern. Übrigens war ja das schwerste Stück Arbeit geschafft, denn jetzt handelte es sich nur noch darum, die Balken dorthin zu bringen, wo sie die Palisade bilden sollten.

Wir sagen, das schwerste Stück Arbeit war bereits geschafft, obwohl es doch scheint, als ob gerade der Transport die größten Schwierigkeiten bereiten würde. Wenn es nicht so war, dann deshalb, weil Godfrey eine äußerst praktische Idee hatte, die die Aufgabe erheblich erleichterte. Er wollte nämlich die Stämme auf dem Flüßchen transportieren, das durch die letzten Regengüsse bedeutend gestiegen war. Godfrey brauchte die Stämme also nur ins Wasser zu werfen, dann schwammen sie ganz allein bis zu der Brücke, wo sie aufgehalten wurden, dort sollten sie an Land gezogen werden, und von da aus bis zu der Stelle, wo sie gebraucht wurden, waren es nur ein paar Schritte.

Wenn sich jemand über diesen Einfall ganz besonders freute, der ihm erlaubte, an seiner aufs schmählichste verletzten Würde als gebildeter Mensch nicht ganz zu verzweifeln, so war das natürlich Professor Tartelett.

Am 18. November wurden die ersten Flöße zusammengefügt. Ohne jeden Unfall trieben sie bis zur Brücke hinunter. In knapp drei Tagen, bis zum 20. abends, waren alle geschlagenen Stämme an ihren Bestimmungsort befördert worden. Am folgenden Tag wurden die ersten Stämme zwei Fuß tief in den Boden getrieben, und zwar so, daß sie die dicksten der um den Wills Tree herumstehenden Sequoiariesen miteinander verbanden. Die Festigkeit des Ganzen wurde durch ein Gitterwerk aus starken, biegsamen Ästen erhöht, die man mit den Spitzen nach oben zwischen die einzelnen Stämme fügte.

Sehr zufrieden kontrollierte Godfrey den Fortschritt dieser Arbeit und sorgte für deren schnelle Vollendung.

»Ist die Palisade erst einmal fertig«, sagte er zu Tartelett, »dann können wir uns zu Hause sicher fühlen!«

»Zu Hause sicher fühlen«, antwortete der Professor trocken, »können wir uns wohl erst dann, wenn wir uns in der Montgomery Street befinden!«

Sich darüber zu streiten war freilich nicht gut möglich.

Am 26. November war die Palisade fast fertig. Unter den miteinander verbundenen Sequoiabäumen war auch der, in dem sich der Hühnerstall befand, und Godfrey hatte vor, ihn in einen Viehstall umzuwandeln.

In drei oder vier Tagen, so rechnete Godfrey, würde die Umzäunung fertig sein; dann würde es sich nur noch darum handeln, ein festes Tor darin anzubringen, und dann – ja, dann gab es bestimmt wieder etwas anderes, so daß niemand die Hände in den Schoß zu legen brauchte.

Am folgenden Tag, dem 27. November, mußte diese Arbeit jedoch unterbrochen werden, und zwar wegen eines Umstands, der hier mit seinen Einzelheiten berichtet werden muß – denn es war einer jener Vorfälle auf der Phina-Insel, für die sich keine Erklärung fand.

Gegen acht Uhr morgens war Karefinotu im Innern des Baums herumgeklettert, um die Öffnung, durch die Kälte und Regen hereinfanden, besser zu verschließen. Als er dort oben bei der Arbeit war, drang ein seltsamer Schrei an sein Ohr. Godfrey, der an der Palisade arbeitete, hob den Kopf und sah zu Karefinotu hinauf, der ihm durch ausdrucksvolle Gesten bedeutete, sofort zu ihm heraufzusteigen. In dem Glauben, Karefinotu würde ihn nur stören, wenn dazu wirklich Grund vorhanden war, griff er nach seinem Fernrohr, kletterte zu ihm hinauf und saß bald rittlings auf einem der Äste.

Karefinotu wies dorthin, wo im Nordostteil der Insel der Strand eine Bucht bildete, und Godfrey sah eine lange Rauchfahne in den Himmel steigen.

»Schon wieder!« rief Godfrey und richtete das Fernrohr auf die Rauchfahne. Diesmal war er sich absolut sicher, daß er sich nicht geirrt hatte, es war wirklich und wahrhaftig Rauch. Ganz deutlich sah er ihn in einer Entfernung von knapp fünf Meilen.

Godfrey drehte sich nach Karefinotu um, der seinem Erstaunen durch seine Miene, seine Ausrufe, kurz durch sein ganzes Benehmen und Verhalten Ausdruck gab. Ohne Frage war er über diese Erscheinung nicht weniger verblüfft als Godfrey.

Übrigens befand sich weder auf dem Meer ein Schiff noch irgendwo am Strand ein Eingeborenenboot – nichts, was darauf hingedeutet hätte, daß in der letzten Zeit jemand am Strand gelandet war.

»Diesmal soll mir aber der Rauch verraten, von welchem Feuer er stammt!« rief Godfrey, und er machte Karefinotu klar, daß er sofort aufbrechen wollte, um dorthin zu gehen, wo der Rauch aufstieg.

Karefinotu begriff; ja noch mehr, er gab Godfrey zu verstehen, daß er mitgehen würde.

Wenn dort ein menschliches Wesen ist, sagte sich Godfrey, dann muß man wissen, was für eins das ist und woher es gekommen ist, man muß auch wissen, warum es sich versteckt hält, es handelt sich ja doch um unser aller Sicherheit!

Einen Augenblick später waren Karefinotu und Godfrey unten am Fuß des Wills Tree. Godfrey unterrichtete Tartelett von dem, was er gesehen hatte, von dem, was er vorhatte, und sagte ihm, daß auch er mit ihnen kommen solle.

Ein Marsch von einem Dutzend Meilen für einen Menschen, der seine Beine als das kostbarste Stück seines Körpers ansah, der sie gebrauchte zur höheren Ehre der edlen Tanzkunst – das war nichts für den Herrn Professor. Deshalb erwiderte er, er wolle lieber im Wills Tree bleiben.

»Meinetwegen«, sagte Godfrey, »dann gehen wir eben allein. Aber früher als gegen Abend dürfen Sie uns nicht zurückerwarten.«

Nach diesen Worten rafften die beiden Männer rasch einigen Mundvorrat zusammen, um unterwegs keine Not zu leiden. Dann verabschiedeten sie sich von dem Professor, dessen persönliche Meinung es war, daß sie nichts finden und sich nur für nichts und wieder nichts anstrengen würden, und brachen auf.

Godfrey nahm seine Büchse und seinen Revolver mit, Karefinotu das Beil und das Jagdmesser, das seine Lieblingswaffe geworden war. Sie gingen über die Plankenbrücke auf das rechte Ufer des Flüßchens hinüber, dann quer über die Wiese auf die Gegend des Strands zu, von wo aus sie den Rauch zwischen den Felsen aufsteigen sahen. Diese Stelle lag weiter östlich als jene andere, wohin Godfrey schon einmal gegangen war, als er Rauch bemerkt zu haben glaubte.

Schnell, aber nicht ohne das Gelände scharf zu beobachten – ob der Weg auch sicher war, ob nicht etwa hinter den Büschen und Sträuchern irgendein Raubtier versteckt läge, vor dessen Überfall man sich hüten mußte –, marschierten die beiden Männer auf ihr Ziel los.

Sie bemerkten nichts Unangenehmes und nichts Gefährliches.

Gegen Mittag, als sie ihre Mahlzeit verzehrt hatten, ohne sich deshalb auch nur eine Minute aufzuhalten, erreichten sie die felsige Küste. Noch immer stieg der Rauch auf, jetzt etwa eine Viertelmeile von ihnen entfernt. Sie brauchten also nur geradeaus zu marschieren, um zu ihrem Ziel zu gelangen. Mit äußerster Vorsicht schlichen sie nun weiter, schließlich wollten sie sehen und nicht gesehen werden.

Nach zwei Minuten etwa verzog sich der Rauch, als wenn das Feuer plötzlich gelöscht worden wäre. Aber Godfrey hatte sich den Fleck, oberhalb dessen der Rauch sichtbar gewesen war, genau gemerkt. Es war eine Felsspitze von wunderlicher Gestalt, eine Art abgestumpfte Pyramide, die nicht zu verkennen war. Er wies darauf hin und schlich weiter, direkt darauf zu.

Die Viertelmeile war schnell zurückgelegt, der Felsen schnell erstiegen, und da standen nun Godfrey und Karefinotu auf der steinigen Fläche. Es war niemand zu sehen! Aber diesmal war das Feuer gerade erst gelöscht worden, halbverbrannte Holzstücke lagen noch umher – ein unwiderleglicher Beweis dafür, daß hier ein Feuer gebrannt hatte.

»Hier ist doch jemand gewesen!« schrie Godfrey. »vor einer Minute noch! Wer, das müssen wir wissen, müssen wir erfahren!«

Er rief – keine Antwort! Karefinotu stieß einen schrillen Schrei aus – niemand kam zum Vorschein! Nun standen sie da, sie begriffen die Welt nicht mehr. Sie schauten hier in eine Höhle, dort in eine Grotte, in der Hoffnung, sie würde einem Schiffbrüchigen oder einem Wilden als Zuflucht gedient haben oder dienen.

Alles umsonst, und wenn sie noch so lange das Gelände absuchten. Nicht das Geringste zeigte sich ihren Blicken, weder eine alte noch eine neue Lagerstätte – nicht einmal Spuren, daß ein Mensch, gleichviel was für einer, hier gegangen oder geweilt hatte.

»Und doch«, sagte Godfrey, noch immer sicher, daß er sich nicht geirrt hatte, »hat hier ein Feuer gebrannt. Heiße Quellen gibt es weit und breit nicht, und ein Feuer beginnt doch nicht, solange es nicht von einem Blitz angezündet wird, von allein zu brennen!«

Sie suchten vergeblich. Gegen zwei Uhr, enttäuscht und auch beunruhigt, daß sie nicht imstande gewesen waren, etwas zu finden, schlugen sie den Rückweg zum Wills Tree ein. Daß ihn Godfrey tief in Gedanken zurücklegte, darüber wird sich niemand wundern.

Es war ihm, als würde seine Insel unter der Herrschaft irgendeiner im verborgenen wirkenden Macht stehen. Das Wiedererscheinen dieses Rauchs, die Gegenwart von Raubzeug vermochte er sich nur noch mit der Wirkung von irgendwelchen übernatürlichen Dingen zu erklären. Und mußte er nicht in diesen Überlegungen bestärkt werden, als er nach einem einstündigen Marsch quer über die Wiese ein seltsames Geräusch, so etwas wie ein schwaches Klappern vernahm? Karefinotu stieß ihn gerade noch rechtzeitig beiseite, als sich eine im Gras zusammengerollt liegende Schlangen auf ihn stürzen wollte!

»Schlangen! Nun auch noch Schlangen auf der Insel! Nummer drei nach dem Bär und dem Tiger!« schrie er.

Jawohl, es war tatsächlich eine Klapperschlange.

Karefinotu hatte sich zwischen Godfrey und das Reptil geworfen, das im Nu in dichtem Gesträuch verschand. Der Schwarze setzte ihm nach und trennte mit einem Beilhieb den Kopf vom Rumpf.

Nun stießen sie auch noch auf andere Schlangen, die zum Glück weniger gefährlich waren.

War denn die Insel urplötzlich zum Ziel eines Reptilienschwarms geworden?

»Vorwärts! Vorwärts!« schrie Godfrey, indem er Karefinotu bedeutete, das Marschtempo zu beschleunigen.

Unruhe ergriff ihn. Trübe Ahnungen quälten ihn, ohne daß er die Kraft fand, ihrer Herr zu werden. Er war fest von einem bevorstehenden Unglück überzeugt, und so trieb es ihn zum Wills Tree zurück.

Und was ging dort vor, als er sich der Brücke näherte? Gräßliches Geschrei gellte vom Wills Tree herüber. »Hilfe! Hilfe!« – Es waren Töne des tiefsten Entsetzens, die da an ihre Ohren drangen.

»Tartelett! Tartelett!« schrie Godfrey; »der Unglücksrabe ist überfallen worden! Schnell, schnell!«

Mit einem Satz waren sie über die Brücke und zwanzig Schritt weiter sahen sie den armen Tanzmeister, der vor einem riesigen Krokodil die Furcht ergriff, so flink, wie ihn seine gelenkigen Beine nur trugen.

Das Krokodil war offenbar aus dem Flüßchen an Land gekrochen. Mit weit aufgerissenem Rachen schoß es hinter dem Tanzmeister her. Der arme Kerl, vor Entsetzen von Sinnen, rannte, statt im Zickzack, immer geradeaus, in äußerster Gefahr, von den scharfen Zähnen des gierigen Tiers gepackt zu werden. Da – jetzt stolperte er, stürzte. O Gott, nun war er verloren!

Godfrey blieb stehen. Angesichts dieser drohenden Gefahr verließ ihn die Ruhe nicht einen Augenblick. Er legte die Büchse an, spannte den Hahn und zielte dem Krokodil direkt aufs Auge.

Die Kugel traf das Ungetüm, das mit einem mächtigen Satz auf die Seite stürzte und bewegungslos am Boden liegen blieb.

Karefinotu sprang zu Tartelett und half ihm auf. Der Tanzmeister war

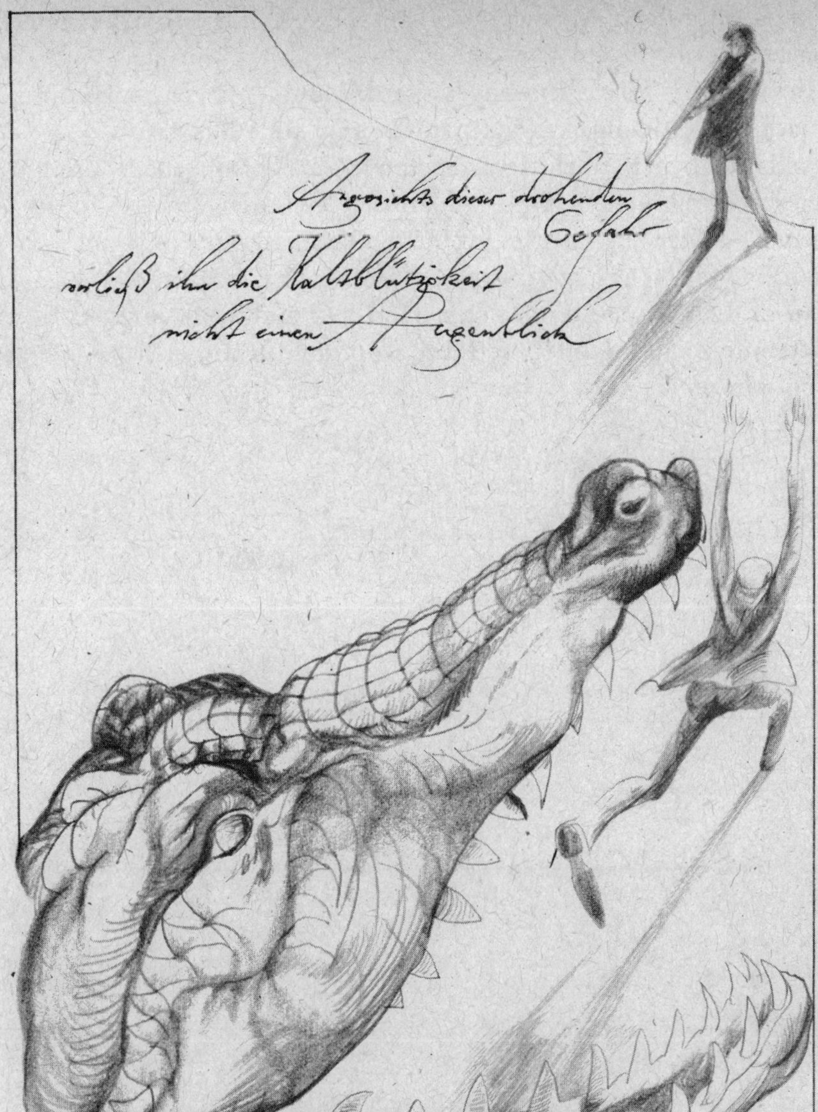
Angesichts dieser drohenden Gefahr
verließ ihn die Kaltblütigkeit
nicht einen Augenblick

mit dem Schrecken davongekommen, aber die Furcht saß ihm noch in allen Gliedern!

Es war sechs Uhr abends. Wenige Minuten später war Godfrey mit seinen beiden Gefährten wieder im Innern des Wills Trees.

Welch trüben Betrachtungen mußten sie sich hingeben während des Abendbrots. Welche langen schlaflosen Stunden harrten dieser drei Männer auf der Phina-Insel, wider die sich jetzt alles Unglück zusammentat!

Der arme Tanzmeister in seiner Herzens- und Seelenangst fand keine andern Worte als: »Ich will fort! Ich will fort», in denen sich seine ganze Furcht konzentrierte.

EINUNDZWANZIGSTES KAPITEL

Worin Karefinotu eine höchst verwunderliche Betrachtung anstellt

Nun war der unter diesen Breiten so rauhe Winter endlich gekommen. Das Thermometer sank schon erheblich, und es war zu erwarten, daß es noch weiter sinken würde. Godfrey durfte froh sein, daß er im Wills Tree einen Herd gebaut hatte. Die Palisade war inzwischen auch fertig geworden, und ein festes Tor sicherte den Durchgang.

Während der folgenden Wochen, also bis etwa Mitte Dezember, gab es viele Tage mit schlechtem Wetter, an denen man nicht ins Freie hinausging. Als erste Boten des Unwetters stellten sich heftige Wirbelstürme ein, die die Baumriesen bis in die Wurzeln hinein erschütterten, die das Erdreich mit losgerissenen Ästen und Zweigen bedeckten, was unseren Freunden freilich auch wieder zustatten kam, denn dadurch erhielten sie reichlichen Vorrat für den Ofen.

Man kleidete sich so warm wie nur möglich; die in dem Koffer gefundenen Wollstoffe waren ein wahrer Segen. Das Wetter wurde allerdings so schlimm, daß man trotzdem sorglich mit der Kleidung umzugehen gezwungen war.

Gejagt wurde nicht mehr, und bald fiel der Schnee so reichlich, daß sich Godfrey an die unwirtlichen Küsten des Polarmeeres versetzt meinte.

Daß Nordamerika wegen der Stürme aus Norden eins der kältesten Länder der Erde ist, ist bekannt. Der Winter zieht sich dort bis über den April hinaus, und um ihm zu widerstehen, muß man schon gewappnet sein. Daß die Phina-Insel weit nördlicher lag, als Godfrey angenommen hatte, war ein Grund zu reichlichem Nachdenken.

Diese ungünstige Lage hatte es nötig gemacht, das Innere des Wills Trees so wohnlich und behaglich wie möglich zu gestalten. Trotzdem hatte man unter Frost und Regen sehr zu leiden. Die Küchenvorräte nahmen bedenklich ab, das eingepökelte Schildkrötenfleisch ging langsam zur Neige; mehrmals mußten ein paar Hammel, Goldhasen oder Ziegen geopfert werden, deren Zahl sich seit der Landung auf der Insel im Grunde sehr spärlich vermehrt hatte.

Das alles brachte für Godfrey viele trübe Gedanken.

Zu allem Unglück wurde er auch noch krank und lag vierzehn Tage lang an einem schweren Fieber darnieder. Ohne die kleine Hausapotheke, die ihm die für seine Kur nötigen Arzneimittel lieferte, wäre er vielleicht gar nicht wieder auf die Beine gekommen. Zudem war Tartelett kaum geeignet, ihn während dieser Krankheit zu pflegen. Im wesentlichen hatte es Godfrey wohl Karefinotu zu verdanken, wenn er sich allmählich wieder erholte.

Dabei quälte ihn außerdem, daß er das alles nur sich selbst zuzuschreiben hatte. Wie oft rief er im Fieberwahn nach Phina, die er nie mehr im Leben wiederzusehen fürchtete, wie oft nach Onkel Will! Wie anders war doch die Wirklichkeit, wie weit war sie von den kindlichen Vorstellungen entfernt, die er sich von dem Leben eines Robinson gemacht hatte! Was mußte er alles von diesen Vorstellungen streichen! Fast hatte er die Hoffnung aufgegeben, diese Insel hier jemals wieder verlassen zu können.

So verging der Dezember, um dessen Ende Godfrey langsam wieder zu Kräften kam.

Tartelett dagegen befand sich ganz wohl und munter. Aber wieviel Gejammer war von ihm zu hören, wieviel Klagelieder stimmte er täglich an! Nicht einmal mehr die Taschengeige ließ er erklingen, denn durch die Kälte waren die Saiten gerissen.

Was Godfrey am meisten Sorge machte, war neben der Furcht vor dem Auftauchen von Raubtieren die Möglichkeit, daß die Wilden in größerer Zahl als zuvor wieder auf die Insel zurückkehren könnten; denn gegen einen Angriff von dieser Seite würden die Palisaden nur einen unzulänglichen Schutz gewährt haben.

Alles wohl erwogen, schienen die Äste hoch oben in der Sequoia noch den meisten Schutz zu bieten, und man bemühte sich um einen weniger beschwerlichen Aufstieg dort hinauf. Das enge Loch, durch das jeder kriechen mußte, der in den Wipfel des Baumes gelangen wollte, mußte sich doch jederzeit verteidigen lassen!

Karefinotu unterstützte Godfrey dabei, in regelmäßigen Abständen von einer Wand zur anderen Vorsprünge, die den Stufen einer Treppe glichen, anzubringen. Außerdem wurde ein Tau gespannt, an dem man sich emporhangeln konnte, so daß es möglich war, den Wipfel sehr schnell zu erreichen.

»Gut denn!« sagte Godfrey lächelnd, »nun können wir sagen, daß wir unten ein Stadthaus und oben ein Landhaus besitzen!«

»Lieber wäre mit freilich ein Keller in der Montgomery Street!« antwortete Tartelett.

Weihnachten ging vorüber, und das neue Jahr brach an. Ein halbes Jahr lang waren die Schiffbrüchigen der »Dream« nun schon von der übrigen Welt abgeschnitten. Das neue Jahr begann nicht sonderlich glücklich; so wie es begann, lag der Gedanke nahe, daß Godfrey und seinen Freunden noch schwere Prüfungen vorbehalten waren.

Bis zum 18. Januar hörte es nicht auf zu schneien, trotzdem ließ man das Vieh hinaus, damit es sich sein Futter selbst suchte. Als der Tag zur Neige ging, kam eine regnerische, kalte Nacht; die ganze Phina-Insel war in Nebel gehüllt, und unter den Sequoiariesen war es finster wie in einem Grab.

Godfrey und Karefinotu suchten auf ihrem Graslager vergeblich den Schlaf. Godfrey blätterte bei dem schwachen Lichtschein eines Kienbrands in seiner Bibel.

Gegen zehn Uhr vernahmen sie vom Nordteil der Insel her Gebrüll, das langsam näher kam.

Ein Irrtum war ausgeschlossen: Das Gebrüll stammte von wilden Tieren. Und was die Situation noch unheimlicher machte, das Geheul des Tigers und der Hyäne mischte sich diesmal mit dem Gebrüll des Panthers und des Löwen zu einem grausigen Konzert.

Godfrey, Tartelett und Karefinotu waren im Nu auf den Beinen; Angst hatte sie gepackt. Und wären sie in diesem Augenblick bessere Beobachter gewesen, hätten sie feststellen können, daß Karefinotu neben der Angst auch noch maßlose Verblüffung zeigte.

Zwei endlos lange Stunden blieben die drei Männer wie auf die Folter gespannt. Zeitweilig drang das Geheul aus kürzerer Entfernung zu ihnen; dann brach es plötzlich ab, oder es kam aus einer andern Richtung, als zögen diese Tiere plan- und ziellos durch die Insel. Vielleicht blieb so der Wills Tree von einem Überfall verschont?

Gleichviel, ob sie hierherkommen oder nicht, dachte Godfrey; gelingt es uns nicht, die Raubtiere alle zu vernichten, ist es mit unserer Sicherheit auf dieser Insel ein für allemal vorbei!

Kurz nach Mitternacht setzte das Gebrüll erneut und aus kürzerer Entfernung wieder ein. Es ließ sich gar nicht daran zweifeln, daß sich die Tiere dem Wills Tree näherten! Ja, es gab keinen Zweifel! Aber wo kamen diese Raubtiere nur her? Sie konnten ja schließlich nicht übers Wasser geschwommen sein! Sie waren also von Anfang an hier gewesen. Nur – wo hatten sie sich dann bisher versteckt, so daß man, von wenigen Ausnahmen abgesehen, nie auch nur das geringste von ihnen bemerkt hatte? Wo befanden sich jene geheimnisvollen Höhlen, in denen diese Löwen, Hyänen, Panther und Tiger hausten? Zu all diesen Dingen, für die sich bislang keinerlei Erklärung hatte finden lassen, gesellte sich nun noch das – und war nicht gerade das am allerwenigsten zu begreifen und zu erklären?

Karefinotu hörte dieses Gebrüll, wollte es jedoch einfach nicht glauben! Daß sogar er maßlos verblüfft war, ist bereits gesagt worden. Wie es in seinem Kopf arbeiten mußte, das sah man an den wunderlichen Grimassen, die er schnitt.

Tartelett seufzte, jammerte und murrte in seinem Winkel. Er wollte wissen, wie und warum das alles so war, Godfrey freilich war weder in der Stimmung noch in der Verfassung, ihm Rede und Antwort zu stehen. Er sah die große Gefahr, und er suchte nach Mitteln und Wegen, ihr zu entrinnen. Ein paarmal unternahm er mit Karefinotu einen Vorstoß bis zur Palisade. Sie wollten sich vergewissern, ob das Tor noch in Ordnung war. Plötzlich wälzte sich ein Lawine von Vierbeinern mit lautem Getöse zum Wills Tree heran. Es waren die Ziegen, die Hammel und die Goldhasen. Von Entsetzen gepackt durch das Geheul der wilden Tiere, deren Nähe sie witterten, waren sie von der Weide geflohen und suchten Schutz hinter der Palisade.

»Wir müssen das Tor öffnen, müssen sie hereinlassen!« rief Godfrey.

Karefinotu nickte.

Um Godfrey zu verstehen, brauchte er wahrlich nicht dieselbe Sprache zu reden!

Das Tor wurde aufgerissen, und der ganze entsetzte Schwarm drang herein. Im selben Augenblick funkelte aber von der offenen Pforte her ein wilder Schein aus einem seltsamen Augenpaar.

Es war keine Zeit mehr, das Tor zu schließen. Karefinotu stürzte sich auf Godfrey, riß ihn mit sich fort und stieß ihn in den Wills Tree, warf die Tür hinter sich zu und das alles in Blitzesschnelle.

Erneutes Gebrüll verriet, daß drei oder vier Raubtiere den Weg durch die Pforte gefunden haben mußten. Zu diesem schauerlichen Gebrüll gesellte sich nun ein Geblök und Geknurr, wie es sich entsetzlicher nicht denken läßt. Godfrey und Karefinotu waren zu den beiden kleinen Fenstern, die in die Sequoiarinde gebrochen worden waren, emporgeklettert und versuchten zu beobachten, was draußen in der Dunkelheit vorging. Die Herde, wie in einer Falle gefangen, war den Klauen des Raubzeugs – ob Tiger oder Löwen, Panther oder Hyänen, konnte man noch nicht sagen – überliefert, das sich jedenfalls schon über sie hergemacht hatte.

Da griff Tartelett, in einem Anfall blinden Schreckens, unvernünftigen Entsetzens, zu einer der Büchsen, in der Absicht, auf gut Glück durch eins der Fensterlöcher zu schießen, aber Godfrey verwehrte ihm das.

»Nein!« rief er, »Sie sehen ja nichts, und jeder Schuß wird verloren sein! Und unnötig vergeuden dürfen wir unsere Munition nicht! Warten wir, bis es hell wird!«

Er hatte recht. Die Kugeln hätten ebensogut die Haustiere treffen können – weit eher sogar, da sie doch in größerer Zahl als die Raubtiere vorhanden waren. Sie zu retten war unmöglich. Wurden sie geopfert, konnte man vielleicht damit rechnen, daß die Raubtiere, wenn sie sich gesättigt hatten, vor Sonnenaufgang wieder verschwinden würden. Dann würde man ja sehen, was am besten zu tun wäre, um sich gegen einen neuen Angriff zu schützen.

Während dieser so dunklen Nacht war es doch bestimmt am besten, die Anwesenheit von Menschen vor diesem Raubzeug zu verbergen. Vielleicht ließ sich auf diese Weise sogar ein direkter Angriff auf den Wills Tree verhindern.

Da Tartelett unfähig war, für Vorhaltungen jeglicher Art Verständnis zu zeigen, begnügte sich Godfrey damit, ihm die Waffe aus der Hand zu nehmen. Der Professor warf sich nun auf sein Lager, verwünschte alles Reisen, alle Reisenden, all das besessene Volk, das nicht ruhig in seinen vier Pfählen bleiben konnte.

Seine beiden Kameraden hatten sich wieder an den Fenstern postiert. Von dort aus sahen sie, ohne etwas dagegen tun zu können, dem grausigen Massaker zu, das da vor ihren Augen ablief. Allmählich verstummte das Geschrei der Hammel und der Ziegen; entweder waren sie alle schon tot, oder aber die Mehrzahl von ihnen war ins Freie entwischt, wo ihrer der Tod mit nicht weniger Sicherheit wartete. Für die kleine Kolonie würde das freilich ein unwiederbringlicher Verlust sein; doch Godfrey hatte kein Verlangen mehr, sich mit der Zukunft zu befassen. Die Gegenwart war beunruhigend genug, und sie nahm alle seine Gedanken in Anspruch.

Nichts vermochte getan zu werden, dieses Werk der Vernichtung zu verhindern.

Es mochte gegen ein Uhr nachts sein, als das Gebrüll für einige Zeit aussetzte. Godfrey und Karefinotu hielten weiter Ausschau; es kam ihnen so vor, als glitten nach wie vor große Schatten innerhalb der Umzäunung entlang, während jetzt ein anderes Geräusch von Schritten zu ihren Ohren drang. Offensichtlich witterten einige Raubtiere, die sich verspätet haben mochten und nun von dem Blutgeruch, der die Luft erfüllte, angelockt wurden, daß es um den Wills Tree noch etwas anderes gab. Sie liefen hin und her, immer wieder um den Baum herum und ließen ein dumpfes Gebrüll hören; manche von diesen Schemen schossen wie Riesenkatzen mit gewaltigen Sätzen durch die Luft. Die Herde hatte also nicht gereicht, die Blutgier der Raubtiere zu befriedigen.

Weder Godfrey noch einer seiner Kameraden bewegt sich. Wenn sie sich absolut still verhielten, war es vielleicht doch noch möglich, einem direkten Angriff aus dem Weg zu gehen.

Ein unglücklicher Zufall verriet plötzlich ihre Gegenwart und brachte sie in erheblich größere Gefahren.

Tartelett war einer Sinnestäuschung zufolge aufgestanden, hatte einen Revolver ergriffen und diesmal, ehe Godfrey oder Karefinotu ihn daran hatten hindern können, ohne zu wissen, was er tat, in der Meinung vielleicht, einen Tiger vor sich zu sehen, in die Nacht hineingeschossen. Die Kugel war durch die Tür des Wills Trees gedrungen.

»Unglücksmensch!« rief Godfrey und warf sich auf den Professor, während der Schwarze ihm die Waffe entwand.

Es war zu spät. Die Raubtiere waren alarmiert, und draußen erdröhnte stärkeres Gebrüll. Man hörte, wie mit furchtbaren Krallen draußen an der Rinde der Sequoiariesen gekratzt wurde. Gewaltige Stöße erschütterten die Tür, die nicht kräftig genug war, diesem Ansturm zu widerstehen.

»Verteidigen wir uns!« schrie Godfrey, und mit der Büchse im Arm, die Patronentasche am Gürtel, trat er wieder auf seinen Posten an dem einen der beiden Fenster zurück.

Zu seiner nicht geringen Verwunderung hatte es Karefinotu ebenso gemacht. Ja, der Schwarze hatte die andere Büchse genommen – eine Waffe, die er nie zuvor in Händen gehabt hatte! –, hatte sich die Taschen voll Patronen gestopft und postierte sich ans andere Fenster.

Nun fing es an zu knallen, ein Schuß folgte auf den andern! Zu beiden Fensterlöchern hinaus! Wenn das Pulver aufblitzte, konnte Godfrey auf der einen, Karefinotu auf der andern Seite deutlich sehen, mit was für Feinden sie es zu tun hatten.

Dort, innerhalb der Palisaden, bäumten sich, heulend vor Wut, brüllend unter dem Knall der Schüsse, Löwen, Tiger, Panther, Hyänen – es waren mindestens zwanzig! Manche stürzten, von Kugeln getroffen – ihr weithin schallendes Gebrüll lockte bestimmt andere Raubtiere herbei, die die Zahl der Getöteten reichlich ersetzen würden. Schon ließ sich auch wieder von weitem Gebrüll wahrnehmen, das sich mehr und mehr dem Wills Tree näherte. Es war, als sei plötzlich eine ganze Menagerie über die Insel losgelassen worden!

Ohne sich um Tartelett zu kümmern, der ihnen doch nichts nützen würde, mühten sich Godfrey und Karefinotu, die beide kaltes Blut bewahrten, treffsicher zu schießen; keine einzige Kugel sollte verloren sein! Deshalb warteten sie, bis ein Schatten über den Platz vor dem Fenster glitt, dann knallte der Schuß und saß auch, denn fast unmittelbar darauf bewies ein Geheul, daß wieder ein Tier getroffen worden war.

Nach einer weiteren Viertelstunde schien es, als wolle Ruhe eintreten. Das Raubzeug wurde nun wohl eines Angriffs überdrüssig, der schon vielen von ihm das Leben gekostet hatte, oder warteten die Tiere vielleicht das Tageslicht ab, um ihren Angriff unter günstigeren Bedingungen fortzusetzen?

Gleichviel wie es sich damit verhielt, weder Godfrey noch Karefinotu wichen von ihrem Posten. Der Schwarze hatte sich seiner Büchse mit demselben Geschick bedient wie Godfrey. Lag hier wirklich nur Nachahmung vor, muß man sagen, daß Karefinotu ganz vorzüglich nachgeahmt hatte.

Gegen zwei Uhr morgens begann der Angriff erneut, und zwar wilder und heißer als zuvor. Die Gefahr wurde riesengroß; die Position im Wills Tree würde sich nicht länger halten lassen. Diesmal schienen sich die Raubtiere am Fuß der Sequoia zu sammeln. Weder Godfrey noch Karefinotu konnten deshalb die Raubtiere sehen, also auch nicht mit Aussicht auf Erfolg ihre Schußwaffen gebrauchen.

Jetzt hatten die Tiere die Tür aufs Korn genommen, und es war nur zu gewiß, daß sie unter ihrem Anprall nachgeben würde.

Godfrey war mit Karefinotu wieder auf den Boden hinunter gestiegen. Schon wankte die Tür unter den Prankenhieben von außen, heißen Atem fühlte man durch die Risse in der Rinde dringen.

Godfrey versuchte mit Karefinotus Beistand, die Tür durch die Pfähle zu sichern, die ihre Lagerstätten zusammenhielten; aber so fest sie auch in die Erde gestemmt wurden – ausreichen würde das nicht. Ohne Frage mußte die Tür in wenigen Minuten gesprengt sein, denn das Raubzeug stürmte voller Wut gegen sie an – vor allem, da es von keinem Schuß mehr getroffen wurde. Godfrey sah sich also zur Untätigkeit verurteilt. Was vermochte er denn noch zu tun, wenn die Angreifer in den Wills Tree eindrangen? Die Waffen, die unsere Freunde besaßen, würden nicht mehr für die Verteidigung ausreichen. Godfrey kreuzte die Arme. Er sah, wie sich die Türangeln langsam auseinanderbogen! Er vermochte nichts dagegen zu tun. In einem Augenblick von Schwäche fuhr er sich mit der Hand über die Stirn, wie von Verzweiflung übermannt. Aber fast ebensoschnell gewann er die Herrschaft über sich und rief:

»Hinauf! Hinauf! Alle hinauf!«

Mit der Hand wies er auf den schmalen schlauchartigen Gang, der nach oben führte. Karefinotu griff ebenso wie er zu Büchse und Revolver und stopfte sich die Taschen wieder mit Patronen voll. Jetzt galt es, Tartelett zu bewegen, mit ihnen in die Höhe hinauf zu klettern, wohin er sich bisher noch nie gewagt hatte.

Aber – Tartelett war nicht mehr da! Ein Blick hinauf ... Godfrey sah gerade noch die beiden Tanzfüßchen oben verschwinden. Tartelett war ihnen vorausgeeilt, während sie unten geschossen hatten.

»Hinauf!« rief Godfrey wieder.

Es war ein letzter Rückzug, doch dort oben durfte man mit einiger Sicherheit rechnen, vor dem Raubzeug geschützt zu sein. Auf alle Fälle würde man sich wenigstens bequem von dem Gang aus verteidigen können, durch den man aufsteigen mußte, wenn es wirklich ein Tiger oder Panther versuchen sollte, in den Wipfel der Sequoia zu klettern.

Godfrey und Karefinotu waren noch keine dreißig Fuß hinaufgestiegen, da erscholl im Innern des Wills Trees Geheul.

Hätten sie auch nur wenige Augenblicke gezögert, wäre es um sie geschehen gewesen. Eben zersplitterte unten die Tür. Mit ein, zwei Sätzen waren sie oben und erreichten endlich die Mündung des Gangs. Ein Entsetzensschrei empfing sie. Er kam aus Tarteletts Mund. Der unglückliche Tanzmeister hatte geglaubt, ein Panther oder ein Tiger käme hinter ihm her! Von entsetzlicher Furcht gepackt, das Gleichgewicht verlierend, klammerte sich der Ärmste an einen Ast.

Karefinotu eilte ihm zu Hilfe und nötigte ihn, sich auf einen dickeren Ast zu setzen, wo er ihn mit seinem Gürtel festschnürte. Während sich Godfrey auf einem Fleck, von wo aus er die Mündung des schmalen Gangs beherrschte, einen Sitz suchte, hockte sich Karefinotu ihm gegenüber, so daß sie beide die Mündung des Gangs unter Feuer nehmen konnten.

Nun warteten sie.

Unter diesen Umständen hofften die Belagerten, jedem Angriff standzuhalten.

Inzwischen bemühte sich Godfrey herauszufinden, was unter ihm vorging; aber die Nacht war noch immer sehr dunkel. Nun versuchte er es

Und im selben Augenblick
erfolgte eine furchtbare
Explosion

mit Hören, und das unablässig zu ihm heraufdringende Gebrüll sagte ihm, daß die Belagerer gar nicht daran dachten, das Feld zu räumen.

Plötzlich, gegen vier Uhr, wurde es unten rings um den Baum taghell, Gleichzeitig stieg ein scharfer, brenzliger Rauch durch die Gangmündung bis in den Wipfel empor.

»Was ist denn das nun?« rief Godfrey.

Die Sache fand bald ihre Erklärung. Das Raubzeug hatte alles im Innern des Wills Trees kurz und klein gestampft und dann die Glut aus dem Herd verstreut. Im Nu hatte das Feuer alles Brennbare ergriffen. Die Flamme erfaßte die trockene Baumrinde, die sehr schnell aufloderte. Die Riesensequoia stand am Fuß in Brand.

Die Situation wurde also schlimmer als je zuvor.

Deutlich konnte man im Feuerschein, der den Umkreis der Sequoiagruppe erhellte, das Raubzeug am Fuß des Wills Tree herumspringen sehen.

Fast im selben Augenblick erfolgte eine furchtbare Explosion. Die Sequoia, gewaltig geschüttelt, erbebte von den Wurzeln bis zu den höchsten Zweigen hinauf.

Der Pulvervorrat in der Behausung war explodiert, und der Explosionsdruck jagte, wie durch ein Kanonenrohr, die Pulvergase durch den schlauchartigen Gang. Wenig fehlte, so wären Godfrey und Karefinotu von ihrem Sitz gerissen worden, und wäre Tartelett nicht so fest angebunden gewesen, er hätte jetzt gewiß unten am Boden gelegen.

Durch die Explosion erschreckt, hatte das Raubzeug, zum Teil mehr, zum Teil weniger verwundet, die Flucht ergriffen.

Gleichzeitig dehnte sich aber der Brand immer weiter aus. Im Innern des gewaltigen Stammes loderten die Flammen empor und ergriffen mit jeder Minute mehr von dem Stamm. Bald züngelten sie bis zu der Stelle, wo sich die ersten Äste gabelten. Als wenn Dutzende von Revolvern knatterten, hörte sich das Krachen und Prasseln des dürren Holzes an.

Bald hatte der Brand sogar die untersten Äste der Sequoia erfaßt und bedrohte die Stelle, wohin sich Godfrey mit seinen beiden Kameraden geflüchtet hatte. Sollten sie denn wirklich von dem Feuer verzehrt werden, gegen das sie nicht ankämpfen konnten, oder würde ihnen nur der einzige Ausweg bleiben, sich von der Höhe dieses Baums hinabzustürzen, wenn sie den Flammen entrinnen wollten?

In beiden Fällen bedeutete es den Tod!

Godfrey suchte und sann noch immer, ob sich nicht doch vielleicht ein Ausweg böte, diesem furchtbaren Geschick zu entrinnen. Er sah keinen – er fand keinen! Schon brannten die unteren Äste lichterloh, und dicker Qualm trübte den ersten Schimmer des im Osten heraufdämmernden Tags.

In diesem schrecklichen Augenblick erfolgte ein gewaltiges Knistern, Bersten und Krachen. Der bis auf die Wurzeln ausgebrannte Baumriese zerplatzte mit einem einzigen unheimlichen Knall, kippte, schlug um, aber im Umfallen traf der Stamm auf die Stämme der nebenstehenden Bäume. Ihre Äste verfingen sich ineinander, und in schräger Lage blieb der Baum stehen.

Als die Sequoia kippte, hielten sich Godfrey und seine Kameraden für verloren.

»Neunzehnter Januar!« schrie da eine Stimme, die Godfrey, so sehr er von Entsetzen gepackt worden war, doch erkannte.

Karefinotu hatte die beiden Wörter geschrien – jawohl! Karefinotu war es gewesen. Er hatte die Wörter in englischer Sprache geschrien, in jener Sprache, die er bisher weder verstehen noch reden zu können schien.

»Was sagst du?« rief Godfrey, der sich durch die Zweige zu ihm hinunter hatte gleiten lassen.

»Was ich sage?« wiederholte Karefinotu, »daß heute Ihr Onkel William kommen muß – und daß wir, wenn er nicht kommt, verloren sind!«

ZWEIUNDZWANZIGSTES KAPITEL

Worin endlich eine Erklärung für alle die Ereignisse gegeben wird, die bisher absolut unerklärlich schienen

In diesem Augenblick, und ehe noch Godfrey etwas darauf hatte erwidern können, knallten in kurzer Entfernung vom Wills Tree Schüsse. Gleichzeitig und rechtzeitig prasselte einer jener Gewitterregen nieder, die richtigen Wasserfällen gleichen, und schüttete seine Sintflut auf die brennende Sequoia, gerade als die Flammen auf die andern Bäume überzugreifen drohten, an die sich der Wills Tree gelehnt hatte.

Was dachte Godfrey wohl von dieser Folge unbegreiflicher Vorgänge? Karefinotu sprach Englisch wie ein aus London gebürtiger Engländer, nannte ihn bei seinem Namen, sprach von der nahe bevorstehenden Ankunft des Onkel Wills. Und was bedeuteten die Schüsse, die eben gefallen waren? Er fragte sich, ob er noch normal wäre, fand aber nur Zeit dazu, sich diese Fragen zu stellen. Eine Antwort wurde ihm nicht gegeben.

In diesem Augenblick – kaum fünf Minuten nach den ersten Flintenschüssen – tauchte unten ein Trupp Matrosen auf. Im Nu glitten Godfrey und Karefinotu den Stamm hinunter, dessen Innenwände noch brannten. Und gerade, als Godfrey den Boden erreicht hatte, hörte er sich beim Namen rufen, von zwei Stimmen, deren jede er, selbst in diesem Übermaß von Angst und Unruhe, unmöglich verkennen konnte.

»Godfrey, sei mir gegrüßt!«

»Godfrey, liebster Godfrey!«

»Onkel Will? Phina! Ihr hier?« schrie Godfrey außer sich.

Gleich darauf lag er in den Armen des Onkels, und dann drückte er die Braut an seine Brust. Unterdes kletterten auf Kapitän Turcottes Kommando – der die kleine Schar führte – zwei Matrosen an dem Sequoiariesen hinauf, um Tartelett zu erlösen – mit aller seiner Persönlichkeit schuldigen Rücksicht »pflückten« sie ihn von dem Ast, an dem er noch immer fest angegurtet war. Und dann gab es viele Fragen und viele Antworten.

»Onkel Will! Sie hier?«

»Jawohl, wir sind hier!«

»Aber wie haben Sie nur die Phina-Insel gefunden?«

»Phina-Insel!« sagte William W. Kolderup. »Spencer Island willst du wohl sagen! Na, schwer war das nicht, ich habe sie ja vorm halben Jahr gekauft!«

»Spencer Island?«

»Der du meinen Namen gegeben hast, liebster Godfrey?« sagte das junge Mädchen.

»Dieser neue Name gefällt mir ausgezeichnet«, antwortete der Onkel, »den werden wir beibehalten. Vorläufig jedoch, und auch für die Herren Geographen, bleibt's noch beim alten, also bei Spencer Island, das knapp drei Tagesreisen von San Francisco entfernt liegt und auf der ich dich deine Robinson-Lehrzeit durchmachen ließ – meiner Meinung nach zu Deinem Nutzen!«

»Oh, lieber Onkel, ach, Onkel Will, was reden Sie da?« rief Godfrey. »Wenn es wahr ist, was Sie da sagen, kann ich Ihnen nur darauf antworten, daß ich das ganz und gar nicht verdient habe! Und, Onkel Will, wie war das denn mit dem Schiffbruch der ›Dream‹? Bitte, sagen Sie mir . . .«

»Erlogene Komödie«, antwortete William W. Kolderup, der sich seiner Lebtage nicht bei so guter Laune gesehen hatte – »die ›Dream‹ ist ganz gemütlich unter Wasser gegangen, nach den Turcotte erteilten Instruktionen hat er das Schiff einfach voll Wasser laufen lassen – das ist das ganze Geheimnis! Du hast dir gesagt, die ›Dream‹ sei wirklich untergegangen; als aber der Kapitän gesehen hat, daß du mit Tartelett glücklich an Land gelangt warst, hat er das Wasser wieder ausgepumpt und ist drei Tage später in San Francisco vor Anker gegangen und hat uns heute, an dem vereinbarten Tag, auf Spencer Island gebracht!«

»Also ist niemand bei dem Schiffbruch umgekommen?« fragte Godfrey.

»Keine Seele, wenn nicht vielleicht der Unglücksmensch von Chinesen, der sich an Bord versteckt hatte und den man nicht wieder gefunden hat!«

»Und die Prau?«

»Komödie, fauler Zauber, das Ding habe ich bauen lassen!«

»Und die Wilden?«

»Es waren Theaterwilde – die zum Glück von deinen Flintenschüssen nicht getroffen worden sind!«

»Und Karefinotu?«

». . . war Humbug, schwarz lackiert – oder vielmehr mein treuer Jup Braß, der seine Freitagrolle, wie ich an dir selber sehe, erstaunlich gut gespielt hat.«

»Ja!« erwiderte Godfrey; »zweimal hat er mir das Leben gerettet, bei einer Begegnung mit einem Bären und einem Tiger!«

»Der Bär war Spielerei, genauso wie der Tiger!« rief William W. Kolderup und hielt sich den Bauch vor Lachen. »Alle beide sind, hübsch in Stroh verpackt, auf deiner Insel gelandet worden, ohne daß du was davon gemerkt hast – zusammen mit Jup Braß und seinen Kameraden!«

»Sie haben doch Kopf und Tatzen bewegt!«

»Mechanische Spielerei! Jup Braß hat in der Nacht die Feder aufgezogen, immer kurz bevor er dich mit dem Viehzeug zusammenbrachte.«

»Was? So – so verhält sich das?« fragte Godfrey wiederholt, nicht wenig beschämt, daß er sich so hatte hinters Licht führen lassen.

»Ja, auf deiner Insel wär's dir sonst gar zu gut gegangen. Einige Aufregungen wollte ich dir schon bescheren.«

»Aber, Onkel Will«, erwiderte da Godfrey, dem es jetzt selbst zum Lachen war, »wenn es Ihr Wille war, uns auf solche Proben zu stellen, warum haben Sie dann einen Koffer geschickt mit all den Dingen, die wir so nötig brauchten?«

»Ich, einen Koffer?« fragte William W. Kolderup, »was für einen Koffer? Ich habe dir keinen Koffer geschickt. Sollte etwa zufällig . . .?« Bei diesen Worten drehte er sich zu Phina um, die verschämt zu Boden blickte.

»Ach, wirklich – einen Koffer? Da muß Phina allerdings einen Komplizen gehabt haben.« Und Onkel Will drehte sich zu Kapitän Turcotte um, der nun hell auflachte.

»Ei, ei, Herr Kolderup, was haben Sie nur gedacht?« erwiderte er, »ich kann wohl zu Ihnen nein sagen, aber zu Miß Phina? Nein, das war zu schwer. Vor vier Monaten, als Sie mich zu der Kontrollfahrt hierher schickten, bin ich in meinem Kahn auf die Insel hinübergefahren und habe besagte Kiste an Land gesetzt!«

»Phina, meine Phina!« rief Godfrey und umarmte das Mädchen.

»Turcotte! Sie haben mir doch versprochen, reinen Mund zu halten!« sagte Phina errötend.

Onkel William W. Kolderup bemühte sich umsonst, seine gewaltige Erregung zu verbergen, und schüttelte den Kopf. Wenn allerdings Godfrey ein frohes Lächeln nicht zurückhalten konnte, als er die ihm vom Onkel gegebenen Erklärungen hörte, so zeigte Professor Tartelett keine Spur von Heiterkeit. Ihm ging, was er vernahm, schrecklich nahe, er fühlte sich darüber furchtbar gekränkt! Er, der Professor für Tanzkunst und Anstandslehre, war das Opfer eines solchen üblen Scherzes gewesen! Mit unendlicher Würde trat er einen Schritt vor und sagte:

»Herr William W. Kolderup wird doch wohl, meine ich, nicht behaupten wollen, daß das ungeheure Krokodil, dessen unglückliches Opfer ich beinahe geworden wäre, aus Pappe und mit Federn aufgezogen war?«

»Ein Krokodil?« wiederholte der Onkel.

»Jawohl, Herr Kolderup«, sagte jetzt Karefinotu, den wir mit seinem Einverständnis nun wieder unter seinem rechten Namen Jup Braß führen wollen, »jawohl, ein richtiges Krokodil, das sich auf Herrn Tartelett gestürzt hat, und das ich in meiner Menagerie nicht mit auf die Insel gebracht habe!«

Godfrey erzählte nun, was sich vor einiger Zeit zugetragen hatte, das plötzliche Erscheinen von allerlei Raubzeug, von richtigen Löwen, richtigen Tigern, richtigen Panthern, dann die förmliche Überschwemmung der Insel durch richtige Schlangen, von denen man vier Monate lang auf ihr nicht die geringste Spur wahrgenommen hatte.

William W. Kolderup geriet nun seinerseits aus der Fassung, denn er begriff von allen diesen Dingen kein Sterbenswort. Spencer Island war doch – wie seit langer Zeit bekannt – von Raubzeug völlig frei und sollte, nach dem Wortlaut der Verkaufsurkunde, kein einziges gefährliches Tier beherbergen.

Er verstand ebensowenig, was Godfrey ihm von allen Versuchen erzählte, die er angestellt hatte, um jenem Rauch auf den Grund zu kommen, der sich zu wiederholten Malen auf verschiedenen Punkten der Insel gezeigt hatte. Kein Wunder, daß sich angesichts dieser Enthüllungen nun ein gewisser Ärger und Unwille in William W. Kolderups Miene zeigte. Weckte das doch in ihm den Gedanken, daß nicht alles genau nach seinen Instruktionen abgelaufen, nicht nach dem Programm gegangen war, das aufzustellen er allein ein Recht gehabt hatte.

Was nun Tartelett betrifft, so war ihm einfach nicht beizubringen, daß er einem gewaltigen Humbug aufgesessen war. Er hatte keinen fingierten Schiffbruch erlitten, war mit keinen fingierten Wilden noch fingierten Bestien aneinandergeraten. Und am allerwenigsten wollte er auf den errungenen Ruhm verzichten, durch seinen ersten Büchsenschuß mindestens den Häuptling eines polynesischen Stammes niedergestreckt zu haben – einen der Hausangestellten im Palais Kolderup, der sich übrigens genauso wohl und munter befand wie Tartelett selbst!

Alles war nun besprochen, alles erklärt, bis auf die eine höchst wichtige Frage: Was war mit dem richtigen Raubzeug, und was war mit dem Rauch? Das war eine Angelegenheit, ganz angetan, sogar Onkel Will nachdenklich zu machen; aber als praktischer Mann fand er bald so viel

Willenskraft, die Lösung dieser Rätsel auf einen späteren Termin zu vertagen, und sagte deshalb, zu seinem Neffen gewandt:

»Godfrey, du hast doch immer so sehr für Inseln geschwärmt, daß ich dir mit der Mitteilung, daß die Phina-Insel dein Eigentum, dein alleiniges Eigentum ist, gewiß nichts Unangenehmes sage, vielleicht sogar deinen Wünschen die Krone aufsetze! Ich mache dir die Phina-Insel zum Geschenk; du kannst dich auf deiner Insel bewegen und verhalten, wie du willst – kannst mit ihr machen, was du willst! Dich mit Gewalt von hier wegzujagen, das fällt mir nicht ein. Bleib dein ganzes Leben lang ein Robinson, wenn das nach deinem Geschmack ist.«

»Ich!« antwortete Godfrey, »ich, mein ganzes Leben lang!«

Da trat Phina einen Schritt vor und fragte:

»Godfrey, willst du wirklich auf dieser Insel bleiben?«

»Eher sterben!« schrie er und reckte sich mit einem Feuer auf, das nun wirklich nicht gespielt war. Aber dann besann er sich sehr schnell und fügte hinzu: »Ja, ich will auf meiner Insel bleiben; doch unter drei Bedingungen« – bei diesen Worten griff er nach der Hand des jungen Mädchens –, »nämlich erstens: Du mußt bei mir bleiben, Phina! Zweitens: Onkel Will muß sich verpflichten, zu uns auf die Insel zu ziehen! Drittens: Der Schiffsgeistliche der ›Dream‹ muß uns noch heute trauen.«

»Einen Schiffsgeistlichen gibt's auf der ›Dream‹ nicht, Godfrey!« antwortete Onkel Will. »Das weißt du recht gut, ich denke allerdings, in San Francisco gibt's genug würdige Herren Pastoren, von denen sich einer bereit findet, uns diesen Dienst zu erweisen. Ich glaube also deinen Wünschen zu entsprechen, wenn ich dir sage, daß wir morgen wieder in See stechen.«

Vorher jedoch verlangten Phina und Onkel Will, daß Godfrey ihnen seine Insel zeige, und kurz darauf machten sie sich auf den Weg, und bald standen sie an der kleinen Brücke.

Ja, von der Wohnstube im Innern des Wills Tree fand sich nichts mehr, der Brand hatte alles restlos verzehrt! Wäre William W. Kolderup nicht gekommen, würden unsere Robinsons, jetzt im Winter, nachdem ihr kleiner Hausvorrat vernichtet war, nachdem sich Raubzeug über Raubzeug auf der Insel eingenistet hatte, wahrscheinlich noch Schlimmes erlebt haben!

»Onkel Will«, sagte da Godfrey, »wenn ich dieser Insel den Namen Phina gegeben habe, darf ich wohl nicht unerwähnt lassen, daß der Baumriese, in dem wir unsere Wohnung aufgeschlagen hatten, den Namen Wills Tree führte.«

»Na«, sagte der Onkel daraufhin, »wollen wir uns einen Absenker davon nehmen und ihn bei mir in Frisco im Garten einsetzen.«

Auf diesem Spaziergang kam in der Ferne einiges Raubzeug in Sicht, das sich aber nicht wagte, den zahlreichen und gut bewaffneten Trupp Matrosen der »Dream« anzugreifen. Dennoch fand sich keine Erklärung für die Anwesenheit dieser Tiere.

Nun kehrte man an Bord zurück, jedoch nicht ohne daß Tartelett um die Erlaubnis gebeten hätte, »sein Krokodil« als Beweisstück mit an Bord zu nehmen – eine Erlaubnis, die ihm gern erteilt wurde.

Gegen Abend saß alles in der großen Kajüte der »Dream« beisammen, um bei einem fröhlichen Gelage das Ende von Godfrey Morgans Prüfungen und seine Verlobung mit Phina Hollaney zu feiern.

Am folgenden Tag, dem 20. Januar, lichtete die »Dream« unter dem Kommando des Kapitäns Turcotte die Anker. Gegen acht Uhr morgens sah Godfrey, nicht ohne einige Rührung, am westlichen Horizont diese Insel, auf der er so lange Zeit eine Schule durchgemacht hatte, deren Lehren er sein ganzes Leben nicht vergessen sollte, wie einen Schatten verschwinden.

Die Überfahrt ging schnell vonstatten. Das Meer war wunderbar glatt. Ein günstiger Wind erlaubte, die Schonersegel zu setzen. Ja, diesmal steuerte Turcotte schnurgerade auf sein Ziel zu, suchte niemand an der Nase zu führen, machte nicht, wie auf der ersten Fahrt, Umwege über Umwege, er büßte an Fahrt während der Nacht nicht ein, was er tagsüber gewonnen hatte!

Am 23. Januar mittags, nach glücklichem Passieren von Golden Gate und der großen Bucht von San Francisco, machte das Schiff an seinem Liegeplatz fest.

Un wem begegnete man da?

Aus dem Kielraum herauf stieg ein Mensch, dem es zum zweitenmal gelungen war, sich auf der »Dream« zu verstecken, nachdem er sie in der Nacht, als sie an der Phina-Insel vor Anker lag, durch Schwimmen erreicht hatte.

Und wer war dieser Mensch?

Der Chinese Seng-Wu war es, der die Rückreise ebenso vorgenommen hatte wie die Hinreise.

Seng-Wu trat auf William W. Kolderup zu.

»Bitte Herrn Kolderup untertänigst um Verzeihung«, sprach er äußerst höflich, »als ich an Bord der ›Dream‹ ging, war ich der Meinung, die Fahrt bringe mich direkt nach Schanghai, meiner Heimat, wohin ich zurückkehren wollte. Nachdem ich aber sehe, daß wir wieder in San Francisco sind, verlasse ich das Schiff!«

Alle waren verblüfft ob dieser Erscheinung, und keiner wußte, was er dem Eindringling antworten sollte, der sie lächelnd ansah.

»Du hast doch kein halbes Jahr lang unten im Kielraum gesteckt, he?« rief endlich William W. Kolderup.

»Nein!« antwortete Seng-Wu.

»Wo denn?«

»Auf der Insel!«

»Du?« schrie Godfrey.

»Ja, ich!«

»Und der Rauch?«

»Man mußte sich doch Feuer machen!«

»Und du hast nicht versucht, dich uns zu nähern, mit uns gemeinsam zu leben?«

»Ein Chinese lebt gern allein«, sagte Seng-Wu ruhig. »Er ist sich selbst genug und braucht niemand!«

Nach diesen Worten verneigte er sich vor William W. Kolderup, sprang an Land und verschwand.

»Da sieht man, aus welchem Holz die echten Robinsons geschnitzt sind!« rief Onkel Will. »Sieh den an, und dann sieh, ob du ihm ähnelst!«

»Fein!« sagte Godfrey, »der Rauch ist also durch Seng-Wus Anwesenheit erklärt – aber das Raubzeug?«

»Und mein Krokodil?« ergänzte Tartelett. »Ich rechne damit, daß man mir für mein Krokodil die Erklärung nicht schuldig bleibt!«

Onkel William W. Kolderup fuhr sich in höchster Verlegenheit, denn er fühlte sich seinerseits und in seiner eigenen Sache gewaltig genasführt, mit der Hand über die Stirn, als wenn er eine Wolke dort verjagen wollte.

»Das werden wir später erfahren«, sagte er; »alles offenbart sich dem, der zu suchen versteht!«

Nach ein paar Tagen wurde mit großem Pomp die Hochzeit von William W. Kolderups Neffen und seinem Mündel gefeiert. Wie sehr das junge Brautpaar von allen Freunden und Bekannten des Nabobs der kalifornischen Handelswelt gehätschelt und gefeiert wurde, das wollen wir einfach übergehen.

Bei dieser Feier brillierte Tartelett durch seine Haltung, seine Eleganz, durch bestes Benehmen – und der Schüler machte dem berühmten Professor für Tanzkunst und Anstandslehre alle Ehre.

Und Tartelett hatte eine Idee. Da sich sein Krokodil nicht aufnadeln ließ wie ein Schmetterling – was ihm herzlich leid tat –, entschloß er sich, es ausstopfen zu lassen; was für ein feines Schmuckstück würde das, bestens präpariert, mit aufgerissenem Rachen, mit gespreizten Zehen, wenn es an der Zimmerdecke hing, geben!

Das Krokodil wurde also zu einem bekannten Präparator geschafft, der es nach wenigen Tagen ins Palais zurückbrachte.

Alles bewunderte nun das Ungetüm, dem Tartelett aufs Haar als Frühstück gedient hätte!

«Es ist Ihnen doch bekannt, Herr Kolderup, woher das Tier stammt?« fragte der Präparator, indem er seine Rechnung präsentierte.

»Nein!« antwortete Onkel Will.

»Unter seinem Panzer klebte ein Etikett!«

»Ein Etikett?« rief Godfrey.

»Bitte, hier ist es!« erwiderte der Präparator und händigte Godfrey ein Stück Leder aus, auf dem in wasserfester Schrift die Worte geschrieben standen:

Sendung von Hagenbeck aus Hamburg
an J. R. Taskinar zu Stockton, United States.

Als William W. Kolderup diese Worte gelesen hatte, drang ein gewaltiges Gelächter aus seiner Kehle.

Er hatte alles begriffen, im Nu begriffen.

Sein Widersacher J. R. Taskinar, der ebenfalls die Insel hatte ersteigern wollen, dem Kolderup sie nicht gelassen hatte, dieser Mr. J. R. Taskinar hatte, um sich zu rächen, eine volle Ladung Raubzeug, Reptilien und anderes bösartiges Getier bei dem wohlbekannten Tierlieferanten aus Hamburg gekauft und heimlich auf Spencer Island schaffen lassen. Zweifellos hatte ihn dieses Vergnügen ein tüchtiges Stück Geld gekostet, aber den Besitz seines Rivalen zu verseuchen, war ihm schließlich gelungen – nach dem berühmten Muster, das die Engländer, wenn man der Fama glauben darf, bei der Insel Martinique angewandt haben sollen, ehe sie sie an Frankreich auslieferten.

Nun war also in den denkwürdigen Memoiren der Phina-Insel kein unerklärtes Faktum mehr vorhanden.

»Feine Geschichte das!« rief William W. Kolderup, »hätte es auch nicht besser gemacht als dieser alte Schuft Taskinar!«

»Aber wenn solch schreckliches Raubzeug«, sagte Phina, »nun auf Spencer Island haust . . .«

»Phina-Insel!« fiel ihr Godfrey ins Wort.

»Also Phina-Insel!« verbesserte die junge Gattin lächelnd, »dann ist sie nicht bewohnbar!«

»Pah!« machte Onkel Will, »wir warten halt so lange, ehe wir uns auf ihr häuslich niederlassen, bis der letzte Löwe den letzten Tiger verzehrt hat!«

»Dann, teure Phina«, fragte Godfrey, »wirst du dich doch nicht mehr davor fürchten, einen Sommer mit mir auf der Phina-Insel zu verleben?«

»Mit dir, mein Liebster, würde ich mich nirgendwo fürchten!« erwiderte Phina, »und da du nun eigentlich deine Reise um die Welt nicht gemacht hast . . .«

». . . so wollen wir sie gemeinsam machen!« rief Godfrey, »und wenn das widrige Geschick jemals aus mir einen echten Robinson fabrizieren sollte . . .«

». . . wirst du wenigstens an deiner Seite die treueste aller Robinsoninnen haben!«

. . . ungefähr vierhundertsechzig Seemeilen von der Kalifornischen Küste entfernt, unter 32 Grad 15 Minuten nördlicher Breite und 142 Grad 18 Minuten westlicher Länge.